문화관광 해설사와 함께 떠나는
이야기 힐링여행

"500만 문화관광인들에게."

초판 1쇄 발행 | 2020년 10월 28일
지은이 | 전익기
펴낸이 | 최대석
펴낸곳 | 행복우물

캘리그라피 | 정용숙
그 림 | 최순분
편 집 | 홍은정
표 지 | 서미선
교 정 | 이병권
마케팅 | 최 연

등록번호 | 제307-2007-14호
등록일 | 2006년 10월 27일

주 소 | 경기도 가평군 경반안로 115
전 화 | 031)581-0491
팩 스 | 031)581-0492
이메일 | danielcds@naver.com

ISBN 978-89-93525-89-2
정가 15,000원

문화관광 해설사와 함께 떠나는
이야기 힐링여행

전익기 지음

행복우물

책을 시작하며

문화관광해설사로 활동한 지 어언 10년의 세월이 흘렀다. 그동안 '문화관광 해설사가 웃어야 관광객이 행복하다' 는 마음으로 관광해설에 임하였다. 그런 과정을 겪으면서 나름대로 느낀 점 하나는 국내에서 온 여행객이건 국외에서 온 여행객이건 국적을 불문하고 인간의 행복 추구, 자연을 보는 시각, 희로애락을 느끼는 관점은 거의 비슷하다는 점이었다.

물론 국가에 따라서, 또는 나이의 많고 적음에 따라서 그들이 궁금해 하는 것들은 천차만별로 달랐다. 어떤 사람들은 역사나 유적에 관심이 있는가 하면, 또 어떤 사람들은 먹거리에 우선순위를 두는 사람도 있었다. 그러한 다양한 사람들과의 짧은 만남에서 단순 해설이나 안내로 끝나지 않고 좀 더 많은 이야기들을 들려 줄 수 있는 방법을 찾으려고 자료를 모으고 다듬었다. 가평을 한 번 다녀간 것으로 끝나지 않고 다음에 꼭 다시 찾고 싶은 관광지로 만들어 보려고 많은 학습을 하였다.

솔직히 말하자면, 외국인의 경우, 유럽, 미주, 동남아 등 전 세계 각국에서 쏟아져 들어오는 수많은 관광객들과 처음에는 의사소통을 하는 것만도 벅찼던 게 사실이다. 그러다가 차츰 경험이 쌓이면서 우리의 역사, 전통문화, 유적, 풍속, 경제성장의 기적과 같은 이야기들, 그리고 문화, 예술, 자연, 체육 분야로까지 해설의 폭을 넓혔다. 또 관광객의 나이, 성별, 국가의 차이에 따라 소개해 주어야 할 자료도 수집, 정리하여 해설에 적극 활용하였다.

이 책은 문화관광해설을 하고자 하는 사람들을 염두에 두고 만들어진 책이다. 기본적으로 문화관광해설을 하려는 사람들은 상당한 지식과 식견이 있는 사람들이다. 나는 그러한 전문적인 지식 이외에 최소한 문화관광해설을 하려는 사람들은 이 정도(물론 이것가지고도 절대로 부족하지만)의 기초적인 지식은 있어야 한다고 생각했다. 관광객들의 질문 자체가 원체 방향성이 없고 이것저것 닥치는 대로 물어보기 때문에 거기에 정답을 제시할 수는 없지만, 그래도 이 책에 실려 있는 정도의 잡학(?)을 숙지한다면 실제로 현장에서 활동하는 데에 어느 정도는 도움이 되지 않을까 하는 생각이다.

예를 들어 서울의 경복궁에서 관광해설을 하는 사람의 경우를 살펴보자. 우선 경복궁을 찾아오는 사람들은 서울의 아름다움, 특히 조선궁궐의 매력에 이끌려오는 사람들이다. 해설을 하는 사람은 당연히 조선의 건국과정은 물론 한양을 수도로 택하게 된 과정도 이야기하여야 하고, 전란에 불탄 건물들을 대원군이 중건하는 과정도 이야기하여야 한다. 그러나 그런 일반적인 이야기 외에도 가령 옥호루에서는 명성황후가 일본 자객들의 손에 비참하게 돌아가신 이야기가 곁들여져야 하며, 정문쯤에서는 1950년 9.28 서울수복 때에 태극기가 다시 계양되던 감격도 곁들여서 들려 주어야 한다.

경상북도 의성에서 관광해설을 하는 사람이라면 당연히 의성의 마늘이 왜 유명한지, 어떻게 자연적인 조건이 그렇게 독특한 마늘을 재배하기에 적합한지를 이야기해야 할 것이다. 거기에 곁들여 의성이 배출한 류성룡 선생이나 징비록도 이야기하여야 할 것이다.

전라북도 군산은 어떨까? 당연히 군산이 생겨난 이력을 소개하여야 할 것이다. 그리고 100여 년 전에는 10대 도시에 들었던 군산이 오늘날은 왜 이렇게 초라하게 되었나 하는 점도 설명해야 하리라. 또한 군산이 배출한 대표적인 문인 채만식 선생에 대하여도 소개하여야 할 것이다. 선생을 한국의 톨스토이라고 소개하건 또는 빅토르 위고라고 소개하건 그것은 관광해설자의 역량이리라.

내가 살고 있는 가평을 예로 들어보자. 당연히 가평이 자랑하는 가평8경을 소개하여야 할 것이다. 그러나 가평의 향토사학적인 측면에 중점을 두고 해설해야 한다면 석봉 한호 선생의 이야기가 빠질 수 없을 것이다. 단체 관광객이 어느 나라의 재향군인회에서 온 팀이라면 어떨까? 그러면 중공군의 춘계대공세 때 영연합 연방군의 1951년 4월 전투의 참상을 함께 나누어야 할 것이다. 농촌체험을 위한 서울의 아이들이라면 어떨까? 그러면 현암농경박물관 견학과 함께

'잣고을' 가평을 대표하는 가평의 잣 이야기가 곁들여지면 좋을 것이다. 동남아시아에서 수입한 원숭이에게 잣을 따게 하려고 대대적으로 시도하였다가 실패로 끝난 에피소드는 모두가 흥미로워 할 이야기이기 때문이다.

그러나 문화관광해설을 하고자 하는 사람들에게 위의 사례는 아주 기본적인 예일 뿐이다. 그러한 일에 종사하고자 하는 사람들은 이러한 기초 지식 이외에도 갈고 닦아야 할 무궁무진한 지식의 세계가 있다. 즉, 문화관광해설을 하는 사람은 자신이 몸담고 있는 지역의 소개는 물론, 관광객이 불쑥불쑥 던지는 어떠한 질문에도 막힘이 없어야 한다는 말이다. 그런 의미에서 나는 여기 이 책에 내가 지난 10여 년 동안 관광객들을 만나면서 현장에서 받았던 수많은 질문들에 즉석에서 답하지 못해 얼굴을 붉혔던 부끄러운 추억들을 되살리며 그런 실수를 두 번 다시 하지 않기 위해서 밤새워가면서 학습했던 결과물들을 실었다. 독자 본인이 평생 동안 쌓았던 실력에 여기에 있는 잡다한 지식들을 보탠다면, 비록 그것들이 마구잡이식이고 두서가 없기는 하지만, 상당한 수준의 해설 전문가, 또는 교양인이 되리라는 것이 나의 생각이다. 서론이 너무 길었다.

2020년 가을 한석봉 도서관에서
저자 : 전 익 기

사진 | 가평 연인산

사진 | 자라섬 남도 꽃정원

제1부

지식 찾아 삼만리

1장

시인 박목월의 사랑

성균관(成均館)과 반촌(泮村)

성균관은 조선시대 최고의 교육기관이다. 반(泮)이란 글자는 나라의 학교라는 뜻으로 반궁(泮宮)은 성균관의 별칭이다. 반궁을 감싸고 흐르는 물이 반수(泮水), 그 주변의 마을이 반촌(泮村)이다. 반인(泮人)들은 문묘를 맡아 지키고 유생(儒生)을 보살피는 일에 종사했던 성균관 공노비로서 반촌에 모여 살았다.

성균관을 나와서 반수를 건너면 반인들의 거주지 반촌이 있다. 반인들은 고려인의 후예이자 개성의 이주민이라는 특수한 성격을 지녔기 때문에 보통의 한양 사람들과는 다른 풍습과 기질을 보였다.

이들은 순번에 따라 성균관에 들어가서 시설을 관리하고 유생을 보필하였다. 그 외 기간에는 과거시험을 보기 위해 한양에 올라 온 유생이나 관료가 된 지방 양민이 묵을 수 있는 하숙집을 운영하였다. 또한 조선후기에는 국가로부터 현방(懸房)의 운영권을 부여받아 소를 도살해 소고기를 판매하는 상인이 되었다. 한편 반인들은 학문을 닦는 유생을 가까이에서 접할 수 있었기 때문에 시를 짓거나 글을 가르치는 등, 일반적인 노비들과 다른 모습을 보이기도 하였다.

성균관은 조선이 건국된 후 1398년 도성내 동북방에 위치한

숭교방(崇敎坊)에 세워졌다. 성균관은 태학(太學), 반궁(泮宮), 현관(賢關=현인이 되는 관문), 수선지지(首善之地) 등으로도 불렸다. 이렇게 성균관은 조선 최고의 국립교육기관이었던 동시에 유교문화를 상징하는 곳이었다.

이는 관내 건물의 배치에서도 드러나는데, 공자와 성현에게 제사를 지내는 대성전을 중심으로 한 의례공간이 앞에 있고, 그 뒤로 명륜당을 중심으로 국가의 인재를 가르치는 강학(講學)공간이 자리 잡았다. 국가의 중요 의례장소였던 대성전은 유학을 일으킨 공자와 이를 후대에 전승한 중국과 우리나라 성현의 위패를 모시고 제사를 지내는 곳으로, 이를 통해 조선 왕조의 이념과 국가의 토대를 탄탄히 다졌다.

공자에게 제사를 지내는 석전대제(釋奠大祭)는 종묘제례 다음가는 대규모의 국가의례였던 만큼 국왕이 친히 참석하기도 하였다. 유생들은 소과에 합격한 이로서 성균관에서 신진관료가 되기 위해 대과급제를 준비하며 명륜당에서 공부하고 기숙사인 동–서재에서 생활하였다.

시인 박목월의 사랑

1952년 한국전쟁이 끝날 무렵 박목월 시인이 중년이었을 때, 그는 제자인 여대생과 사랑에 빠져 모든 것을 버리고 종적을 감추었다. 가정과 명예 그리고 서울대학교 국문학과의 교수라는 자리도 마다하고 빈손으로 홀연히 사랑하는 여인과 함께 자취를 감춘 것이다.

얼마의 시간이 지나서 목월의 아내는 수소문을 통해 그가 제주도에서 살고 있다는 사실을 알게 되어 남편을 찾아가 마주하게 되었다.

목월의 아내는 두 사람에게 힘들고 어렵지 않으냐며 돈 봉투와 추운 겨울을 지내라고 두 사람의 겨울옷을 내밀고 서울로 올라왔다. 목월과 여인은 그런 모습에 감동하고 가슴이 아파 그들의 사랑을 끝내고 헤어지기로 하였다.

목월은 서울로 떠나기 전날 밤 시를 한 수 지어 사랑하는 여인에게 이별의 선물로 주었다. 그 시가 김성태 님의 손을 거쳐 후일 많은 사람들의 가슴을 울리는 '이별의 노래'라는 곡으로 탄생한 것이다.

이별의 노래

기러기 울어 예는 하늘 구만리 바람이 싸늘 불어 가을은 깊었네
아~ 아~ 너도 가고 나도 가야지.

한낮이 끝나면 밤이 오듯이 우리의 사랑도 저물었네
아~ 아~ 너도 가고 나도 가야지.

산촌에 눈이 쌓인 어느 날 밤에 촛불을 밝혀두고 홀로 울리라
아~ 아~ 너도 가고 나도 가야지.

목월을 그토록 사랑하던 여인은 어찌 되었을까?

사랑에 인생을 걸었지만 목월의 부인이 다녀간 며칠 후 부산에서 그녀는 목사인 아버지가 찾아와 설득하자 사흘을 버티다가 결국 이별을 선택한다. 그녀(H양)는 부친의 손에 이끌려 제주항으로 떠나는데 그 이별의 장면을 당시 제주 제일중학교 국어교사였던 양중해가 목격하게 된다. 애인을 떠나보내면서 고개를 돌리지 못하고 뱃전에서 고개만 떨구고 있던 여인의 모습을 그날 저녁 양중해 선생이 시로 쓰고 같은 학교 음악 교사인 변훈 선생이 작곡을 한 노래가 지금은 제주의 노래로 알려진 가곡 '떠나가는 배'이다.

떠나가는 배

저 푸른 물결 외치고 거센 바다로 떠나는 배
내 영원히 잊지 못할 임 실은 저배는 야속하리.
날 바닷가에 홀로 남겨두고
기어이 가고야 마느냐.

터져 나오라 애슬픔 물결위로 한 된 바다
아담한 꿈이 푸른 물에 애끓이 사라져
나 홀로 외로운 등대와 더불어
수심 뜬 바다를 지키련다.

저 수평선을 향하여 떠나가는 배
오! 설운 이별 임 보내는 바닷가를 넋없이 거닐면
미친 듯이 울부짖는 고동소리
임이여 가고야 마느냐.

화냥년 vs 후레자식

　화냥년이라는 말의 뿌리는 환향녀(還鄉女) 곧, '고향에 돌아온 여자'이다. 오늘날에는 '서방질한 여자'라는 욕 정도로 이해된다. 환향녀라는 말이 처음 생겨난 것은 17세기 초, 병자호란이 조선을 휩쓸고 지나간 후였다.

　1636년 12월, 청의 침입으로 인조는 왕세자와 문무백관을 이끌고 남한산성으로 피신했으나 청의 군사들은 남한산성을 겹겹으로 포위하고 노략질하였다. 이 45일간의 전쟁으로 조선의 온 강토는 초토화된다.

　결국 인조는 1637년 1월 30일 성문을 열고 나와 삼전도에 설치된 수항단의 172계단 앞에서 청태종에게 세 번 절하고, 아홉 번 머리를 조아리는 삼배구고두(三拜九叩頭)라는 치욕적인 군신의 예를 행한다. 더군다나 청의 요구로 두 아들 소현세자와 봉림대군이 볼모로 끌려갔다.

　이 때에 청나라 군사들은 많은 조선의 여인들을 전리품으로 끌고 갔다. 어떤 기록(최명길)에는 50만 명이라고도 하는데 이는 과장된 것이고, 청과 조선의 역사책을 비교해 보면 대략 20만 명 정도의 여인들이 끌려간 것으로 추산된다. 당시의 조선 인구가 대략 1천만 명 정도였다는 점, 그리고 그들의 대부분이 어린 소녀들과 부녀자들이라는 점을 고려할 때 이 숫자는 실로 엄청난 것이다.

이때 사대부가의 부녀자들도 많이 끌려갔는데, 오랑캐들이 이렇게 양반가의 부녀자들을 끌고 간 것은 차후 그들을 돌려주는 대가로 돈을 받기 위함이었다. 당시에 거래되던 가격은 1인당 은 30냥 정도였으며, 명문가 부녀자들의 거래에서는 100냥에서 200냥을 요구하기도 했다고 한다. 소위 부르는 게 값이었던 셈이다.

포로가 됐다가 고향으로 돌아온 여성들은 조선사회에 큰 파문을 일으켰다. 이미 더럽혀진 여자를 어찌 데리고 살 것이며, 어린 소녀들의 경우는 누가 며느리로 받을 것인가. 당시의 사회에서는 충신은 불사이군(忠臣不事二君)이요, 열녀는 불경이부(烈女不敬二不)라는 사상이 널리 퍼져있었으니 그들의 처지가 어떠했는지는 충분히 이해가 될 것이다.

정작 이러지도 저러지도 못하는 여인들은 전국 곳곳에서 자살로 삶을 마감하였다. 급기야 환향녀의 자살이 사회문제가 되자 조정은 해결책을 고심하던 중, 최명길의 진언에 따라 궁여지책으로 전국에 강을 지정하고 그 강에서 몸을 씻으면 회절(절개를 되찾음)한 것으로 받아들이자고 했다. 이렇게 하여 지정된 강이 강원도는 소양강, 충청도는 금강, 황해도는 예성강, 평안도는 대동강, 한양과 경기 지역은 홍제천이었다. 지금의 홍제동과 모래내 일대의 홍제천이 한때 '회절의 강'이라 불렸던 이

유이다. 하지만 이는 의례적인 미봉책에 불과했다. 회절의 강에서 몸을 씻었지만 싸늘한 시선 때문에 다시 도성 안으로 돌아 올 수 없는 여인들은 강물에 투신하거나 산에서 목을 매달았다.

이러한 비극은 대물림되기도 하였다. 청에서 임신하고 돌아온 여인들이 낳은 자식들은 호로자(湖奴子)라고 불리며 손가락질 받았다. 호로는 북방 오랑캐인 흉노(匈奴)를 낮추어 가리키는 말로, 호로자식(胡盧子息)은 오랑캐의 자식을 뜻한다. 요즈음도 우리들이 흔히 쓰는 호로자식 또는 후레자식이라는 욕은 '호로'라는 음이 변하여 생긴 표현으로 '막되게 자라 교양이나 버릇이 없는 사람'을 얕잡아 부르는 말이다.

한국인의 이민(移民) 역사

역사상 미국 땅을 처음 방문한 한국인은 민영익이다. 그는 한미통상조약이 체결된 다음 해인 1883년에 도포와 갓을 쓰고 미국에 전권대사로 파견되었다. 당시 그의 기묘한 복장을 보려고 사람들이 벌떼처럼 몰려들기도 했다고 한다.

우리나라 최초의 미국 이민은 1902년 하와이 설탕재배자협회의 비숍회장이 내한하여 대한제국 정부와 이민협정을 체결함으로써 시작되었다. 19세기 중후반 미국은 남북전쟁 후 하와이의 사탕수수와 파인애플 농장에서 노동력이 많이 필요하자 극동으로 눈을 돌리기 시작했다. 한국에도 한인노동자를 모집하는 포스터가 붙었는데, 이 포스터에는 하와이는 기후가 온화하고 무료 교육을 받을 수 있다는 점이 조금 과장되게 소개되었다. 심지어는 '하와이에서는 나무에도 돈이 열린다'는 소문까지도 생겨났다.

그 결과 기독교인이 중심이 된 첫 이민단 122명이 1902년 12월 22일 인천항을 떠나 일본 고베항에 도착하여 신체검사를 받았는데, 그때 20명이 탈락하고 나머지 102명이 1903년 1월 13일 미국 상선 갤릭호를 타고 하와이 호놀룰루에 도착하였다.

그러나 한국의 이민 사업은 3년 만에 막을 내리고 만다. 그 이유는 일본이, 조선의 이민이 자기 나라의 이민사업과 겹친다며 대한제국에 압력을 가해 왔기 때문이었다. 일본은 이미 1885년부터 하와이에 진출하고 있었다.

고종시대에 이민이 금지된 이래 출신국적법 때문에 한국인들에게는 미국으로 이민 갈 수 있는 길이 막혀 있었다. 그 후에는 6.25전쟁에 의해 난민이나 그밖에 다른 지위로 소수가 미국행을 했을 뿐이다. 그러나 대한민국이 수립되면서 새 이민법이 시행되었고 6.25한국전쟁을 겪으면서 아메리칸 드림을 찾아 미국 땅으로 사람들이 몰리면서 코리아타운을 형성하였다. 근래에는 사회적 진출이 두드러지면서 이민 2세대, 3세대 들이 정계에도 진출하기에 이르렀다.

조선 왕조 실록과 다른 나라의 실록

조선왕조실록은 조선 태조부터 철종에 이르기까지 스물다섯 분의 임금이 통치한 472년 동안의 업적을 연대순으로 적은 기록이다. 조선의 마지막 왕은 순종인데 철종에서 실록이 끝난 것은 고종실록과 순종실록이 일제에 의해 편찬되면서 사실을 많이 왜곡했기 때문이다.

조선왕족실록은 문화적-역사적 가치를 인정받아 1973년에 국보 제151호로 지정된 후, 1997년에 훈민정음과 함께 유네스코의 세계기록유산에 등재되었다.

실록의 원조인 중국에는 대청역조실록이 있고, 일본에는 삼대실록, 베트남에는 대남실록이 있다. 그러나 유네스코 세계기록유산에 조선왕조실록만 등재된 것은 500여년의 역사를 세세하게 담아낸 기록물은 세계 어느 나라에도 없고, 분량만 해도 총1,893권 888책으로 내용이 방대하기 때문이다. 게다가 내용이 풍부할 뿐 아니라 나라를 다스리는 왕에 관한 내용은 물론 정치, 경제, 법률, 교통, 천문, 음악, 과학 등, 당시 사람들이 어떻게 살았는지의 시대상까지도 상세하게 담고 있다.

조선왕조실록은 당시의 참 역사를 한눈으로 볼 수 있는 타임캡슐이라 할 만하다.

실록을 기록하는 전문 관료를 사관(史官)이라 하는데 사관의 권위는 상당했던 것으로 알려지고 있다. 사관이 무엇을 석었는지 절대 권력을 가진 임금조차도 볼 수 없었다.

실록(實錄)이란 '사실 그대로의 기록'이다. 기록을 담당하는 사관은 매일 국왕과 대신들의 언행을 관찰하고 빠짐없이 적었다. 그 기록을 사초(史草)라고 하는데 이는 실록을 편찬하는데 기초자료가 되었다.

사초를 적는 사관은 보통 여덟 명이었다. 사관은 교대로 왕이 가는 곳에 두 명씩 따라다녔다. 한 명은 왕과 신하 간에 오고간 대화와 토론 내용을 기록하고, 또 다른 한 명은 왕의 일거수 일투족은 물론 표정까지 묘사했다. 오늘날로 치면 한 명은 오디오 녹음을, 한 명은 비디오 촬영을 담당한 셈이다. 조선왕조실록을 읽다보면 다음과 같은 기록이 부지기수이다.

"왕이 활과 화살을 가지고 말을 달리면서 노루를 쏘다가 말에서 떨어졌으나 상하지는 않았다. 좌우를 둘러보며 말하기를 "사관이 알지 못하도록 하라."고 하였다. −태종실록 태종 4년 (1404) 2월 8일의 기록−

두물머리

 강원도 태백땅 삼수령(三水嶺)에 비가 내려 이 빗방울이 동쪽으로 튀면 오심천으로 해서 동해로, 남쪽으로 튀면 낙동강을 따라 흘러 남해로, 서쪽으로 튀면 한강을 따라 흘러 서해로 들어간다. 그래서 이 분수령을 삼수령이라 했다.

 장장 1천 30백리를 흘러 내리는 한강은 발원지 검룡소(儉龍沼)에서부터 시작된다. 검룡소는 백두대간이 남북으로 관통하는 태백시 창죽동 금대봉(1,418m)의 깊은 계곡 안쪽에 있다. 생태계 보존지역인 금대봉 기슭에 위치한 한강의 발원지 검룡소에는 서해에 살던 이무기가 용이 되려고 올라와 머무르고 있다는 전설이 전해진다.

 검룡소에서 분출하는 물줄기는 힘차다. 젊은이의 몸속에 돌고 있는 끓는 피와 같다. 물줄기는 지표상에 일정한 유로(流路)를 갖고 있는 유수(流水)의 계통을 말한다. 작은 물줄기에는 천(川)이라는 이름을 쓰고, 큰 물줄기에는 강(江)이나 하(河)라는 이름을 붙인다.

 검룡소에서 분출한 물은 골지천이라는 이름의 물줄기가 되어 백두대간의 첩첩산중 계곡을 돌고 돌아 정선 땅 여량에 닿는다. 이곳에서 대관령으로부터 흘러 내려온 송천과 어울려 조양강이 된다. 그래서 이곳 이름이 '아우라지'로 옛날에는 마포 나루까지 물길로 뗏목을 띄워 보냈던 곳이었다.

조양강은 영월에 닿으면 그 이름도 동강으로 바뀐다. 구곡양 장 동강은 영월 땅을 관통하고 평창에서 흘러온 서강과 만나 남한강이라는 이름으로 바뀌게 된다. 강물은 흘러 충주 땅에서 는 내륙의 바다로 불리는 인공호수인 충주호를 펼쳐 놓는다. 충주호를 떠난 물길은 여주에 다다르고 강마을을 휘감는다. 이 물길은 풍광이 수려해 '아름다운 강'이라는 이름의 여강(驪江) 으로 불리기도 한다.

검룡소에서 남한강 물길 천리(394km)가 흘러 내린곳. 양평땅 양수리에서는 북녘 땅 금강산에서 발원해 흘러 온 큰 물줄기 북한강과 만나 머리를 맞댄다. 그래서 '두물머리'라는 이름을 얻게 된다. 한자로는 이두수(二頭水) 또는 양두수(兩頭水)라고 불 리기도 한다. 이 두물머리의 물줄기는 큰 가람 즉, 한강(漢江)이 되어 서해바다로 도도하게 흘러 들어간다.

해인사의 주련에

해인사 장경판전 주련에는 원각도량하처(圓覺度量何處)라는 글이 새겨져 있다. 즉 '깨달음의 도량 행복한 세상은 어디인가?'라는 뜻이다.

그 질문에 대한 답은 맞은 편 기둥에 새겨져 있다. 현금생사 즉시(現今生死卽時) 지금 생사가 있는 이곳, 당신이 발 딛고 있는 이곳. 즉, '지금 이 순간에 충실하라'는 뜻이다. 삶의 모든 순간이 첫 순간이고, 마지막 순간이며, 유일한 순간이다. 지금 이 순간은 영원할 수 있지만 마지막이 될 수도 있는 순간이다.

평생 일만하고 사는 바보들이 놓치고 사는 것이 지금(present)이다. 매 순간을 생의 마지막인 것처럼 살아라. 과거에 연연하지 말고, 내일 일을 오늘 걱정하지 말라. 어제의 비로 오늘의 옷을 적시지 말고, 내일의 비를 위해 오늘의 우산을 펴지 말라.

후회해도 내 인생이고, 만족해도 내 인생이다. 과거의 삶이 무엇이든 나 말고 또 누가 그런 길을 걸어가겠는가? 내 인생은 내가 만든 독창적인 예술품이다. 세상에 딱 하나 뿐인 삶이다. 나는 온 세상을 통틀어도 단 하나 뿐인 유일무이한 존재이다.

윤달에 결혼을 한다?

한 달은 원래 달의 운동을 기준으로 만들어진 시간의 단위이다. 한 달은 정확히 29.5305882일이다. 따라서 12달을 1년으로 잡는다면 한해가 354일 밖에 되지 않는다. 즉, 음력은 태양의 운동에 따른 1년과는 약 11일의 차이가 있다. 이런 차이가 쌓이다 보면 24절기와 맞지 않아 이를 바로 잡기 위해 만든 것이 윤달이다. 군 달, 남은 달 또는 썩은 달이라고도 하는 윤달은 3~4년에 한 번씩 생긴다.

태양력에서는 4년마다 한번씩 2월을 29일로 하는 윤년이 있다. 그러나 음력에서는 어느 한 달을 더하여 윤달을 만드는데 19년에 일곱 번 윤달을 둔다. 지구와 달이 태양을 도는 공전속도가 가장 더딘 여름에 주로 생긴다. 하지를 전후해서 윤달이 들 확률이 가장 많다. 1770년부터 2052년까지의 기간 중 윤5월이 22번, 윤4월이 16번, 윤6월이 14번이다.

동짓달과 섣달 정월에는 한 번도 없다. '윤 동지에 빚 갚겠다.'는 속담이 생긴 것도 그런 연유에서 비롯되었다. 윤년의 동지 달이란 마치 6월 31일이나 9월 31일처럼 결코 올 수 없는 날이기 때문이다.

청안(靑眼)과 백안(白眼)

세상을 보는 눈에는 두 가지가 있다. 청안(靑眼)은 좋은 마음으로 보는 눈이고, 백안(白眼)은 눈의 흰자위가 나오도록 남을 업신여기거나 흘겨보는 눈이다.

우리가 아는 옛 고사에서 무학대사의 눈이 청안이라면, 태조 이성계의 눈은 백안이었다. 무학대사가 기거하는 절을 찾은 이 태조가 무학대사와 곡차를 마시다 문득 대사에게 이런 농을 했다.

"요즘 대사께서는 살이 뚱뚱하게 쪄서 마치 돼지 같소이다."

"소승이 돼지처럼 보이십니까? 전하께서는 언제 보아도 부처님처럼 보이십니다."

"아니, 격의 없이 서로 농을 즐기자고 해놓고, 대사께서는 과인을 부처님 같다고 하시면 어쩝니까?"

"예, 본시 돼지의 눈에는 모든 것이 돼지로 보이고, 부처의 눈에는 모든 것이 부처로 보이기 때문이지요."

옛 일화처럼 청안으로 보면 모든 것이 부처로 보이고, 백안으로 보면 세상 모든 사람들이 다 돼지로 보이게 마련이다.

불교 능엄경에는 일수사견(一水四見)이란 말이 나온다. 같은 물이지만 천계에 사는 신은 보배로 장식된 땅으로 보고, 인간은 물로 보고, 악귀는 피고름으로 보고, 물고기는 보금자리로 본다는 뜻이다. 보는 이의 시각에 따라 각각 생각하는 견해가 다름을 비유적으로 일컫는 말이다.

결국 사람은 자신이 보는 시각으로 세상을 보고 살아가게 되는 것이다. 청안으로 보면 세상에 사랑이 가득하겠지만, 백안으로 보면 미운 사람밖에 보이지 않을 것이다. 돼지로 가득한 세상을 살아간다면 얼마나 비극적일까.

시안견유시(豕眼見惟豕) 불안견유불(佛眼見惟佛)

돼지 눈으로 보면 모두가 돼지로 보이고, 부처님 눈으로 보면 모두가 부처님으로 보인다. 내가 어떤 눈으로 보느냐는 전적으로 자기의 선택이고 자기의 책임이라고 하겠다.

조선의 서원(書院)

　조선의 서원은 조선중기 이후 학문연구와 선현제향(先賢祭享)을 위하여 사림에 의해 설립된 사설교육 기관인 동시에 향촌자치운영 기구이다. 경북 안동시 도산면 호계리에 있는 도산서원은 사적 제170호이다. 1574년(선조7년)에 지방 유림의 공의로 퇴계 이황(李滉)의 학문과 덕행을 추모하기 위하여 창건한 서원이며, 1575년 선조로부터 한석봉이 쓴 '도산'이라는 편액을 받았다.

　서원의 기원은 중국 당나라 말기부터 찾을 수 있지만 제도화된 것은 송나라 때이며, 특히 주자가 백록동서원(白鹿洞書院)을 열고 도학연마의 도장으로 보급한 이래 남송-원-명을 거치면서 성행하게 되었다.

　우리나라의 경우는 1543년(중종38년) 풍기군수 주세붕이 고려말 학자 안향을 배향하고 유생을 가르치기 위하여 경상도 순흥에 백운동서원(白雲洞書院)을 창건한 것이 그 효시이다.

　조선의 서원은 그 성립과정에서 중국의 영향을 받기는 하였으나 기능과 성격 등에 있어서는 큰 차이를 보이고 있다. 즉, 중국의 서원이 관인양성을 위한 준비 기구로서 학교의 성격이 강한 반면, 조선의 서원은 사림(士林)의 양성기관이면서도 향촌

의 취회소(聚會所 여러 사람이 모여서 화합을 갖는 장소)로 정치적–사
회적 기구로서의 성격을 띄고 있다.

　서원을 구성하고 있는 건축물은 크게 선현의 제사를 지내는
사당, 선현의 뜻을 받들어 교육을 실시하는 강당, 원생과 진사
등이 숙식하는 동제(東齊)와 서제(西齊)의 세 가지로 구성되었
다. 이외에 문집이나 서적을 펴내는 장판고(藏版庫), 책을 보관
하는 서고, 제사에 필요한 제기고, 서원의 관리와 식사 준비 등
을 담당하는 고사, 시문을 짓고 대담을 하는 누각 등이 있다.

　이러한 서원건축은 고려 때부터 성행한 음양오행과 풍수도
참 사상에 따라 수세(水勢), 산세(山勢), 야세(野勢)를 보아 합당한
위치를 택하여 지었다.

2장

케네디 가와 링컨 가의 기막힌 숙명

01

찬송가 431장의 탄생

　1704년 슈몰크 목사는 가톨릭과 프로테스탄트 교회의 종교 전쟁인 30년 전쟁의 고통으로 실의에 빠져있는 신자들을 열심히 심방하면서 돌보고 있었다. 전쟁의 여파로 36개 마을의 교회들을 돌보아야 했으므로 한 번 심방을 나가면 며칠씩 집을 비우기 일쑤였고, 집에는 어린 아이들 밖에 없었다.

　목사가 어느 날 심방을 마치고 며칠 만에 집에 돌아와 보니 집은 완전히 불에 타 없어지고 연기만 내 뿜고 있었다. 열심히 두 아들을 찾아 불러보았으나 대답이 없었다. 잿더미를 헤쳐 보니 거기에 두 형제가 서로를 꼭 껴안은 채 불에 타 죽어 있는 것이 아닌가.

　슈몰크 목사는 한동안 정신을 잃었다. 한참 후에 정신을 차린 목사는 까맣게 탄 두 아들의 시체를 앞에 놓고 기도를 하기 시작하였다. 그 기도를 시로 옮겨 놓은 것이 바로 찬송가 431장이다.

내 주여 뜻대로

내 주여 뜻대로 행하시옵소서
온 몸과 영혼을 다 주께 드리니
이 세상 고락 간 주 인도하시고
날 주관 하셔서 뜻대로 하소서.

내 주여 뜻대로 행하시옵소서
큰 근심 중에도 낙심케 마소서
주님도 때로는 울기도 하셨네
날 주관하셔서 뜻대로 하소서.

내 주여 뜻대로 행하시옵소서
내 모든 일들을 다 주께 맡기고
저 천성 향하여 고요히 가리니
살든지 죽든지 뜻대로 하소서.

태풍이 두려워하는 온도 26.5도

북태평양 서부에서 발생한 열대성 저기압으로 최대풍속이 초당 32.7m 이상인 것을 태풍이라고 한다. 같은 종류의 것으로 대서양과 북태평양 동부에서 발생한 것은 허리케인, 인도양의 것은 싸이클론, 호주에서 발생한 것은 윌리윌리라고 한다.

태풍이 많이 발생하는 해에는 1년에 20~30회에 이르기도 한다. 허리케인은 1년에 보통 13회 정도 발생하는데 싸이클론이나 윌리윌리는 상대적으로 매우 적다. 태풍은 낮은 중심기압과 큰 폭풍을 가지며, 원형에 가까운 모양으로 직경이 약 500km이고 며칠씩 지속된다. 태풍의 에너지원은 주로 수증기의 응결에 의해 방출하는 잠열(latent heat)이다.

따라서 태풍이 발생하고 발달하기 위해서는 해면 수온이 높아야 한다. 해면 수온이 26,5도 보다 낮은 해상에서는 태풍이 거의 발생하지 않는다. 그리고 태풍중심부의 표층 수온은 태풍에 필요한 에너지를 잠열형태로 방출하기 때문에 주위의 표층 수온보다 낮다.

태풍은 한반도에서는 여름과 가을에 가장 많으며, 태풍의 진로는 탁월풍(prevailing wind)에 의해서 결정되고 있다. 태풍은 육상으로 이동하여 고위도 쪽으로 이동해 감에 따라 점차 쇠약해진다. 이것은 태풍의 중심이 수온이 높은 해역으로부터 멀어지면서 점차 에너지의 공급이 감소하기 때문이다. 또한 육상을 이동할 때에는 지형의 마찰력이 태풍의 이동을 방해하여 풍속이 감소한다.

태풍의 진행 방향 오른쪽 반원에서는 태풍 자체의 힘과 편서풍의 영향으로 속도가 훨씬 증가하고, 왼쪽 반원에서는 서로 상쇄되어 바람이 약화된다. 따라서 오른쪽 반원을 위험 반원, 왼쪽 반원을 가항 반원이라 부른다.

태풍 때문에 피해를 많이 보기도 하지만, 반면에 태풍의 강제순환능력으로 인하여 강과 바다, 그리고 대기의 오염을 정화시키는 순기능도 있기 때문에 태풍이 꼭 나쁘다고만 할 수는 없다. 무엇보다도 태풍을 예측하는 기상예보능력과 태풍에 대비하는 대응능력을 키우는 것이 중요하다고 하겠다.

뉴욕에 이런 판사가

어떤 노인이 빵을 훔쳐 먹다가 재판을 받게 되었다. 판사는 노인에게 물었다.

"왜 빵을 훔쳐 먹었습니까?"

그러자 노인은 이렇게 대답하였다.

"사흘을 굶었습니다. 그러다 보니 그때부터 아무것도 눈에 보이지 않았다."

판사는 이 대답을 듣고 한참을 고민하더니 이런 판결을 내렸다.

"당신이 빵을 훔친 절도행위는 벌금 10달러에 해당합니다."

판사의 선고에 방청석이 술렁이기 시작했다. 그때 판사가 자신의 지갑에서 10달러를 꺼내며 말했다.

"그 벌금은 내가 대신 내겠습니다. 내가 그 벌금을 내는 이유는 그동안 내가 좋은 음식을 많이 먹은 죄에 대한 벌금입니다. 나는 그동안 좋은 음식을 너무 많이 먹었습니다. 오늘 여기 모든 사람 앞에서 참회하면서 그 벌금을 대신 내도록 하겠습니다."

판사는 방청석을 둘러보면서 사람들에게 이렇게 소리쳤다.

"여러분들도 여기 이 노인에게 아무런 도움을 주지 않은 죄가 있으므로 50센트씩의 벌금형에 처하겠습니다. 이 노인이 밖에 나가서 다시 빵을 훔치는 일이 일어나시 않도록 여러분들도 스스로에게 벌금을 내십시오!"

그 후 판사의 재판내용이 전국적으로 알려지게 되고 결국에는 47만 달러에 이르는 거금이 모여지게 되었다.

이 재판으로 판사는 유명해져서 나중에 뉴욕의 시장까지 역임하게 되었는데 그 사람이 바로 라과디아 판사라고 한다. 후일 라과디아의 훌륭한 덕행을 기념해서 뉴욕에 '라과디아 공항'이 생겼다.

이야기의 주인공인 피오렐로 라과디아는 1882년에 미국 뉴욕의 이탈리아계 이민자 가정에서 태어났으며, 판사 생활을 마친 후 정계에 진출하여 1933년에는 뉴욕의 시장으로 당선되었다. 당시에 그는 뉴욕 시의 실권을 차지하고 있던 마피아 소탕 작전을 벌였으며 아탈리아계 두목인 루치아노를 검거하기도 하였다.

링컨 가와 케네디 가의 기막힌 숙명

링컨 가와 케네디 가에는 다음과 같은 여러 가지 사연들이 묘하게 공통점을 이루고 있다고 전해진다.

① 아들과 형제: 링컨에게는 에드워드와 로버트라는 이름의 두 아들이 있었다. 에드워드는 3세 때 죽었고 로버트는 별 탈 없이 잘 살았다. 케네디는 로버트와 에드워드라는 이름을 가진 형제가 있었는데, 로버트는 암살범에게 살해 되었고 에드워드는 별 탈 없이 잘 살았다.

② 대통령으로 선출된 시기: 링컨은 1860년에 제16대 대통령에 당선되었고, 케네디는 1960년에 제35대 대통령에 당선되었다.

③ 비서와 아내: 링컨의 비서 이름은 케네디였고, 케네디의 비서 이름은 링컨이었다.

④ 백악관에서 자식들을 잃다: 링컨은 3남 윌리엄을, 케네디는 차남 패트릭을 대통령 재직 시에 잃었다.

⑤ 백악관에서 남편들을 잃다: 영부인인 메리 링컨과 재키 케네디는 백악관에 있을 때 각각 남편을 잃었다.

⑥ 암살과 암살범들: 링컨과 케네디가 암살됐을 때 부인과 함께 있는 자리에서 총상을 입어 암살당했으며, 두 사건

은 모두 금요일에 일어났다.

⑦ 대통령 직 계승: 링컨이 죽자 1808년에 태어난 존슨(앤드루)이 뒤를 이어 대통령이 되었고, 케네디가 죽자 1908년에 태어난 존슨(린든)이 대통령이 되었디

⑧ 숫자상의 공통점: 링컨(Lincoln)과 케네디(Kennedy)의 이름 알파벳 수는 각각 7개이다. 그들의 후임 대통령이 된 앤드루 존슨(Andrew Jonhnson)과 린든 존슨(Lyndon Johnson)의 이름의 알파벳 수는 각각 13개이다.

⑨ 후임자들의 퇴임 시기: 앤드루 존슨은 1869년에, 린든 존슨은 1969년에 각각 대통령 직에서 퇴임하였다.

05
아이젠하워 대통령과 맥아더 원수

두 사람을 보면 참으로 난형난제이고 막상막하라는 말이 잘 어울린다. 아이젠하워는 육사에 입학할 때 두 번이나 낙방하고 졸업할 때는 평균 이하의 성적이었다. 그에 반하여 맥아더는 단번에 육사에 입학하고 수석졸업까지 하였다. 웨스트포인트 미국 육군사관학교의 졸업생도 164명중 맥아더는 1등으로, 아이젠하워는 61등으로 졸업했던 것이다.

맥아더가 육군 참모총장이었을 때 아이젠하워는 맥아더의 부관이었다. 1939년 맥아더가 50세에 미국 역사상 가장 젊은 나이로 대장으로 승진했을 때 아이젠하워는 49세로 중령에 불과했다.

하지만 2년 후인 1941년 아이젠하워는 대령이 되고 곧 준장이 되었으며, 1942년에는 소장을 거쳐 중장이 되고, 1943년에 대장이 되었다. 1944년 12월에는 아이젠하워와 맥아더가 동시에 승진하여 원수 계급장을 달았다. 이때 모두 일곱 명이 원수가 되었는데, 맥아더, 아이젠하워, 레이, 킹, 마샬, 니미츠, 그리고 아놀드가 그들이다.

1952년에 아이젠하워는 미국 제34대 대통령으로 당선되는데 반해, 그 전해인 1951년에 맥아더는 아이젠하워의 후임인

트루만 대통령과의 불화로 유엔군 총사령관 자리를 박탈당하고 그 다음해에 퇴역하게 된다.

두 사람은 성격 면에서도 확연히 구분되었다. 맥아더는 엄격하고 고집이 세고 참모들의 의견을 곧잘 무시하는 독불장군 스타일이었고, 반면 아이젠하워는 온화하고 부하들의 의견을 받아들이는 겸손한 스타일이었다.

여기서 두 사람 중 누가 더 훌륭했느냐를 논하는 것은 별 의미가 없다고 본다. 단지 우리 대한민국 사람들이 맥아더 장군이라는 걸출한 인물의 독단적인 성격 덕택에 지금의 대한민국 국민으로 살아갈 수 있었다는 진실만은 결코 잊어서는 안 된다는 엄연한 사실을 강조하고 싶을 뿐이다.

만약 1950년에 맥아더 장군(당시 극동군 사령관)의 독단과 고집이 없었다면 신생국 대한민국은 북한에 흡수통일되었다고 나는 100% 확신한다. 가정을 추가해 본다면, 그가 만약 다른 장군들처럼 본국의 승인을 기다려서 작전을 수립하는 인물이었다면 인천상륙작전은 애당초에 논의조차도 불가능했을 것이다.

영연방 호주군의 투혼을 가평의 흙 한 줌에

호주 군이 격렬하게 싸운 가평전투를 기억하기 위해 호주 시드니 하이드파크에 위치한 안작기념관에 가평 흙이 전시되었다. 호주 뉴사우스 웨일즈주 엘리어트 보훈처 장관이 2018년 호주군 안작100주년을 기념하고자 호주군 참전 세계 100개 전투지역의 흙 샘플을 전시할 계획으로 가평 흙을 공수해 간 것이다. 안작(ANZAC) 은 호주와 뉴질랜드 연합군(Australian and New Zealand Army Corps)의 앞 글자를 딴 부대 이름에서 유래했다.

호주 보훈처장은 서신에서 이렇게 밝혔다고 한다.

"호주 국민은 가평의 풀 한 포기, 흙 한 줌에도 많은 애착이 있다. 가평 전투지역 흙 1kg을 보내주면 감사하겠다."

특히 서신에는 가평 흙이 전시 샘플 중 가장 앞자리에 전시될 것이라고도 적혀 있었다. 이에 군은 6.25전쟁의 춘계대공세 (1951년) 시 호주 군이 가장 치열하게 싸운 북면 목동리 504고지에서 흙을 채취하여 주한 호주대사관에 전달했다고 밝혔다.

6.25 전쟁 당시 호주는 1만 7천명의 병력을 파견했으며 가평전투는 호주군이 가장 치열하게 벌인 전투중 하나로 32명이 사망하였고 59명이 부상당하였다. 이에 호주는 매년 4월 25일

안작 데이(현충일)를 '가평의 날'로 지정하여 참전 용사들의 넋을 기리고 있다. 노 선투에 참전한 왕립 호주연대 3대대를 '가평대대'로 부르고, 시드니의 한 도로를 '가평스트리트'로 명명하기도 했다. 몇 년 전에 가평군은 호주 멜버른의 한국전 참전비 건립에 사용될 가평 돌과 나무를 전달한 바도 있다.

필터 담배 Marlboro의 탄생

지금의 MIT공대 전신인 학교를 다니는 가난한 고학생이 있었는데, 그는 그 지방 유지의 딸과 사랑에 빠졌다. 여자 측 집안에서는 둘 사이를 반대해서 여자를 멀리 친척 집에 보냈다. 남자는 그녀를 찾기 위해 몇 날을 헤매 다녔다.

그러다 비가 내리는 어느 날 둘은 여자의 집 앞에서 반갑게 해후를 했다. 여자가 말하길 '나 내일 결혼해' 그러자 남자는 말없이 있다가 '그럼 내가 담배 한 대 피우는 동안만 내 곁에 있어 줄래?' 라고 말을 했고 여자는 고개만 끄떡였다.

남자는 담배를 꺼내 불을 붙였다. 그 당시 담배는 지금처럼 필터가 있는 담배가 아닌, 몇 모금 피우면 금새 다 타 들어가는 잎 담배였다. 담배 하나가 타는 짧은 시간이 흐르고 둘의 만남은 그것으로 끝이었다.

그 남자는 그 짧은 만남에서 힌트를 얻어 좀 더 오래 타들어가는 담배를 생각해 냈고, 친구와 동업을 해서 세계 최초로 필터가 있는 담배를 만들었다. 그리고 억만장자가 되었다.

세월이 흐르고 남자는 그 여자의 소식을 들었다. 여자는 남편도 죽고 병든 몸으로 빈민가에서 살고 있었다. 남자는 눈이 펑펑 내리는 겨울날 하얀 벤츠를 타고 그녀를 찾아가 자기는 아직도 당신을 사랑하고 있으니 결혼해 주면 좋겠다고 하였다. 여자는 잠시 망설이다 시간이 필요하다고 대답하였다.

남자는 다음 날 다시 오겠다하고 집으로 돌아갔다. 다음 날 남자가 그녀를 찾아 갔을 때 발견한 것은 목을 매단 채 죽어 있는 그녀의 싸늘한 시신이었다.

남자는 그 후부터 자기가 만드는 담배에 말보로(MARLBORO)라는 이름을 붙이기 시작했다.

"남자는 흘러간 로맨스 때문에 사랑을 항상 기억한다."

"Man Always Remember Love Because Of Romance Over"

셰익스피어의 교훈

말괄량이 길들이기(1593), 로미오와 줄리엣(1594), 한여름 밤의 꿈(1595), 베니스의 상인(1596), 헛소동(1597), 줄리어스 시저(1598), 뜻대로 하세요(1599), 십이야(1600), 햄릿(1601), 끝이 좋으면 다 좋다(1602), 자에는 자로(1603), 오셀로(1604), 리어왕(1605), 맥베스(1606), 안토니와 클레오파트라(1607), 페리클리즈(1608), 심벨린(1609), 겨울 이야기(1610), 폭풍우(1611), 헨리 8세(1612) 등, 매년 한 두 편씩의 작품들을 발표한 세계 최고의 희곡작가 셰익스피어, 그것도 평범한 작품들이 아닌, 인류 문학사에 길이길이 남아 계속 사랑받을 위대한 작품들을 수도 없이 많이 남긴 대문호 셰익스피어, 그가 후대 우리들에게 남긴 격언들을 살펴본다.

*학생으로 계속 남아 있어라. 배움을 포기하는 순간 우리는 폭삭 늙기 시작한다.

*과거를 자랑하지 말라. 옛날이야기 밖에 가진 것이 없을 때 우리는 처량해진다.

*젊은 사람과 경쟁하지 말라. 대신 그들의 성장을 인정하고 그들에게 용기를 주고 함께 하라.

*부탁받지 않은 충고는 굳이 하려고 하지 말라. 늙은이의 기

우와 잔소리로 오해받는다.

*늙어가는 것을 불평하지 말라. 가엾어 보인다. 몇 번 들어주다 당신을 피하기 시작한다.

*죽음에 대해 말하지 말라. 죽음보다 확실한 것은 없다. 인류의 역사상 어떤 예외도 없었다.

*아름다움을 발견하고 즐겨라. 약간의 심미적 추구를 게을리 하지 말라.

*그림과 음악을 사랑하고, 책을 즐겨 읽고 자연의 아름다움을 만끽하는 것이 좋다.

*행복해지고 싶다면 집을 깔끔하게 정리하듯 내 마음에서 버릴 것은 버리고 간수할 것은 간수해야 한다.

하우사(Hausa) 족(族)

아프리카의 나이지리아에는 하우사 족이라는 소수민족이 살고 있다. 이들은 아프리카 토속 흑인이며 현재 약 700만 명 정도가 살고 있는 것으로 추정된다. 나이지리아 북부와 니제르 남부지역에 분포되어 있으며 종교는 이슬람교이다.

1960년에 나이지리아가 독립한 뒤 하우사 족은 나이지리아 정치권에서 주도적 역할을 하고 있다. 그런데 하우사 족은 오랜 전통으로 나이가 15세가 되면 부모가 정해준 남편과 살면서도 다른 남자와 결혼할 수 있는 풍습이 있다. 이를 자가(Zaga)혼이라 한다.

부모님이 정해준 첫 번째 결혼 후 3년이 지나면 부인은 자신의 뜻대로 두 번째 남편을 물색한다. 여기저기 다니면서 멋진 남자들을 만나 사랑도 나누면서 힘 좋고 물건 좋은 두 번째 남편을 직접 고른다. 그리고 3년이 지나면 또 다른 남편을 고르기도 한다. 미모가 뛰어난 여인은 남편을 4~5명 거느리고 산다.

선택받은 남자는 두 번째 결혼도 분명 결혼이므로 신부대금을 지불해야 하고, 결혼식도 첫 번째 결혼 못지않게 성대하게 거행해야 한다. 물론 세 번째 결혼도 마찬가지다. 그런데 재미

있는 것은 부인이 두 번째 결혼을 하게 되면 새집을 마련해야 하는데, 이 새 집은 첫 번째 남편이 마련해야 한다는 사실이다. 두 번째 남편의 집을 첫 남편이 훌륭하게 마련할수록 위상이 높아지고 칭송이 따른다. 첫 번째 남편은 두 번째 남편을 위해 죽기 살기로 돈을 벌어 좋은 집을 마련해 준다.

남편은 뼈 빠지게 노동하여 자기 부인의 새신랑이 살 집을 마련하는 것이다. 어찌 보면 마누라의 외도에 멍석을 깔아주는 꼴이니 우리의 관념으로는 도저히 용납할 수 없다. 그러나 그들은 오랜 전통으로 내려온 풍습이기에 남편으로서는 그냥 따라야 할 의무이다.

부인은 두 번째, 세 번째 결혼 후 이집 저집으로 동가식서가숙(東家食西家宿)하며 여러 남편의 아내 역할을 하게 된다고 한다. 몇 년 전 영화 '아내가 결혼 했다'와 비슷한 이야기이다.

유태인의 영역

모세, 솔로몬, 예수, 바울, 칼 막스, 프로이드, 샤갈, 아인슈타인, 키신저, 스필버그 등이 모두 유태인이다.

그런 힘은 어디에서 나오는 것일까? 한마디로 말하자면 '성경'에서 나온다고 하겠다. 그들은 말씀과 뼈아픈 역사를 잊지 않고, 3천 년을 이어온 민족이기 때문이다. 탈무드와 랍비에 의한 철저한 가르침으로 전인적 교육이 뒷받침 되어 있다.

소련은 큰 나라였다. 그러나 막상 문이 열려 들어가 보니 너무나 작은 나라였다. 지금은 늘어났겠지만 내가 방문했을 당시에 모스크바에는 맥도날드가 하나뿐이었다. 그 곳에서 햄버거를 먹은 사람들은 포장지를 가져가서 벽에 걸어 놓을 정도였다.

이스라엘을 가리켜 작지만 큰 나라라고 말한다. 국토는 작지만 세계를 지배하고 있다. 국민의 수는 많지 않지만 큰일을 하고 있는 나라이기 때문에 생긴 별명이다.

유태인의 총 인구는 1,600만 명이다. 그중 미국에 680만 명, 이스라엘에 500만 명이 살고 있고 나머지는 전 세계에 분산되어 살고 있다. 유태인은 전 세계 인구의 약 0.2%이다. 지금까지 노벨상을 받은 사람을 가장 많이 배출한 민족이 유태인이다.

노벨상을 수상한 사람은 지금까지 모두 300여 명인데 그 중에 93명이 유태인이다. 경제 분야에서 65%, 의학 분야에서 23%, 물리학 분야에서 22%, 화학 분야에서 12%, 문학 분야에서 8%에 해당하는 수상자들이 유태인 계열에서 나왔다.

미국 유태인의 생활수준은 미국인 평균의 두 배이다. 그런데 상위 400 가족 중에는 24%, 최 상위 40 가족 중에는 42%를 유태인 가정이 차지하고 있다. 미국에 변호사가 약 70만 명인데 그 중에 20%인 14만 명이 유태인이다. 뉴욕 중고등학교 교사 중에 50%가 유태인이다. 국민 투표로 당선된 미국 국회의원 535명중 42명이 유태인이다. 그 중에서도 주요 행정 책임자의 유태인 비율은 무려 90%라니 그저 놀라울 따름이다.

3장

이토 히로부미 암살의
일등공신은 일본 기자?

일등석 사람들

세상에서 성공한 사람들의 밀도가 가장 높게 잘 나타난 곳은 비행기의 일등석이다. 퍼스트 클레스(First class) 승객들만의 행동과 습관을 어느 스튜어디스가 책으로 발간하여 세상에 선 보였다. 일등석의 좌석은 전체 비행기 좌석의 3% 뿐이지만, 그들이 사회에서 행사하는 영향력은 90%에 달한다. 그들로부터 배울 점을 알아보자.

*그들은 펜을 빌리지 않는다: 항상 메모하는 습관이 있고 모두 자신만의 필기구를 지니고 다닌다. 메모는 최강의 성공 도구이다. 기록하는 행위는 상대에게 신뢰를 주고 아이디어를 동결 건조시켜 보존해 준다.

*그들은 전기와 역사책을 읽는다: 그들은 얄팍한 베스트셀러가 아닌, 잘 알려지지 않은 투박하고 묵직한 책을 즐겨 읽는다.

*그들은 시선의 각도가 높다: 행동거지가 당당한 사람은 정면을 바라보기 때문에 시선의 각도도 자연 높아진다.

*그들은 화술의 달인들이다: 그들은 흥미진진하게 다른 사람들의 이야기를 듣는다. 항상 경청하는 자세가 되어 있다.

*그들은 승무원에게 고자세를 취하지 않는다: '바쁜 중에

미안하지만' 등과 같이 항상 완충어를 덧붙이며 말을 건넨
다.

*그들은 주변 환경을 내편으로 만든다: 일등석의 승객이 동
승한 다른 승객에게 인사하는 것은 매우 효율적인 인맥형
성 방법이다.

*그들은 아내를 극진히 모신다: 그 이유는 주변의 사람들은
대개가 그에게 아첨 섞인 말만을 하지만, 아내만큼은 남편
의 지위에 개의치 않고 솔직한 생각과 감정을 표현하기 때
문이다.

중국은 56개의 종족으로 구성

중국은 세계인구의 1/5에 달하며 한족을 포함 56개 소수민족으로 구성되어 있으므로 세계에서 가장 많은 다민족(多民族)국가이기도 하다. 중국은 전체인구의 94%가 한족(漢族)이며 다음이 장족(壯族)이다. 장족은 광둥성과 인접한 해발 1,000~1,500m의 높은 지대에서 생활하는데, 인구는 3천만 명 정도로 알려져 있다.

다음은 회족(回族)으로 중국의 최북단 신장-위그르 지역에 사는 회교도들이다. 여기서 말하는 소수민족이란 중국의 입장에서 그렇다는 말일 뿐이다. 회족으로 알려진 회교도들만 보더라도 자그마치 2,200만 명에 달한다. 또한 그들이 사는 자치구의 면적은 대한민국 땅의 12배가 넘는다.

다음은 만족(滿族)으로 흔히 만주족으로 불리며, 분포지는 주로 동북 3성인 요녕성, 흑룡강성, 길림성이다.

우리와 한 핏줄인 조선족(朝鮮族)은 소수민족 중 야오족 다음으로 인구수에서의 서열은 14번째이며 약 200만 명이 주로 동북3성에 거주하고 있다. 하지만 한국 또는 타지로의 이주가 심하여 머지않아 조선족 자치구의 존속이 어려울 지경이라고 한다.

레드오션(Red ocean)과 블루오션(Blue ocean)

1848년 1월 캘리포니아 농장의 공사현장 책임자였던 제임스 마샬은 우연히 강에서 사금을 발견했다. 금이 발견되었다는 소식은 계속 퍼져 나갔고 일확천금의 꿈에 들뜬 사람들이 캘리포니아로 몰려들기 시작했다. 미국의 저 유명한 골드러시의 시작이었다.

그러나 일확천금을 꿈꾸며 몰려온 사람들 중 그 꿈을 이룬 사람들은 드물었다. 미국은 물론 전 세계를 들끓게 한 골드러시의 꿈을 이룬 사람은 막대한 자금을 들여 광산을 개발할 수 있었던 극소수의 사업가들뿐이었다. 오히려 큰돈을 벌 수 있었던 일반인은 금을 캐던 광부가 아니라 이들을 상대로 장사를 하던 사람들이었다.

이들 중 금광을 개발한 사업가들보다 더 많은 돈을 번 청년이 있었다. 그 청년은 원래 사금을 파는 사람들이 주로 사용하는 텐트를 만드는 업자들에게 텐트용 천을 팔고 있었다. 그런데 주문 실수로 파랑색 염료로 천을 염색해 버렸다. 오염이 덜타는 검은색 천을 원하던 의뢰인은 구매를 취소했고, 청년은 재고로 남은 엄청난 양의 파란색 천 때문에 파산할 지경이었다.

고민하던 청년은 당시 금을 캐던 인부들의 바지가 잘 찢어진다는 사실을 알아채고는 텐트용 파란색 천으로 바지를 만들기 시작했다. 값이 싸고 질긴 바지는 날개 돋친 듯 팔렸고 청년은 벼락부자가 되었다. 이 청년이 바로 리바이스 스트라우스(Levies Strauss)이다. 그렇게 만들어진 Levies라는 브랜드는 오늘날까지 전 세계 남녀노소 모두에게 팔리는 청바지의 대표 브랜드가 되었다.

이미 잘 알려져 있어서 경쟁이 매우 치열하여 붉은(red)피를 흘려야하는 경쟁시장을 레드오션이라고 한다. 수많은 사람들이 경쟁하는 골드러시의 금광은 이미 시장으로서의 가치가 없는 레드오션 중의 레드오션이었다. 하지만 그런 와중에도 비교적 경쟁이 덜 한 곳이 있게 마련이다. 그곳이 바로 피를 흘리지 않고 돈을 벌 수 있는 청정지역(Blue Ocean)이다. 사금을 캐는 레드오션도 있지만 그 옆에는 청바지를 파는 블루오션도 존재하게 마련이다.

조금만 발상을 전환할 수 있는 현명함이 있다면 나만의 블루오션을 찾을 수 있을 것이다. 창조적인 변화는 늘 우리 곁에 있다.

04

과거를 모르는 국민에게 미래는 없다

1950년 6월 25일에 발발한 한국전쟁의 상처가 그대로 남아 있던 1954년부터 이후 약 10년 동안 역사의 굴곡을 알아야만 한다.

당시 세계 120여 독립국 중 북한은 40위, 한국은 100위권 밖의 최빈국이었다. 6.25전쟁 뒤 10년 동안 남한은 자유민주주의를 향한 시행착오를 계속했다. 북한 경제는 소련과 동유럽 공산권 경제의 활성화에 힘입어 상당한 성과를 올렸다. 일본은 1964년 도쿄올림픽을 개최하면서 패전국에서 다시 경제 강국으로 일어났다. 한마디로 대한민국 안보와 경제는 불면 날아갈 정도로 허약한 상태였다.

박정희 대통령은 5.16 혁명 이후 1963년 실시 된 대통령선거에서 간신히 당선된 뒤 새해를 맞았지만, 경제개발 5개년계획이 외화부족으로 제대로 시작도 못하고 있었다. 마침내 '수출 제일주의'을 내세웠다. 그러나 수출할 물건이 없었다. 결국 여성들의 머리카락을 잘라서 팔기 시작했다. 구로공단이 조성되면서 가발산업이 발전했다.

가발은 1969년에는 수출 1위 품목이 되었다. 박 대통령이 독일이 제공한 비행기 편으로 독일을 방문하고, 광부와 간호원 앞에서 눈물의 연설을 한 후, 파고다 담배 5백 갑을 선물로 주고 온 것은 1964년의 일이다. 그러나 이런 노력만으론 턱없이 부족했다.

박 대통령은 매국노, 전쟁용병, 등등의 비난을 각오하고 한-일 국교정상화와 월남 파병을 결단했다. 그는 당시의 심정에 대해 '내가 죽은 뒤 내 무덤에 침을 뱉어라'라는 말을 남겼다. 그렇게 10년 동안 전 국민이 일치단결하여 각고의 노력을 기울인 후, 1974년이 되자 한국 경제는 가까스로 북한 경제를 따라 잡았다. 남한의 추격에 위협을 느낀 김일성은 박정희 암살을 위해 1974년 초에 1.21사태를 일으킨다. 김신조를 위시한 북한국 특수부대를 파견하여 청와대 바로 턱밑까지 침투했던 것이다.

다시 10년이 지난 1984년, 대한민국은 드디어 최강국인 미국과의 교역에서 무역흑자를 실현하기 시작했다. 경제적 자립 능력을 확보한 셈이다. 이러한 비약적인 경제발전을 일컬어 전 세계에서는 '한강의 기적'으로 부르기 시작하였다. 이렇게 형성된 중산층과 고학력층은 1987년 넥타이 부대로 성장하고 지속 가능한 민주주의를 이루는 토대가 된 것이다.

이처럼 1964년은 대한민국 도약의 원년이다. 6.3사태를 겪으면서까지 대일청구권 자금을 받았고, 이는 경부고속도로와 포항제철 등 기간산업인프라 구축의 종자돈이 되었다.

필리핀 같은 나라도 일본으로부터 배상금을 받았다. 그런데 그런 나라들은 그것을 최고위층이 부정축재 하였거나 아니면 국민에게 몇 푼씩 나누어주면서 선심을 써서 다 날려버렸다. 반면에 박정희 대통령은 그 돈으로 기간산업을 건설하고 사회 인프라를 구축하여 오늘날의 대한민국을 명실상부한 세계 10위 강국의 반열에 들게 하였다.

월남 파병은 한-미 동맹을 진정한 혈맹으로 강화시켰고, 짧은 기간에 수출 및 국내산업 발전, 해외 경험 축적 등의 부수적 효과를 올렸다. 파병세대는 1970년대 산업전사로 탈바꿈해 중동의 사막에서 세계인을 경탄시켰다.

물질적 풍요, 정치적 민주화가 이뤄진 2020년의 요즘, 우리들이 잊어선 안 될 사람들이 있다. 그들은 1960년대 머리카락을 잘라 팔아야 했던 소녀들, 학업을 포기하고 장시간 노동을 해야 했던 여공들, 독일 탄광과 월남 정글에서 목숨을 걸었던 청년들, 1970년대 사막에서 돌관 작업(24시간 밤샘작업)을 마다하지 않았던 사람들이다. 그러한 산업전사들의 희생과 헌신이 없었다면 지금 세대의 낭만은 없었을 것이다.

1964년의 교훈은 한민족사에 선명하다.

이토 히로부미 암살의 일등공신은 일본기자?

1909년 10월 26일 만주 하얼빈 역, 안중근은 이토 히로부미의 도착을 초조하게 기다리고 있었다.

아침 9시 10분, 이토 히로부미를 실은 열차가 하얼빈 역으로 미끄러지듯이 들어와 가벼운 반동과 함께 멎었다. 열차가 무사히 도착하였다는 말은 장춘역에 배치하였던 유동하(18세)도, 채가구역에서 대기하던 우덕순(29세)과 조도선(30세)도 모두 실패하였음을 의미하는 것이었다. 필경 그 두 역을 열차가 정차하지 않고 그냥 통과하였으리라.

열차가 도착하자 플랫폼 안은 장중한 군악이 울리고, 경축화포가 터지는 소리, 일장기를 흔드는 일본 거류민들의 만세소리로 정신이 혼미할 지경이었다. 안중근이 지금 서 있는 1번 홈의 가장 안쪽은 하얼빈 주재 외교 사절들과 일장기를 든 일본인들만 접근이 허용된 최고단계의 경비구역이었다. 그런 곳을 지금 조선인 안중근이 들어와서 침략의 원흉을 기다리고 있는 것이다. 품속에는 권총을 지닌 채로.

안중근이 여기까지 올 수 있었던 것은 그야말로 천운이었다. 안중근은 하얼빈 역의 1차 저지선을 가볍게 통과하였다. 바로며칠 전 술집에서 러시아 병사들에게 두들겨 맞고 있던 일본인

신문기자를 구해준 덕을 톡톡히 본 것이었다. 그가 고맙다면서 준 명함 한 장, 거기에는 '아사히신문사 취재부 관동지역 특파원 아라이'라고 인쇄되어 있었다. 얼떨결에 받은 명함으로 1차 통제선(청국 경찰 경비구역)을 가볍게 통과하고, 2차 통제선(러시아 경찰 경비구역)도 무난히 통과하였다. 그러나 3차 통제선은 러시아 헌병들이 그야말로 철통같이 지키고 있었다. 사전에 배포한 비표가 없으면 절대로 들어갈 수가 없는 상황에 봉착한 것이었다.

안중근이 기자라고 강력하게 우기자 러시아 헌병도 마침내 들여보내주는 것으로 양해를 하였다. 그러나 몸수색을 하기 전에는 절대로 안 된다는 것이 아닌가. 안중근은 큰소리로 항의하였다.

"아니 오사카 본사에서 이토 히로부미 각하와 코코흐체프 대신의 회견을 취재하라고 특별히 나를 보냈는데, 몸수색을 해야만 들어 갈 수 있다는 게 말이 되오?"

이렇게 옥신각신 하자 금세 서너 명의 러시아 헌병들이 몰려왔다. 안중근에게는 절체절명의 순간이었다. 바로 그때 팔에 신문기자 완장을 두른 아라이 특파원이 이 광경을 보고 달려와서 안중근을 알아보고는 소리쳤다.

"아니 선생님, 웬일이십니까?"

"이 자들이 몸수색을 한다고 이렇게 난리를 피우는구려. 혹시 이 자들이 그날 밤, 당신을 폭행했던 놈들이 아니오?"

안중근이 이렇게 말하자 아라이 기자는 대뜸 유창한 러시아 말로 헌병들에게 소리쳤다.

"이봐요, 이 선생님은 내가 보증합니다. 들여보내세요!"

그리고는 주춤거리는 러시아 헌병들 사이를 헤치고 안중근을 데리고 안으로 들어갔다.

아라이 기자는 며칠 전 밤, 술집에서 자신을 구해 준 안중근에게 다시 한 번 고맙다는 말을 마치고는 서둘러 안쪽으로 사라졌다. 안중근은 일본인들을 헤치고 2열 횡대로 늘어서 있는 러시아 의장대 바로 뒤에까지 왔다.

그리고 그 다음의 일은 우리가 다 아는 그대로이다. 불과 5분 후에 이토 히로부미가 도착하였고 안중근은 7연발 브라우닝 권총으로 여섯 발을 쏘아서 그중 세 발을 이토 히로부미에게, 그리고 나머지 세 발을 이토의 좌우에 있던 일본총영사, 일본만주철도이사, 일본궁내부 대신에게 명중시켰다.

06

장자의 여덟 가지 실수와 주진중의 오계

장자(莊子 BC369 ~ BC289)에 의하면 인간은 습관적으로 저지르는 여덟 가지의 실수가 있다고 한다.

*자기가 할 일이 아닌데 덤비는 것은 주착(做錯)이라고 한다.

*상대방이 청하지 않았는데 의견을 말하는 것은 망령(妄靈)이라고 한다.

*남의 비위를 맞추려고 말하는 것을 아첨(阿諂)이라고 한다.

*시비를 가리지 않고 마구 말하는 것을 푼수(分數) 떤다고 한다.

*남의 단점을 말하기 좋아하는 것을 참소(讒訴)라고 한다.

*남의 관계를 갈라놓는 것을 이간(離間)이라고 한다.

*나쁜 짓을 칭찬하여 사람을 타락시킴을 간특(奸慝)하다고 한다.

*시비를 가리지도 않고 비위를 맞춰 상대방의 속셈을 뽑아보는 것을 음흉(陰凶)하다고 한다.

중국 송나라에 주진중(1097년 ~ 1167)이라는 사람은 인생에는 생계, 신계, 가계, 노계, 사계의 다섯 가지 계획(五計)이 있어야 한다고 했다.

*생계(生計): 내 인생을 어떤 모양으로 만드느냐에 관한 것이다.

*신계(身界): 이 몸을 어떻게 처신하느냐의 계획이다.

*가계(家計): 나의 집안, 가족관계를 어떻게 설정하느냐의 문제이다.

*노계(老計): 노년을 어떻게 보낼 것이냐에 관한 계획이다.

*사계(死計): 어떤 모양으로 죽을 것이냐의 계획을 말한다.

자유의 여신상

    뉴욕만 어귀 리버티 아일랜드에 세워진 '자유의 여신상'은 프레데릭 오귀스트 바톨디(1832~1923) 가 제작한 것으로 프랑스 정부가 미국독립 1백주년을 기념하여 1886년에 미국 정부에 기증한 조각상이다.

    높이는 받침대를 포함하여 92m, 검지의 길이만도 2.4m에 달한다. 바톨디는 여신상을 만들기 위해서는 철골기술이 필요하다고 생각해서 에펠탑을 만든 건축가 에펠에게 내부설계를 의뢰하였다고 한다.

    미국은 영국의 식민지로부터 벗어나 독립한 나라이다. 또 영국은 프랑스와 수 세기 동안 끈질기게 싸웠던 앙숙이다. 그런 미국에 프랑스가 독립 100주년을 기념하여 자유를 상징하는 거대한 조형물을 기증하였으니 필경 영국으로서는 속이 편하지 않았을 것이다. 그러나 그런 정치적인 이야기는 잠시 뒷전으로 미루어 두고, 자유의 여신상 아이디어를 떠 올린 조작가의 이야기를 해 보자.

    바톨디는 자유의 여신상 모델을 찾아 나섰으나 흡족한 대상을 찾지 못했다. 조각을 시작도 못한 채 허송세월을 하다가 어느 날 문득 자신을 위해 평생을 희생한 어머니의 얼굴을 떠올리면서 무릎을 탁! 쳤다.

"그래, 바로 그 표정이다. 어머니는 갓난아기를 고귀한 인격체로 조형하는 최고의 조각가이다. 어머니의 표정 속엔 거룩한 안식과 희생의 미소가 담겨있다. 어머니야말로 가장 완벽한 모델이다! "

바톨디는 어머니를 모델로 삼아 자유의 여신상을 만들었다. 어머니의 사랑은 영원하다. 어머니의 사랑은 지우개다. 어떤 고통과 슬픔도 어머니의 품안에서는 깨끗하게 지워진다. 어머니는 아무리 퍼내도 마르지 않는 사랑의 샘이다.

어머니는 회초리로 자녀의 종아리를 때리면서 속으론 눈물을 흘린다. 어머니는 반딧불이 같은 희망만 있어도 참고 기다리는 인내자다.

그러나 사람들은 어머니가 그들의 곁을 떠난 후에야 이 사랑을 깨닫는다.

텔마 톰슨 여인

텔마 톰슨 여인은 2차 세계대전 중에 행복한 결혼 생활을 꿈꾸며 육군 장교와 결혼을 했다. 남편을 따라 캘리포니아에 있는 모제이브 사막 근처의 육군훈련소에 왔다. 남편 가까이 있고자 이사를 한 것이다. 사막의 모래 바람으로 가득 찬 곳에서의 삶은 참으로 외롭고 고독하기만 했다. 남편이 훈련 나가고 오두막집에 혼자 남게 되면, 50도가 넘는 살인적인 무더위에 이야기 상대라고는 고작 멕시코인과 인디언뿐이었다.

그런데 영어로는 의사소통이 되지 않았다. 그런가 하면 항상 모래 바람이 불어 음식물은 물론이고 호흡하는 공기에도 모래가 가득차 있었다. 그녀는 절로 신세 한탄이 나왔다. 슬프고 외롭고 억울한 생각이 들어 친정 부모님께 편지를 썼다. 이런 곳에서는 더 이상 견딜 수 없으니 당장이라도 짐을 꾸려 집으로 돌아가겠다, 이곳에 더 눌러 사느니 차라리 감옥에 가는 편이 좋다는 식의 내용이었다.

그런데 당장 오라거나 자신을 위로 해 줄 것으로 기대했던 아버지의 답장은 뜻밖이었다.

"두 사나이가 감옥에서 조그만 창문을 통해 밖을 바라보았다. 한 사람은 밤하늘에 반짝이는 별을 헤아리며 자신의 미래를 꿈꾸며 살았고, 다른 한 사람은 감옥에 굴러다니는 먼지와 바퀴벌레를 세며 불평과 원망으로 살았다."

너무 간단한 편지 내용에 처음에는 실망했지만 이 편지는 그녀의 삶을 바꾸어 놓았다. 이 문구를 몇 번이고 되풀이해서 읽자 그녀는 자신이 부끄러워졌다. 그때부터 현재의 상태에서 무엇이든 좋은 점을 찾아내려고 애를 썼다. 자신에게 밤하늘의 별이 무엇일까? 주변을 살피던 중 원주민들과 친구가 되었다. 그들이 보여준 반응은 그녀를 놀라게 하였다.

그녀가 그들의 편물이든가, 도자기에 대해 흥미를 보이면 그들은 여행자에게는 팔지도 않던 소중한 것들을 선물하는 것이었다. 그녀는 선인장, 난초, 나무 등의 기묘한 모양을 연구했다. 사막의 식물들을 조사했으며 낙조를 바라보기도 했다. 백년 전 사막이 바다의 밑바닥이었을 무렵에도 존재했을 법한 조개껍질을 찾아보기도 했다.

도대체 무엇이 그녀를 그렇게 변화시켰을까? 모제이브 사막은 변함이 없고 인디언은 달라진 것이 없었다. 변한 것은 바로 그녀 자신뿐이었다. 바로 그녀의 마음가짐이 달라진 것이다. 그녀는 비참한 경험을 생애에서 가장 즐거운 모험으로 바꾸었다. 새롭게 발견한 세계에 자극 받고 너무나 감격한 나머지 그것을 소재로 해서《빛나는 성》이라는 소설을 썼다.

출판 기념회에서 그녀는 이렇게 고백했다.

"사막에서 생활하는 동안에 '너는 불행하다, 너는 외톨이다,

너는 희망이 없다' 라는 마귀의 소리도 들렸고, '너를 이곳으로 인도한 이는 바로 하나님이다. 이곳에서 새 꿈을 꾸어라' 는 하나님의 음성도 들었습니다. 저는 마귀의 소리에는 귀를 막고 하나님의 소리만을 들으면서 살아 온 결과 오늘의 이 영광을 얻게 되었습니다."

간디의 재치

자신에게 고개를 숙이지 않는 식민지 출신의 젊은 학생을 아니꼽게 여기던 피터슨이라는 교수가 있었다. 하루는 간디가 대학식당에서 피터슨 교수 옆자리로 가서 점심을 먹으려고 앉았다. 피터슨 교수는 거드름을 피우며 말했다.

"이보게 아직 잘 모르는 모양인데 돼지와 새가 같이 식사하는 경우는 없다네."

이에 간디는 이렇게 응수했다.

"걱정 마세요, 교수님! 제가 다른 곳으로 날아갈게요."

복수심이 오른 교수는 다음 시험에서 간디를 괴롭히려 했으나 간디가 만점에 가까운 점수를 받자 간디에게 질문을 던졌다.

"길을 걷다가 돈 자루와 지혜가 든 자루를 발견했다. 자네라면 어떤 자루를 택하겠나?"

간디는 이렇게 응수했다.

"그야 당연히 돈 자루죠."

피터슨 교수는 그럴 줄 알았다는 듯이 이렇게 말했다.

"쯧쯧쯧 나라면 돈이 아니라 지혜를 택했을 것이다."

그 말에 대한 간디의 응수가 일품이다.

"뭐 각자 자기가 부족한 것을 택하는 게 아니겠어요?"

약이 오를 대로 오른 피터슨 교수는 간디의 시험지에 idot(명청이)라고 써서 돌려주었다.

간디는 피터슨 교수에게 마지막 결정타를 날렸다.

"교수님! 제 시험지에는 점수는 없고, 교수님 서명만 있습니다. 어찌된 일인가요?"

밥 호프 공연

월남전이 한창이던 시절, 월남에서 부상당하여 돌아온 미국 군인들을 위한 대대적인 위문공연을 준비하고 있을 때의 일이다.

프로그램의 총 책임자인 감독은 미국의 유명한 코미디언 밥 호프(Bob Hope)를 이 공연에 초대하기로 했다. 그러나 밥 호프는 너무나 바쁘고 이미 다른 일정이 잡혀 있어서 갈 수 없다고 거절하였다. 밥 호프가 없는 위문공연은 아무런 의미가 없다고 생각한 감독은 "전쟁터에서 돌아온 군인들을 위한 아주 중요한 자리에 당신이 꼭 필요합니다."라며 여러 번 간곡히 부탁을 했다. 밥 호프도 끈질긴 감독의 부탁에 "그러면 제가 5분 정도만 얼굴을 보이고 내려와도 괜찮겠습니까?"하고 물었다. 주최 측에서는 그렇게만 해줘도 고맙다고 해서 밥 호프는 그 위문공연에 출연하기로 약속했다.

드디어 공연 당일 밥 호프가 공연을 시작하자마자 사람들은 웃기 시작했다. 그런데 밥 호프는 5분이 지나도 끝낼 생각을 안 하고 10분, 15분, 25분이 넘었는데도 공연을 계속했다. 밥 호프는 거의 40분 동안 공연을 하고 내려 왔다. 그의 얼굴에는 눈물이 흐르고 있었다.

감독은 5분을 한다고 했는데 40분을 하게 된 경위와 눈물을 흘리는 이유에 대해 물었다. 그의 물음에 밥 호프는 눈물을 닦으며 이렇게 말했다.

"저 앞 줄에 있는 두 친구 때문에 그렇습니다."

감독이 가보니 앞줄에 상이군인 두 사람이 열심히 박수를 치며 기뻐하는 모습이 보였다. 한 사람은 오른팔을 잃었고, 한 사람은 왼팔을 잃어버린 상태였다. 오른팔을 잃어버린 사람은 왼팔을, 왼팔을 잃어버린 사람은 오른팔을 사용해서 두 사람이 손벽을 마주치며 박수를 쳐대고 있었던 것이다.

"저 두 사람은 나에게 참된 기쁨이 무엇인가를 가르쳐 주었습니다. 그래서 나는 무대에서 쉽사리 내려올 수 없었습니다."

4장

한국 머슴 vs 일본 머슴 vs 미국 머슴

영국 이튼 스쿨과 한국의 거창고등학교

영국의 명문고등학교 이튼 칼리지는 무려 6백여 년 전에 세워진 학교로 지금까지 19명의 영국 총리를 배출한 명문 중의 명문이다.

이 학교는 자신만 아는 엘리트는 원하지 않는다. 교과목 중 제일 중요한 과목으로는 체육을 든다. 하루에 한 번은 꼭 함께 축구를 해야 하고, 공휴일이면 두 번 운동을 해야 한다. 그렇지 않으면 벌금을 내야하고 몰매도 맞아야 한다. 공부보다 체육을 통해 함께 하는 정신을 강조한다.

어느 해인가 졸업식장에서 교장은 이런 기념사를 하였다.

"우리 학교는 자신이 출세를 하거나 자신만이 잘되기를 바라는 사람은 원하지 않습니다. 주변을 위하고 사회나 나라가 어려울 때에 제일 먼저 달려가 선두에 설 줄 아는 사람을 원합니다."

학생들은 입학 때부터 자신이 장차 나라를 이끌어갈 사람이라는 생각을 가지고 학업에 임하게 된다고 한다. 누가 누누이 강조해서도 아니고 자연스럽게 학교의 가풍이 그런 생각을 갖도록 만든다는 것이다. 실제 이 학교 졸업생들은 두 차례의 세계대전에서 무려 2천여 명이나 전사했다. 지금도 헨리 6세의 동상 앞에 그들의 기념비가 있다.

이튼 학교의 졸업생들은 대부분이 대학에 진학하는데 1/3은 옥스퍼드나 케임브리지에 진학을 한다. 학교에서 강조하는 부분은 일반적인 공부 보다는 오히려 사회 지도층으로서의 덕목과 자질 함양이다. 자긍심으로 가득한 졸업생들을 만드는 것이 이 학교의 목표이다.

① 남의 약점을 이용하지 말라.

② 비굴하지 않은 사람이 되라.

③ 남을 깔보지 말라.

④ 항상 상대방을 배려하라.

⑤ 공적인 일에는 용기 있게 나서라

⑥ 잘난 척 하지 말라.

⑦ 힘든 일에는 먼저 나서라.

그런데 우리나라에도 영국의 이튼스쿨과 비슷한 전통을 가진 학교가 있다. 바로 경상도의 거창고등학교이다. 물론 대통령이나 정치 지도자들이 이 학교를 통하여 쏟아져 나온 것은 아니지만, 이 학교는 사회에서 꼭 필요한 건전한 사람을 양성한다는 관점에서 볼 때에는 영국의 이튼 스쿨과 상당이 비슷한 면이 있다. 이 학교의 직업선택 십계명을 살펴보자.

① 월급이 적은 쪽을 택하라.

② 내가 원하는 곳이 아니라 나를 필요로 하는 곳을 택하라.

③ 승진의 기회가 거의 없는 곳을 택하라.

④ 모든 조건이 갖추어진 곳을 피하고 처음부터 시작해야 하는 황무지를 택하라.

⑤ 앞을 다투어 모여드는 곳을 절대 가지 마라. 아무도 가지 않는 곳을 가라.

⑥ 장래성이 전혀 없다고 생각되는 곳으로 가라.

⑦ 사회적 존경 같은 것을 바라볼 수 없는 곳으로 가라.

⑧ 한 가운데가 아니라 가장자리로 가라.

⑨ 부모나 아내나 약혼자가 결사반대를 하는 곳이면 틀림없다. 의심치 말고 가라.

⑩ 왕관이 아니라 단두대가 기다리고 있는 곳으로 가라.

거창고등학교는 1953년 설립인가가 났으나 운영난을 겪던 중, 일본 고베 신학교와 미국 컨콜디아 신학교를 졸업한 정영창 선생이 1956년 3대 교장으로 부임하면서 새로운 전기를 맞게 된다. 정영창 교장은 '하나님을 섬기고 두려워함이 지식의 근본'이라는 교훈 아래 이 사회가 꼭 필요한 인재, 어느 곳에서나 묵묵히 자신의 앞길을 뚜벅뚜벅 걸어가는 사람을 만든다는 신념으로 학생들을 육성하였다.

거창고등학교의 직업선택 10계명은 어찌 보면 가장 어리석은 사람이 되라는 주문처럼 들리기도 하지만, 어떠한 여건에서도 용기와 신념을 잃지 않고 사회의 한 축을 담당하며 살아갈 것을 당부하는 내용이라고 하겠다.

몽골과 몽고

몽고(蒙古)는 한자로 '아둔한 옛 것'이라는 뜻이다. 전쟁을 하는데 극히 야만적이고, 변변하게 문자도 깨치지 못한 민족이라서 그런 이름이 붙었다고 한다.

몽골 족이 정복한 땅은 알렉산더 대왕, 나폴레옹, 히틀러가 차지한 땅을 모두 합친 것보다도 넓다. 동쪽으로는 고려에서부터 서쪽으로는 헝가리까지, 남으로는 베트남에서부터 북으로는 시베리아까지 광활한 제국을 건설했다. 영국을 '해가 지지 않는 제국'이라고 했지만, 몽고에 비하면 매우 좁은 땅이라고 하겠다.

1200년 대 당시의 인구가 백만 명을 조금 넘는 민족, 그저 척박한 초원에서 목축으로 생계를 유지하던 이 민족이 어떻게 그렇게나 넓은 대륙을 정복할 수 있었으며, 1억 명이 넘는 인구를 거느릴 수 있었을까? 더욱 경이적인 사실은 몽고라는 대 제국이 단지 정복만 하고 끝난 것이 아니라, 장장 150년이라는 장구한 세월 동안 대 제국을 형성하며 그 정복한 나라들을 다스렸다는 사실에 있다.

우선 정복이 가능했던 이유는, 당시로서는 첨단에 가까운 전투기술과, 적군에게 공포감을 주는 심리전술, 엄격하게 국가를 관리하는 규율과 기강이 있었다고 본다. 그리고 무엇보다도 어떤 환경에서도 잘 견디어 주는 몽고의 말이 있었고, 유목민족에게만 있는 신속한 기동력과 간편한 장비가 큰 역할을 했다는 분석이 지배적이다.

그러면 통치기술은 어땠을까? 그들은 현명하게도 현지인들의 우두머리를 그대로 지도자로 삼는 정책을 폈다. 또한 종교도 현지인들이 믿던 종교를 그대로 허용했다. 피정복자의 입장에서는 비록 정복은 당했으나 실제의 삶에 있어서는 그다지 큰 차이가 없었던 셈이다.

그러나 이런 이유는 지류에 불과하고 본류는 따로 있었다. 바로 칭기즈 칸의 '열린 경영'이다. 내전을 종식시킨 칭기즈 칸은 동족에게 이렇게 말한다.

"가난의 공포에서 몽고를 해방시키는 길은 밖에 있다. 안에서 아귀다툼을 할 게 아니라 밖으로 나가자. 그래야만 모두가 배불리 먹고 살 수 있다."

몽고와 다른 민족의 차이점은 실로 크다. 전투방식이 다르고, 결혼풍습도 다르고, 육아방식도 다르다. 그러나 몽고에 무릎을 꿇은 소위 문명국이라는 나라는 대개가 정주민이다. 바로 큰 차이는 몽고는 유목민이고 다른 민족은 농경 정착민이라는 점이다. 닫힌 사회와 열린 사회의 차이가 이런 결과를 가져온 것이다.

03

한글 창제의 또 다른 진실

얼마 전 한글을 창제한 과정을 다룬 영화가 방영되었는데, 지금까지 알려진 내용과 다른 점이 많아 새로운 관심거리가 되고 있다.

세종은 배우지 못한 백성들을 가르치기 위하여 한글을 만들었다. 가난한 백성들은 공부를 할 수도 없었고 고가의 필기도구를 만져 볼 기회조차도 없었다. 그저 나뭇가지로 땅바닥에 죽죽 그을 수 있는 모양으로 글의 흉내를 낼 뿐이었다.

한글의 창제 과정에서 고대 인도의 음성학을 배운 학승(學僧)들의 도움이 컸다고 한다. 학승들 중에서도 신미대사와 그의 동생 김수온이 큰 기여를 하였다는 기록이 있다.

한글은 붓의 삐침이 전혀 없이 선, 네모, 동그라미로만 이루어진, 간결함의 극치를 이룬 세계 최고 수준의 글자이다.

한글을 만들기 2백여 전부터 이미 중국과의 의사소통도 잘되지 않기 시작하였다. 그 이유는 이전에 중국에서 건너 온 한자의 발음이 세월이 감에 따라 많이 변하였기 때문이었다.

훈민정음(訓民正音)은 '백성들에게 가르쳐야 하는 올바른 발음'이라는 뜻이다. 훈민정음이 글자가 아닌 음(音)인 이유가 여기에 있다.

한문과 한글은 말 순서가 달라 한자의 중간 중간에 ~은, ~이, ~이라 같은 토를 달아 읽어야만 하였다. 이와 같은 변음(變音)과 토착(吐着) 문제가 잘 풀리지 않자 세종은 여러 사람들에게 이 문제를 해결해보도록 지시하였는데, 이것을 집중 연구하여 세종께 올린 사람은 세종대왕의 둘째 딸 정의공주였다고 한다.

한글 창제에 큰 역할을 한 세종의 자녀 중에는 정의공주를 비롯하여 세자(후일의 문종), 수양대군(후일의 세조), 그리고 안평대군 등이 있었다고 한다.

한글은 당초 발음기호로 시작된 문자가 우리말을 순수하게 담은 간결하고 과학적인 '표음문자'로 거듭하여 지금에 이르게 된 것이다.

한국 머슴 vs 일본 머슴 vs 미국 머슴

1.한국 머슴: 평안북도 정주에서 머슴살이를 하던 청년이 있었다. 눈에는 총기가 있고 동작이 빠른 청년은 아침이면 일찍 일어나 마당을 쓸고, 일을 스스로 찾아서 했다. 그는 아침이면 주인의 요강을 깨끗이 씻어서 햇볕에 말려 다시 안방에 들여놓았다. 주인은 이 청년을 머슴으로 두기에는 너무 아깝다고 생각하여 평양의 숭실학교에 입학시켜 주었다. 공부를 마친 청년은 고향으로 내려와 오산학교 선생님이 되었다. 그가 바로 독립운동가 조만식 선생이다.

후세에 누가 그에게 어떻게 선생님이 되었으며, 독립운동가가 되었느냐고 물으면 그는 서슴없이 이렇게 대답하였다고 한다.

"주인의 요강을 정성들여 씻는 성의를 보였다."

김일성이 북한에 소련군과 함께 들어와 북한 주민들의 민심을 얻기 위해 제일 먼저 찾아 뵌 분이 바로 조만식 선생이다. 더러운 요강을 닦는 겸손과 자기를 낮출 줄 아는 아량이 민족의 위대한 지도자 조만식 선생을 낳게 한 것이다.

2. 일본 머슴: 한국에 조만식이라는 머슴이 있었다면 일본에

는 그보다 훨씬 더 이전에 도요토미 히데요시라는 머슴이 있었다.

그도 청년시절, 무작정 상경하여 바늘장사 등 온갖 천한 일을 하다가 당시의 실권자인 오다 노부나가의 부하의 눈에 들어 오다 노부나가의 신발을 들고 따라다니는 종이 되었다. 밤에 잘 때에는 주인의 신발을 꼭 끌어안고 자서 주인이 새벽에 신을 찾으면 항상 따뜻한 신을 내밀었다.

그래서 결국은 오다 노부나가의 총애를 받게되고 나중에는 그가 적의 기습을 받아 갑자기 세상을 뜨자 그의 뒤를 이어 최고의 실력자가 되기에 이른다. 그때까지 일본에서 천한 집안 출신이 다이묘(大名)가 된 것은 도요토미 히데요시가 처음이었다. 그는 거기서 더 나아가 일본 최고의 권력자인 쇼군의 자리에까지 오르게 된다.

물론 임진왜란을 일으켜서 우리나라에 큰 비극을 안겨주기는 했지만, 사태를 분석하는 예리한 통찰력, 부하들을 통솔하는 탁월한 지휘력, 그리고 출세지향적인 성격에 대하여는 본받아야 할 점이 많은 것도 사실이다.

3.미국 머슴: 미국에서 남북전쟁이 발발하기 몇 해 전의 일이다. 오하이오 주의 대농 부호가 경영하는 테일러농장에 하루는 제임스라는 17세 소년이 찾아와 먹여주고 재워만 준다면 열심히 일하겠다고 사정하였다.

제임스는 창고 안에 있는 구석진 방에서 잠자면서 열심히 일하고 성실하게 살았다. 그러는 동안 수인집 외농딸과 사랑에 빠지게 되었다. 이 사실을 알게 된 주인은 감히 자기의 딸을 넘본 제임스를 두들겨 패 내쫓아 버렸다. 제임스는 짐도 챙기지 못한 채 맨몸으로 도망쳐 나왔다.

그 후 35년이 지나 주인이 낡은 창고를 헐다가 제임스의 보따리를 발견했는데, 그 보따리의 책 속에서 그의 이름을 찾았다. James A Garfield라는 이름은 분명 당시 현직 미국 대통령 가필드의 이름이었다.

제임스는 그 동안 혼자 힘으로 대학 공부까지 마치고 교사와 변호사를 하던 중에 남북 전쟁이 일어났다. 제임스는 북군 장교로 의용군을 이끌고 싸움터에 나갔으며 나중에는 소장으로 진급했다. 퇴역한 뒤에는 연방하원 의원에 당선되어 그로부터 18년 동안 하원의원 생활을 한 후 오하이오 주의 상원의원에 선출되었다. 마침내는 미국 제20대 대통령에 당선되기에 이른다.

이 이야기는 제임스의 입장에서 보면 성실함과 부지런함으로 일구어 낸 인생 성공스토리이기도 하고, 테일러농장 주인집 딸의 입장에서 보면 운명의 장난이라도 하겠다. 또 취임식을 한 지 불과 6개월 만에 워싱턴 역에서 저격을 받아 숨지는 것을 보면 인간만사는 새옹지마(塞翁之馬)라는 옛말이 떠오르기도 한다.

22년 동안 망치 하나로 산길을 뚫은 사람

지구상에는 현실의 한계를 극복하고 기적을 만들어 내는데 도전하여 성공한 사례들은 수없이 많다.

1960년 인도 비하르 주의 작은 마을에서 일어난 일이다. 26세의 젊은 다쉬라트 만지(Dashrath Manjhi)가 망치와 정, 삽과 곡괭이를 들고 바위산 언덕으로 달려갔다. 수 십킬로미터나 길게 늘어진 바위언덕의 중간 허리를 잘라 언덕 너머의 도시와 직선으로 이어지는 길을 내기 시작하였다.

우리가 보기에는 무모하리만치 어리석은 도전에 그가 나서게 된 것은 1960년 어느 날 그의 아내가 병을 얻어 한 시바삐 병원에서 치료를 받아야 할 형편이었다. 그러나 의사를 보려면 80km나 길게 이어진 바위산을 돌아가야 했고, 결국 그의 아내는 병원으로 가는 도중에 사망하였다.

그는 그 날 이후 아침 일찍 일어나 남의 밭에서 일하며 남는 시간에 망치와 정으로 산을 깎아 길을 내는 일에 도전하였다. 마을 사람 모두가 미쳤다고 비아냥거리는 가운데서도 다시는 아내와 같은 사람이 없기를 빌면서 길을 닦았다.

22년 만에 길이 151m 너비 9.1m의 새로운 길을 닦아 80km나 돌아가야 했던 길을 5km로 단축하였다. 물론 선진국에서 중장비를 동원한다면 몇 개월만에도 건설할 수 있겠지만 인도의 오지 마을에서는 선택할 수 없는 현실적 제약이기도 하다.

다쉬라트 만지의 도전과 희생으로 그의 고향마을에는 변화가 찾아 왔다. 도시문명이 주는 혜택을 모른 채 수천 년을 살아야 했던 마을 사람들은 이후 5킬로미터만 걸으면 병원에 갈 수 있었고, 교육을 받을 학교나 소득을 올릴 공장에도 다닐 수 있게 되었다.

그에 대한 보람과 사명감으로, 다쉬라트 만지는 2007년 73세의 일기로 눈을 감을 때까지 쉬지 않고 그 바위 길을 갈고 다듬었다고 한다.

그의 아들과 후손들은 아버지(할아버지)의 손때가 묻은 곡괭이와 망치, 바위를 깨뜨리던 정을 지금도 간직하고 있다. 안타깝게도 그가 살아있을 때는 실감하지 못했지만, 지역 사람들은 이제 그의 업적을 높이 치하하고 있다.

부(富)와 도전(挑戰)

세계 석유시장에 쥐락펴락 영향력을 행사하는 메이저 석유
재벌 쉘(SHELL)의 창업자 마커스 사무엘은 1870년대 일본에
첫발을 들여 놓았다. 일본이 막 개방을 한 시기라서 미지의 땅
에 무엇인가를 찾아보겠다는 뜻에서 영국을 떠난 것이다.

어느 날 쇼난이라고 하는 지방의 바닷가에서 어촌 사람들이
조개를 잡아 속 살은 그릇에 담고 조개껍데기는 해변에 버리
는 것을 목격하였다. 그는 문득 그 조개껍데기에서 희망 같은
것을 발견하였다. '조개껍데기를 가공하여 단추를 만들어 볼
까?' 그는 즉시 서둘러 조개껍데기로 단추를 만드는 작업에 착
수하였고, 그렇게 해서 만들어진 단추들을 영국에 보내 판매해
보았더니 불티나게 팔리는 것이 아닌가.

조개껍데기 단추로 돈을 벌게 된 마커스 사무엘은 일본에서
'마커스 사무엘'이라는 상회를 차리고 본격적으로 사업에 뛰
어들었다. 그때 그의 나이 25세였는데, 그는 거기서 더 사업을
확장하여 석유를 들여와 일본과 중국에 팔아 많은 돈을 벌었
다.

당시는 중동이나 인도네시아에서 석유를 운반해 올 때 큰 드
럼통 같은 용기를 사용하였기 때문에 매우 불편했다. 그래서

이 문제를 고민하던 사무엘은 화물선을 통째로 석유를 채워 운반하는 방법을 고안하기 시작했다. 그렇게 해서 탄생한 것이 바로 세계 최초의 유조선이다. 그리하여 마침내 그는 세계 최대의 석유 왕이 되었다. 바로 이 때가 사무엘의 30대 초반이었으니 그는 실로 젊은 나이에 억만장자의 반열에 오른 것이다.

미지의 땅 일본에 건너온 것이 큰 도전의 시작이었다면, 어부들이 내버린 조개껍데기에서 아이디어를 얻는 것은 부의 발판을 마련한 도약이었다. 그리고 배를, 석유를 싣는 하나의 커다란 통으로 생각한 것이 그에게 있어서는 부의 완성이었던 셈이다.

공자가 30대를 일컬어 이립(而立)이라 한 것도 30대가 가진 폭발적 의욕과 에너지 때문이 아닐까? 우리의 현실은 30대는 이제 막 사회생활을 시작하는 세대이다. 어쩌면 결혼 후 막 육아의 짐을 짊어지기 시작하는 세대이고 직장을 잡았다면 밤새워 일해도 피곤을 모를 만큼 왕성한 세대이다. 그러나 작금의 우리의 현실은 30대들을 매우 피곤하게 만들고 있다. 마커스 사무엘이 30대에 폭발했던 그 호연지기(浩然之氣)를 우리 젊은 이들은 누리지 못하는 현실이 안타깝기 그지없다.

백팔번뇌(百八煩惱)

108번뇌는 각각의 종류가 아니라 번뇌의 발생원인과 그 근거를 말하는 것이다. 즉, 여섯 가지 뿌리인 6근은 안(眼), 이(耳), 비(鼻), 설(舌), 신(身), 의(意)인데, 중생들은 이것을 대할 때마다 즐겁고 기쁜 마음이 생기거나(好) 괴롭고 언짢은 마음이 생기거나(惡) 괴롭지도 즐겁지도 않은 상태가 되는(平等) 세 가지 감정이 발생하여 열여덟(3x6=18) 가지 번뇌가 생긴다.

그리고 위의 호, 오, 평등에 의하여 즐겁고 기쁜 마음이 생기거나(樂受) 괴롭고 언짢은 마음(苦受)이 들거나 또는 즐겁거나 괴롭지도 않은 상태(捨受)가 되기도 한다. 이렇게 하여 십팔(3x6=18) 번뇌가 된다.

이 36가지의 번뇌는 다시 과거, 현재, 미래라고 하는 삼세(三世)에 따른 번뇌가 곱하여짐으로 결국 인간의 번뇌는 모두 백여덟(36×3＝108) 가지가 된다는 말이다.

이 같은 번뇌에 빠진 마음을 하나로 모아 삼매 혹은 자기초월에 이르도록 불교에서는 백팔 참회문을 외우며 백팔 배로 수행하기를 권장한다. 스님들이나 일반 불자들은 108개의 목환자를 꿰어 만든 108수주(數珠) 또는 염주(念珠)를 만들어 돌리는 것도 그런 연유에서이다.

중국의 마오타이주(茅台酒)

1986년 중국 허난성(河南城)에서 3천 년 전의 것으로 추정되는 술이 발견되었다. 갑골문에는 술로 제사를 지냈다는 기록도 있다. 또 얼마 전에는 지금으로부터 대략 6천 년 전의 것으로 추정되는 술그릇이 무덤 속에서 발견되기도 하였다.

중국의 전통주는 크게 백주(白酒)와 황주(黃酒) 두 종류로 분류된다. 황주는 우리나라의 막걸리와 비슷한 곡주이지만 그 탁한 정도는 막걸리에 비하여 훨씬 덜 한 편이다. 백주는 우리들이 예전에 중식당에서 흔히 '빼갈'이라고 부르던 증류주로 재료는 주로 옥수수(高粱)이다. 영화《붉은 수수밭》의 배경이 되고 주제가 되는 '붉은 수수'가 바로 백주의 원료인 홍고량(紅高粱)이다. 알코올 도수는 40도 ~ 65도에 이르기까지 다양하다. 《수호전》에서 주인공 무송이 마셨던 술을 경양춘 또는 무송주라고 하는데 이 술 역시도 백주의 일종이다.

백주 중에서 제일 유명한 술은 마오타이주(茅台酒)인데 구이저우성(貴州省) 마오타이현에서 생산된다. 제조 과정을 간단히 살펴보면, 고량을 원료로 해서 순수 보리누룩으로 여덟 차례 발효시킨 후, 10개월 동안 아홉 번 증류를 되풀이한 다음, 독에 담아 밀봉하고, 그런 상태로 최소한 3년 이상을 숙성시킨다.

마오쩌둥 주석이 1972년 중국을 방문한 닉슨 대통령과의 만찬에서 내놓은 이후 더욱 유명해진 술이다. 당시 닉슨 대통령도 그 맛에 반했다고 하고 김일성도 응접실에 놓아두고 수시로 마시는 등, 특별히 정치인들로부터 사랑받는 술이라 하여 일명 '정치주'라고도 한다. 파나마 국제박람회에서 금상을 수상하면서 세계적으로 품질을 인정받은 명주이다.

그러나 이 회사를 술을 만드는 양조장 정도로 가볍게 생각하면 안 된다. 중국의 국주(國酒)라고도 할 수 있는 마오타이주를 생산하는 구이저우마오타이의 시가총액은 2020년 6월 기준으로 1조7640억 위안(303조 원)인데, 이는 일본 증시 1위인 도요타 자동차는 물론, 전 세계 음료업계 1위인 코카콜라의 시가총액보다도 더 많은 금액일 뿐만 아니라, 우리나라의 삼성전자(322조 원)를 바짝 추격하는 엄청난 금액이다.

09

연어와 가물치

연어를 '모성애 물고기'라고 한다. 깊은 바다에 사는 어미 연어는 알을 낳은후 자리를 뜨지 않는데, 이는 갓 부화되어 나온 새끼들이 아직 먹이를 찾을 줄 몰라 어미의 살코기에 의존해 성장할 수밖에 없기 때문이다.

어미 연어는 극심한 고통을 참아내며 새끼들이 맘껏 자신의 살을 뜯어먹게 내버려 둔다. 새끼들은 이렇게 해서 성장하고 어미는 결국 뼈만 남게 되지만 세상의 가장 위대한 모성애를 몸으로 설명해 주는 물고기이다.

반대로 가물치는 '효자 물고기'라고 불린다. 이 물고기는 알을 낳은 후 바로 실명을 하여 먹이를 찾을 수 없게 된다. 그저 배 고품을 참을 수밖에 없는 것이다. 그러면 부화되어 나온 수천 마리의 새끼들은 한 마리씩 자진하여 어미 입속으로 들어가 어미의 굶주린 배를 채워 준다.

어미는 그렇게 새끼들의 희생에 의존하여 생명을 이어간다. 시간이 지나 어미가 눈을 뜰 때쯤이면 남은 새끼의 숫자는 알을 낳았을 때와 비교하면 겨우 10%도 안 된다고 한다. 어린 생명들이 어미를 위해 희생한 결과이다.

104 제1부 지식 찾아 삼만리

10

8,000km 사랑의 힘

브라질 리우데자네이루 동해안 프로베타의 어촌 마을에 살고 있는 70대 할아버지 주앙수자는 벽돌공으로 일을 하다 은퇴를 하였다.

2011년 어느 날 그가 해변을 산책하던 중 해변에서 기름에 뒤범벅인 채 굶어서 죽어가는 자그마한 펭귄 한 마리를 발견했다. 펭귄을 자신의 집으로 데려와 기름때를 깨끗이 씻기고 멸치와 정어리를 먹이며 정성스럽게 돌보아 주었다. 그의 정성어린 보살핌으로 펭귄의 몸은 이전처럼 회복되어 이곳저곳을 돌아다녔다.

할아버지는 이 펭귄을 바다로 돌려보내려고 몇 번이고 바다로 넣어 보았지만 펭귄은 돌아가질 않았다. 그래서 심지어 아주 멀리 배를 타고 나가서 펭귄을 놓아 주기도 하였는데, 그때도 펭귄은 언제나 배보다 먼저 할아버지의 집에 도착해 있었다. 하는 수 없이 그는 펭귄에게 딘딤이란 이름을 붙여주고 11개월을 함께 보냈다. 그러던 어느 날, 털갈이를 마친 펭귄은 할아버지를 남겨두고 바다로 사라졌다. 그로부터 4개월이 지닌 어느 날 놀랍게도 펭귄은 다시 할아버지를 찾아와 꽁지를 흔들며 품에 안기며 재롱을 부리는 것이 아닌가.

이 펭귄은 칠레 최남단 파타고니아에서 무려 8,000km를 헤엄쳐 할아버지에게 돌아 온 것이다. 매년 6월에 찾아와 약 8개월을 수자 할배와 시간을 보내고 2월이면 짝 짓기를 위해 그의 동료들이 있는 곳으로 돌아간다고 한다.

이 펭귄의 독특한 회기 방식을 브라질 리우데자네이루의 대학에서 연구 중이라고 한다. 할아버지와 함께 있는 8개월 동안에 펭귄 딘딤은 함께 해변에서 수영을 하거나 걸으며 시간을 보낸다. 펭귄은 수자 할아버지에 대한 애정이 대단하여 집에 돌아오면 목까지 올라와 날개 짓을 하며 부리를 비벼댄다고 한다.

8,000km라면 서울 – 부산을 열 번이나 왕복하는 거리!

5장

사돈(査頓)이란 말의 유래

노인과 어르신

그대로 늙기만 한 노인과 비록 늙기는 했지만 스스로 품위를 유지하고 젊은이들로부터 존경을 받는 어르신 사이에는 다음과 같은 열 가지의 큰 차이가 존재한다고 한다.

① 노인은 몸과 마음이 세월가면 자연히 늙는다고 생각하며 살지만, 어르신은 자신을 가꾸고 젊어지려고 스스로 노력한다.

② 노인은 자기생각과 고집을 버리지 못하는 아집 속에서 살지만, 어르신은 상대방의 말에도 일리가 있음을 인정하고 자신의 생각을 고쳐 먹는다.

③ 노인은 상대를 자기 기준에 맞춰 부정적으로 평가하지만, 어르신은 젊은이들에게 덕담을 해주고 상대를 긍정적으로 이해하려고 노력한다.

④ 노인은 상대에게 간섭하고 지배하려고 하는데 반해, 어르신은 스스로 모른 체하며 겸손하게 생활한다.

⑤ 노인은 이제 더 이상 배울 것이 없다고 뻐기는 데 반해, 어르신은 배움에는 끝이 없다고 생각한다.

⑥ 노인은 공짜를 좋아 하지만, 어르신은 이 세상에 공짜란 없다고 생각한다.

⑦ 노인은 고독하고 외로움을 많이 타지만, 어르신은 주변에
좋은 친구들을 많이 두고 항상 활발한 모습으로 지낸다.

⑧ 노인은 나이를 먹어감에 따라 체력이 약화되는 것은 당연
하다고 생각하는 반면, 어르신은 나이는 숫자에 불과하
다는 생각으로 꾸준한 운동을 하며 자기 몸을 가꾼다.

⑨ 노인은 자기가 갖고 있던 물건이 아까워 버리지 못하고
끼고 살지만, 어르신은 그것들을 아낌없이 던질 줄 안다.

⑩ 노인은 대접 받기만을 좋아 하지만, 어르신은 언제 어느
때나 자기의 지갑을 열 줄 안다.

02

감람나무

겟세마네 동산에서 예수가 기도하던 모습을 지켜보던 감람 나무가 지금도 이스라엘 성지에 있다. 2000년이 넘은 세월 속에서도 아직도 건강하게 자라고 잎을 피우고 꽃을 티우며 풍성한 열매를 맺고 사람들에게 쉼터를 제공해 준다. 비결은 깊은 뿌리, 건강한 줄기, 바위틈에서 자란 고난의 인내, 옆에서 자란 다른 나무들과의 공동체적인 삶 때문이다.

헨리 워즈워스 롱펠로(1807 ~ 1882)는 미국의 시인이다. 단테의 신곡을 미국에서 처음 번역한 인물이기도 하다. 그러나 그의 일생은 그다지 행복하지 않았다. 첫 번째 아내는 평생 병으로 고생하다 사망하였고, 두 번째 아내는 집에 화재가 발생하여 화상으로 목숨을 잃었다. 임종을 앞둔 롱펠로우에게 기자가 물었다.

"선생님은 숱한 역경과 고난의 시간을 겪으면서도 어떻게 그런 아름다운 시를 남길 수 있었습니까?"

롱펠로우는 정원의 사과나무를 가리키며 말하였다.

"저 나무가 바로 나의 스승이었다네. 저 나무는 수령이 오래된 고목인데 해마다 단 맛을 내는 사과가 열린다네. 그것은 늙은 가지에서 매년 새순이 돋기 때문이라네, 나는 나 자신을 항상 새로운 가지라고 생각하면서 살아 왔다네."

그의 시 인생찬가를 읽어 보자. 그리고 우리 모두 늙었다고 한탄하지 말고 희망을 가져 보자. 남들이 고목이라고 손가락질 하는 나무일지라도 아름다운 꽃을 피울 수 있다. 미치 겟세마네 동산의 감람나무처럼.

인생 찬가

슬픈 목소리로 내게 말하지 말라,
인생은 한낱 헛된 꿈에 지나지 않는다고.
잠든 영혼은 죽은 것이니
만물은 겉모양 그대로가 아니다.

인생은 진실! 인생은 진지한 것!
무덤이 그 목표는 아니다.
너는 흙이니 흙으로 돌아가리라는 말은
영혼을 두고 한 것이 아니다.

우리가 가야 할 곳, 또는 가는 길은
향락도 아니요, 슬픔도 아니요,
내일이 저마다 오늘보다 낫도록

행동하는 그것이 인생이니라.

예술은 길고 세월은 빠르다.
우리의 심장은 튼튼하고 용감하지만,
지금 이 순간에도 낮은 북소리처럼
무덤으로 가는 장송곡을 울리고 있구나.

위인들의 모든 생애는 말해 주느니
우리도 장엄한 삶을 이룰 수 있고
떠날 때에는 시간의 모래 위에
우리 발자국을 남길 수 있음을.

아마도 훗날 다른 사람이
인생의 장엄한 바다를 건너가다가
풍랑을 만나 절망에 허덕일 때
다시금 용기를 얻게 될 발자국을.

자, 우리 일어나 힘차게 일하자.
어떠한 운명에도 굴하지 않을 정신으로
끊임없이 이뤄내고 도전하면서
일하고 기다리기를 애써 배우자.

레이건과 낸시

미국의 제40대 대통령 레이건은 퇴임 후 5년이 지난 1994년 알츠하이머 병에 걸렸다. 친구들과 자녀들의 얼굴조차 알아보지 못했다. 하루는 레이건이 콧노래를 흥얼거리며 몇 시간 동안 갈퀴로 수영장 바닥에 쌓인 나뭇잎을 긁어모아 깨끗하게 청소를 했다. 아내를 많이 사랑했던 레이건은 젊은 시절 아내를 도와 집안 청소를 해주면서 행복해 하곤 했다. 낸시는 남편의 행복해하던 기억을 되살려주고 싶었다. 밤에 낸시 여사는 경호원들과 함께 남편이 긁어모은 낙엽을 다시 가져다가 수영장에 몰래 깔아 놓고, 아침에 이렇게 말했다.

"여보, 수영장에 낙엽이 또 가득 쌓였어요. 이걸 어떻게 청소해야 하나요?"

낸시가 걱정을 하자 레이건은 선뜻 낙엽을 치워주겠다며 일어나 정원으로 나갔다. 낮이 되면 레이건은 콧노래를 흥얼거리면서 낙엽을 쓸어 담고, 밤이 되면 낸시는 다시 낙엽을 깔고 하면서 부부는 한동안을 행복하게 지냈다.

레이건은 낸시의 이런 헌신적인 사랑과 보살핌을 받으면서 10년을 더 살다가 2004년 93세로 세상을 떠났다.

사돈(査頓)이란 말의 유래

사돈이란 말은 고려 예종 때 명장 윤관과 문신 오연총으로부터 그 연원을 찾을 수 있다.

1107년(예종2년)에 윤관이 원수(元帥)가 되고 오연총이 부원수가 되어 17만 대군을 이끌고 여진족을 정벌하였다. 두 사람은 지금의 길주인 옹주성 최전방에서 생사를 같이하면서 열심히 군대를 지휘하여 큰 전공을 세웠다. 그리고 점령지에 아홉 개의 성을 쌓고 위풍도 당당하게 개선하였다. 그 공로로 윤관은 문하시중(門下侍中)이 되고 오연총은 참지정사(參知政事)가 되었다.

두 사람은 자녀를 결혼시켰고 관직에서 물러나서는 시내(川)를 사이에 살면서 종종 만나 고생하던 시절의 이야기를 하면서 회포를 풀었다.

어느 날 윤관의 집에서 술을 담갔는데 술이 아주 맛있게 잘 익었다. 술을 맛보면서 윤관은 오연총과 한잔 나누고 싶은 마음이 들었다. 그래서 하인에게 술을 지워 오연총의 집을 방문하려고 가던 중 냇가에 당도 했는데 갑자기 내린 비로 물이 불어 내를 건널 수가 없어서 머뭇거리고 있었다. 그때 냇물 건너편에서 오연총도 하인에게 무엇을 지워 가지고 오다가 윤관이 물가에 있는 것을 보고 큰 소리로 물었다.

"대감, 어디를 가시려는 중이오?"

윤관이 오연총을 보고 반갑게 대답했다.

"술이 잘 익어 대감과 한잔 나누려고 나섰는데 물이 많아서 이렇게 서 있는 중이오."

오연총도 마침 잘 익은 술을 가지고 윤관을 방문하려던 뜻을 말했다. 피차 술을 가지고 오기는 했는데 그냥 돌아 서기가 아쉬워 환담을 주고 받다가 오연총이 윤관에게 말했다.

"잠시 정담을 나누기는 했지만 술을 한잔 나누지 못하는 것이 정말 유감이군요. 우리 이렇게 합시다. 내가 가지고 온 술은 대감이 가지고 온 술로 알고, 대감이 가지고 온 술은 내가 가지고 온 술로 아시고 각 자 그 자리에서 한 잔 합시다."

오연총도 그 말에 흔쾌히 동의했다. 이렇게 해서 나무 등걸 위에 자리를 잡고 앉아 이편에서 한 잔을 권하며 '사(査)' 하면, 저편에서도 역시 한 잔을 들고 '돈(頓)' 하면서 머리를 숙이기를 거듭하여 결국은 가져간 술을 다 마시고 돌아왔다.

이 일화가 조정의 고관대작들에게 알려져서 그 후 서로 자녀를 혼인시키는 것을 사돈(査頓)맺기라는 말이 되었다는 것이다.

잠녀(潛女)의 역사

제주도나 남해안의 해녀를 잠녀(潛嫂)라고 한다. 해녀들은 산소통 같은 장비가 없는 나잠어법(裸潛漁法)으로 제1종 공동어장인 수심 10m 이내의 얕은 바다에서 소라, 전복, 미역, 톳 등을 채취하며 가끔은 작살로 물고기를 잡기도 한다.

우리나라 해녀의 역사는 아주 오래 되었을 것으로 추측한다. 문헌에 따르면 고려 숙종 때인 1105년에 해녀들의 나체(裸體) 조업을 금지한다는 영을 내리기도 했고, 조선 인조 때도 제주목사가, 남녀가 어울려 바다에서 조업하는 것을 금한다는 어명을 내렸다는 기록도 있다. 아마도 인류의 역사가 시작된 이래로 육지에서는 농업을 하고 열매를 따는 것과 마찬가지로, 바다에서는 물 속에 들어가서 해초류나 전복 등을 채집하지 않았을까 싶다.

옛부터 제주도의 여성들은 바다에서 물질을 하며 살았다. 그래서 제주의 소녀들은 7 ~ 8세 때부터 헤엄을 배우고 12 ~ 13세가 되면 어머니나 언니로부터 두렁박을 받아 본격적인 연습을 한다. 이렇게 하여 17 ~ 18세부터는 해녀로 활동을 시작하는데 차차 경력이 쌓여 40세 전후가 되면 해녀로서 최고의 경지에 이르게 된다.

그러니까 무려 30년 이상 해녀 생활을 해야만 최고의 경지에 도달하게 되는 것이다. 지금은 젊은 해녀들은 별로 없고 대개 50세가 넘은 사람들이 주축을 이루고 있다. 건강한 해녀들은 70세가 되어서도 여전히 물질을 하며 왕성한 활동을 하기도 한다.

해녀들이 갖추어야 할 장비로는 망사리, 태왁, 빗창, 호미, 갈갱이, 갈쿠리, 작살, 방수경, 잠수복이 있다. 해녀는 주로 한국과 일본에 분포되어 있는데, 한국은 서남 해안과 섬에도 있지만 특히 제주도에 많이 있다. 2020년 현재 전국적으로 2만 명 정도가 활동하는 것으로 추산된다.

잠녀들은 기량의 숙달 정도에 따라 상군, 중군, 하군의 계층이 있다. 물속에서 물위로 솟을 때마다 '호오이~'하면서 한꺼번에 참았던 숨을 몰아쉬는 소리가 이색적인데, 이 과도환기작용(過度換氣作用)을 숨비소리, 숨비질소리, 솜비소리, 솜비질소리라는 다양하게 지칭한다.

해녀들이 부력을 이용하여 가슴에 안고 헤엄치는 태왁 밑에는 채취물을 담는 자루 모양의 망시리(망사리, 망아리)라고 하는 것이 달려있다. 해녀들이 무자맥질 할 때는 이 태왁과 망시리를 물위에 띄운다. 유네스코에서는 2016년에 제주해녀문화를 '인류문화유산'으로 등재하였다. 소중한 우리의 문화자산이므로 우리들이 해녀들을 대할 때도 겸손한 마음가짐을 가져야만 하겠다.

06

조선시대의 재산 상속

조선 때 재산 상속의 주요 대상은 노비와 토지였다. 그 외에 소나 말이나 생활용품 등을 물려 주기도 하였다. 노비와 토지 가운데는 여자가 친정에서 가져온 것도 상당수 있었으며 이에 대한 처분권은 여자가 가지고 있었다. 따라서 여자의 재산을 물려 줄 경우에는 여자의 동의를 얻어야만 했다.

재산상속은 제사 계승과 밀접한 관련을 가진다. 14세기부터 17세기 중기까지는 주자학이 크게 보급되지 않았으며, 당시는 아들과 딸이 조상제사를 돌아가면서 지내는 것이 일반적이었다. 따라서 재산 역시 아들과 딸 구별 없이 균등하게 상속되었다. 아들과 딸이 없으면 형제나 조카 혹은 사촌들에게 재산과 제사를 물려주었다. 이와 같이 17세기 중기까지는 아들과 딸이 서로 돌아가면서 제사를 지내는 윤회봉사(輪回奉祀)가 크게 성행하였다.

당시에는 혼인을 하면 사위가 처가로 들어가는 처가살이가 성행하였다. 여자가 출가해도 친정의 제사를 지내는 것이 가능했다. 실제로 현재 전해지고 있는 분재기를 보면 제사의 윤회(輪回) 혹은 윤행(輪行)이라는 글귀를 자주 접한다.

이들 분재기에는 아들 딸 구별 없이 공평하게 재산을 상속하고 있는 것을 볼 수 있다. 조상제사를 위해 봉사위(奉辭位) 혹은 승중위(承重位)라는 명목으로 재산을 따로 떼어 주기도 하였다. 자녀들은 이를 공동관리하면서 여기서 얻어지는 수익으로 제사를 지내는 것이다. 또한 출가한 재산 상속을 하여 준 기록을 분재기의 수결기록을 통해서도 확인할 수 있다.

수결(手決)이란 상속내용을 기록하고 그 자리에 참가한 사람들이 이 사실에 동의했음을 입증하기 위한 요식 행위였다. 현재의 자신의 이름을 적거나 손 도장을 찍는 것을 말한다.

특히 부모가 사망한 후에 자녀들이 모여서 상속을 결정하는 자리에서는 참가한 자녀들이 직접 수결을 한다. 대개의 경우 남자는 붓으로 자신의 관직명과 이름을 적고, 여자는 자신의 성만 썼다.

옛날의 오복과 요즘의 오복

인간은 예나 지금이나 복을 누리며 살기를 원하지만 세월이 흐름에 따라 그 기준도 조금씩 변하고 있다.

옛날 오복이란,

① 수(壽): 오래오래 죽지 않고 천수를 다 하도록 장수하는 것이다.

② 부(富): 남에게 손해를 끼치지 않고 남을 괴롭히지 않으며 살아가는데 불편하지 않을만큼 재물을 소유함이다.

③ 강령(康寧): 강은 육체적 건강을 말하고 령은 마음의 건강을 말하는데, 결국 몸과 마음이 모두 건강하고 깨끗하게 살아가는 것을 말한다.

④ 유호덕(攸好德): 덕을 좋아하는 일상적인 태도로써 남을 도우려 애쓰며 건전한 마음과 평온한 분위기의 조성이다. 즉, 선행으로 덕을 쌓는 것이다.

⑤ 고종명(考終命): 죽음에 임해 고통없이 깨끗하고 편한 모습으로 생을 마치는 것이다.

요즘의 오복이란,

① 건(健): 건강이다. 아무리 재물이 많아도 건강치 못하면 소용없는 일이다.

② 배우자: 옆에서 돌보아 줄 수 있는 배우자가 있으면 그것이야말로 큰 복이다.

③ 재(財): 적당한 재산이 있어야 자식에게 손 안 벌리고 스스로 즐기며 살 수 있다.

④ 사(事): 일이 있어야 나태하지 않고 생활 리듬도 있으며 건강도 유지한다.

⑤ 붕(朋): 참된 친구가 있어야 말년에 외로움이 없는 삶을 즐겁게 보낼 수 있다.

08

가수 인순이 이야기

인순이는 불행한 환경에서 태어났지만 밝고 당당하게 살고 있다. TV 인터뷰에서 사회자가 그 이유를 묻자 그녀는 이렇게 말했다.

"제가 혼혈아라는 우리 사회의 편견을 극복하고 누구보다 밝고 당당하게 살 수 있었던 이유는 바로 나의 삶을 응원해주는 많은 사람들의 사랑이 있다는 사실을 깨닫고 살았기 때문이지요."

또 사회자가 그녀의 인생에서 최고 절정의 순간이 언제였느냐를 묻자 이렇게 대답했다.

"사람들은 흔히 제가 미국 카네기 홀에서 공연한 2010년이 제 인생에서 제일 화려했던 순간이 아니냐고 묻곤 하지만, 사실 제가 인생 최고의 순간으로 꼽는 때는 카네기 홀 공연에 이어서 있었던 워싱턴 국방성 공연이었어요."

그 공연은 그녀에게는 정말 특별났다. 공연 전에 그녀는 특별히 그 자리에 6.25전쟁 참전 용사들을 많이 참여시켜달라고 부탁했다. 그리고 그렇게 마련된 자리에서 장내에 가득 찬 참전 용사들에게 이런 고백을 하였다.

"당신들은 모두 내 아버지이시고 나는 당신들 모두의 딸입니다. 나와 같은 딸을 둔 사실 때문에 가슴아파하지 마세요. 난 당신들을 원망하지 않습니다. 아니, 하나님의 사랑 때문에 태어난 것입니다. 그리고 나는 지금 절대 불행하지 않습니다. 아름다운 인생을 살고 있습니다. 나의 아버지들이여! 당신들을 사랑합니다."

가수 인순이는 자신의 운명을 애꿎은 모습으로 만들어 놓은 그 사람들을 향해 용서와 사랑을 선물했으며, 그들을 축복해주었던 것이다.

내게 해를 끼친 사람 앞에서 우리는 수많은 생각을 한다. 그러나 아무리 생각이 많더라도 우리의 선택은 단 두 가지, 보복하느냐 아니면 용서하느냐이다.

내게 상식적으로 용납할 수 없는 일을 가한 사람을 용서한다는 것은 결코 쉬운 일이 아니다. 그러나 용서할 수 없다고 분노하여 보복하면, 나의 상처가 낫고 문제가 해결되는 것이 아니라, 오히려 스스로 분노의 노예가 되어 또 다른 가해자가 되고 만다. 모든 생각과 선택은 나의 몫이고 나의 책임이다.

09

이병철의 어록

이병철이 생전에 남겼다고 하는 30여 가지의 어록 중에서 20가지를 뽑았다. 유별나게 돈에 관한 격언이 많다는 점에 주목하라.

① 남의 잘 됨을 축복하라. 그 축복이 메아리처럼 나를 향해 돌아온다.

② 부자 옆에 줄을 서라. 산삼 밭에 가야 산삼을 캘 수 있다.

③ 자꾸 막히는 것은 우선멈춤의 신호이다. 잠시 쉬면서 숨을 고른 뒤 다시 출발하라.

④ 힘들어도 웃어라. 절대자도 웃는 사람을 좋아한다.

⑤ 기도하고 행동하라. 기도와 행동은 차의 앞바퀴와 뒷바퀴이다.

⑥ 깨진 독에 물을 붓지 마라. 새는 구멍을 막은 다음 물을 부어라.

⑦ 좋은 만남이 좋은 운을 만든다.

⑧ 씨 돈은 쓰지 말고 아껴 두어라. 씨 돈은 새끼를 치는 종자돈이다.

⑨ 불경기에도 돈은 살아서 숨 쉰다. 돈의 숨소리에 귀를 기울여라.

⑩ 더운밥 찬밥을 가리지 마라. 뱃속에 들어가면 찬밥도 더운밥이 된다.

⑪ 적극적인 언어를 사용하라. 부정적인 언어는 복을 내쫓는 언어이다.

⑫ 요행의 유혹에 넘어 가지마라. 요행은 불행의 안내자이다.

⑬ 마음이 가난하면 가난을 못 벗어난다. 마음에 풍요를 심어라.

⑬ 검약에 앞장서라. 약(藥) 중에 제일 좋은 약은 근검절약(勤儉節約)이다.

⑭ 장사꾼이 되지 말고 경영자가 되어라.

⑮ 서두르지 마라. 급히 먹은 밥은 체하기 마련이다.

⑯ 돈 많은 사람을 미워하지 말고 그가 사는 법을 배워라.

⑰ 티끌 모아 태산이 된다. 작은 돈에도 감사하라.

⑱ 돈은 돈을 좋아 한다. 생기는 즉시 입금 시켜라.

⑲ 기회는 눈 깜짝 하는 사이에 지나간다. 순발력을 키워라.

⑳ 한발만 앞서가라. 모든 승부는 한 발 차이다.

10

경영의 신 마쓰시다 고노스케

  항상 긍정적인 태도를 선택하여 경영의 신으로 불린 전설적인 기업가 마쓰시다 고노스케(1894~1998) 파나소닉 그룹 창업자는 온갖 역경을 극복하고 세계 굴지의 재벌그룹을 일구어 낸 사람이다.

  그는 숱한 역경을 극복하고 94세까지 장수하였다. 수많은 성공 신화를 이룩한 사람 마쓰시다 고노스케는 자신의 성공 비결을 한마디로 '덕분에'라고 고백하였다.

  "가난한 집안에서 태어난 덕분에 어릴 때부터 갖가지 힘든 일을 하며, 세상살이에 필요한 경험을 쌓았습니다. 허약했던 덕분에 운동을 시작해서 건강을 유지할 수 있었습니다. 학교를 제대로 마치지 못한 덕분에 만나는 모든 사람이 제 선생이었습니다."

  마쓰시다가 여섯 살 때, 아버지가 쌀 투기에서 실패하여 사업이 망했다. 아홉 살 때 학교를 중퇴하고 3년 동안 애를 돌보는 보모(保姆) 역할을 하였다. 그것이 그의 첫 직장이었다. 다음의 직장은 자전거포였다. 1905년 지금과 달리 자전거는 첨단의 산물이었다. 보통 사람은 만져보지도 못할 자전거를 직접 닦고 고치며 판매하는 일을 즐겁게 했다. 새벽 5시에 일어나

길에 물을 뿌리고 밤늦게까지 점포를 지켰다. 손님이 없는 동안 닥치는 대로 책을 읽었다. 열일곱 살이 되던 1910년. 세 번째 직장인 오사카 전등회사 직공으로 입사했다. 당시 전등 역시 신문명의 상징이었다.

스물세 살이 되었을 때 '마쓰시다 전기기구제작사'를 차리게 되었다. 그에게 커다란 부를 가져다 준 것은 쌍소켓이었다. 두 개의 전구를 꽂을 수 있는 이 소켓은 엄청나게 팔려 거금을 모았다. 다음에는 자전거의 전조등을 개발하여 큰 호응을 얻었다. 20대 후반에 이미 청년 실업가로 떠오르는 별이 되었다. 그러나 마쓰시다의 진면목은 따로 있다, 바로 직원들을 자신의 분신처럼 아끼고 사랑한 것이다.

1929년 세계 대공황으로 일본 은행들이 도산하고 많은 기업들이 종업원을 해고했다. 그러나 마쓰시타는 다르게 대응했다. 주 2일 휴무를 정해 생산량을 줄였지만 한 명도 해고하지 않았다. 공장은 반나절만 가동했지만 직원의 급여는 깎지 않았다. 대신 휴일을 반납하게 하고 전 직원이 재고품 판매에 총력을 기울이게 했다. 두 달 만에 재고품은 바닥나고 공장은 재가동에 들어갔다. 그는 불황을 발전의 기회로 바꾸어 놓은 인물이었다.

현재 마쓰시타 그룹에는 내셔날 파나소닉을 비롯하여 570여 개의 계열사에 25만 명의 종업원이 근무하고 있다.

6장

미물의 힘–타르바칸

01

푸엥카레 대통령의 겸손

프랑스의 제9대 대통령 레몽 푸엥카레(1852~1923)의 은사였던 라비스 박사가 교육계 헌신 50주년 기념식을 맞이하였다.

수많은 축하객이 자리에 앉았고 라비스 박사는 답사하기 위해 단상으로 올라갔다. 그런데 갑자기 그는 놀란 표정으로 객석 끝으로 뛰어 내려갔다. 사람들이 깜짝 놀라 돌아보니 거기에는 지난날 자신의 제자였던 푸엥카레 대통령이 내빈석도 아닌 학생석의 맨 뒷자리에 앉아 있는 것이 아닌가.

라비스 박사가 대통령을 황급히 단상으로 모시려하자, 대통령은 거절하면서 이렇게 말했다.

"선생님, 저는 선생님의 제자입니다. 오늘의 주인공은 선생님이십니다. 저는 대통령의 자격으로 이 자리에 참석한 것이 아니라, 오늘 만큼은 선생님의 제자로서 선생님을 축하드리려고 온 것입니다. 그런데 제가 어찌 선생님이 계시는 단상에 오르다니요. 저는 선생님의 영광에 누가 되는 일은 하지 않겠습니다."

라비스 박사는 하는 수 없이 그대로 단상으로 올라가 감격에 겨운 어조로 이렇게 말했다.

"저렇게 훌륭하고 겸손하신 대통령이 나의 제자라니 꿈만 같습니다. 여러분, 우리나라가 저런 대통령을 모셨으니 우리나라는 앞으로 더욱 부강해 질 것입니다."

순간 자리를 매운 수 많은 관중들은 큰 박수갈채를 보냈다. 그 후 푸엥카레 대통령의 명성은 더욱 높아졌다.

낮은 위치에 있을 때 겸손한 모습이 된다는 것은 쉽지만, 승 승장구하며 높은 자리에 올랐을 때 겸손한 사람이 된다는 것은 쉽지 않다. 그러므로 진실한 겸손이란 언제, 어떤 위치에서나 낮은 자세로 임하는 것이다.

우리나라의 공직자들이나 소위 잘 나가는 사람들의 자세는 어떠한가? 공과 사도 구분치 못하고 거짓말임이 분명한데도 사과할 줄 모른다. 우선 도덕적으로 완벽한 사람이 되려고 노 력하는 자세가 필요하다.

영원한 부자 록펠러

존 데이비슨 록펠러(John Davison Rockefeller 1839~1937)는 33세에 백만장자가 되었다, 43세에 미국의 최대 부자가 되었다. 53세에는 세계 최대 갑부가 되었지만 그렇다고 행복한 삶은 아니었다.

그는 55세에 불치병으로 1년 이상 살지 못한다는 사형선고를 받았다. 지금껏 열심히 교회에 나가서 십일조도 남보다 더 많이 했는데 나에게 왜 이런 시련이 왔을까를 생각하니 더욱 서글퍼졌다. 어느 날 최후 검진을 위해 휠체어를 타고 가는데 병원 로비에 걸린 액자의 글이 눈에 들어왔다.

"주는 자가 받는 자보다 복이 있다."

이 글을 보는 순간 갑자기 마음속에 뜨거운 그 무엇인가가 솟구치며 눈물이 마구 쏟아졌다. 갑자기 선한 기운과도 같은 신비로운 힘이 온 몸을 감싸는 가운데 눈을 지그시 감고 생각에 잠겼다.

조금 후 시끄러운 소리에 정신을 차리고 떠보니 병원 측과 환자 간에 입원비 문제로 다투는 소리였다. 병원 측은 병원비가 없어 입원이 안 된다고 하고, 환자의 어머니는 딸을 입원시켜달라고 울면서 사정을 하고 있는 것이었다. 록펠러는 그 즉시 비서를 시켜 병원비를 지불하고 누가 지불했는지 모르도록 하였다.

얼마 후 자신이 그렇게 은밀히 도운 소녀가 기적적으로 회복되었다. 그 모습을 조용히 지켜보던 록펠러는 얼마나 기뻤던지 나중에 자서전에서 그 순간을 이렇게 썼다.

"저는 살면서 이렇게 행복한 삶이 있는지 몰랐습니다. 그 순간부터 저는 나눔의 삶을 살기로 결심했습니다."

그와 동시에 신기하게도 자신의 병이 사라졌다. 그는 98세까지 살며 선한 일에 힘썼다. 나중에 그는 이렇게 고백하였다.

"인생 전반기 55년은 쫓기며 살았지만 후반기 43년은 행복하게 살았다."

아름다운 관계를 유지하기 위해서는 아름다운 것에 투자해야 하고, 좋은 꽃을 보기 위해서는 좋은 씨앗을 뿌려야 한다. 환하게 미소 짓는 것이 얼굴로 하는 봉사이고, 사랑스러운 말소리가 입으로 주는 덕이다. 자신을 낮추어 인사하는 것이 몸이 실천하는 보시이고, 착한 마음 씀씀이가 마음으로 나누어주는 선물이다.

03

나폴레옹과 사과

프랑스의 소년사관학교 앞 과일 가게에는 휴식 시간마다 사과를 사먹는 사관생도들로 붐볐다. 그들 중에 돈이 없어서 친구들이 사과를 사먹는 동안 쳐다보기만 하는 학생이 있었다.

"학생, 이리와요."

가게 주인은 그 학생의 딱한 사정을 알고 가끔씩 조용히 불러 사과를 챙겨주곤 하였다.

그 뒤 30년이란 세월이 흘렀다. 가게 주인은 허리가 구부러진 할머니가 되었지만 여전히 과일을 팔고 있었다.

어느 날 40대 정도로 보이는 프랑스군 장교 한 사람이 그 사과 가게를 찾아왔다.

"할머니 사과 한 개만 주세요."

장교는 사과를 맛있게 먹으면서 말했다.

"할머니, 이 사과 맛이 참 좋습니다."

할머니는 빙그레 웃으며 의자를 권했다.

"이봐요, 내자랑 같지만 나폴레옹 황제께서도 소년사관학교 시절에 우리 가게에서 가끔 사과를 사서 맛있게 드셨답니다. 벌써 30년이 지난 이야기이긴 하지만…"

그러자 그 군인은 이렇게 아는 체를 했다.

"할머니, 그 분은 가난해서 항상 할머니로부터 사과를 공짜로 얻어 먹었다고 하던데요."

이 말을 들은 할머니는 손사래를 치면서 말했다.

"아니야, 아니야. 그건 군인이 잘못 알고 있는 거예요. 그때 그 학생은 꼭 돈을 내고 사 먹었지. 그냥 얻어먹은 일은 절대로 없었어요."

할머니는 나폴레옹 황제가 소년 시절에 겪은 어려웠던 일이 사람들의 입에 오르내리는 것이 싫어 극구 부인한 것이었다. 그러자 장교가 다시 물었다.

"할머니 혹시 지금도 그 분의 소년 시절 얼굴을 기억하시나요?"

할머니는 눈을 감고 천천히 고개를 끄덕였다. 가난했던 황제가 자신이 준 사과를 맛있게 먹던 추억을 더듬는 듯 했다. 바로 그때 그 장교가 할머니의 손을 덥석 잡으며 이렇게 소리쳤다.

"할머니! 제가 바로 그 소년입니다.."

"예! 당신이 나폴레옹 황제시라고요?"

"네, 제가 바로 30년 전에 할머니께서 주신 사과를 맛있게 먹었던 보나파르트입니다. 그때의 사과 맛을 언제나 기억하고 있었습니다. 그 때 사과를 먹으면서 저는 세상의 따스함을 느꼈고 언젠가는 할머니에게 은혜를 갚겠다고 몇 번이나 다짐했습니다."

그렇게 말하는 나폴레옹의 눈에서 눈물이 흐르고 있었고, 황제의 손을 잡고 어찌할 줄을 모르는 할머니의 눈에서도 눈물이 흘러내렸다. 나폴레옹 황제는 금화를 할머니의 손에 꼭 쥐어 주면서 말했다.

"지금에야 그 사과 값을 드립니다. 제 얼굴이 새겨진 금화입니다."

다코타 족(族)

아메리카 인디언 중 미국에 끝가지 반항한 부족은 수우족이다. 수우족은 몇 개의 부족을 일컫는 말로 '다코타족' 이라고도 한다. 미국 개척자 백인들도 이들의 용맹함에는 존경을 표한다.

미국에는 노스다코타 주와 사우스다코타 주가 있다. 그중 사우스다코타 주는 인구가 90만 명인데 면적은 남한의 두 배로 농업이 발달하였으며, 개인소득세와 기업소득세가 없는 곳이다.

인디언의 말로 친구라는 말이 바로 다코타(Dacota)이다. 다코타는 또 '내 슬픔을 자기 등에 지고 가는 자' 라는 의미도 있다고 한다. 이곳은 케빈 코스트너의 대표작 '늑대와 춤을' 의 주요 촬영지이기도 하다.

크라이슬러 자동차에도 Dodge Dacota라는 픽업트럭이 있다. 도시에서 살지 않는 미국인 가정에 아주 흔한 차로 여러 가지 용도로 쓰인다. 사우스다고타 주의 명물로는 거대한 바위산이 있다. 통째로 조각하여 미국 역대 대통령 네 명의 얼굴을 새긴 러시모아 산이다. 그런데 여기에 인디언의 조각도 있다는 사실을 아는 사람은 별로 없다. 최근에는 복잡한 도시를 떠나

이곳으로 이주하는 미국인들이 늘어나고 있다고 한다.

　친구는 나에게 잘해주는 사람이 아니다. 그런 사람은 돈만 주면 얼마든지 만날 수 있다. 친구는 수우족 인디언들의 말처럼 내 슬픔을 자기 등에 지고 가는 자이다.

　반대로 말하면, 그의 슬픔을 내 등에 지고 갈 정도로 친한 사람을 말한다고 할 수 있다. 수우족은 여러 종족이 동맹으로 뭉쳤지만 절대 배신하지 않고 친구(Dacota)를 위해 죽음까지 불사한다.

　인디언들은 얼굴에 이상한 화장을 하고 사냥이나 즐기는 야만족이 아니다. 태양신을 숭배하고 사람과의 관계를 믿음으로 생각하는 뛰어난 민족이다. 그런데 결국은 백인에게 땅을 내어주고 이제는 그 뛰어난 정신마저도 잊혀져가고 있는 것만 같아 안타깝다.

05

미물의 힘–타르바칸

타르바칸은 몽골 북쪽과 시베리아 남쪽에 사는 들쥐의 일종이다. 보박 마르모트(bobak marmot)라고도 불리는 이 작고 귀여워 동물이 세계 역사를 바꾸리라고 생각한 사람은 아마도 없었을 것이다.

이 동물과 가까이 살고 있던 원주민들은 아무리 먹을 것이 귀해도 이 동물만은 건드리지 않는 전통을 지니고 있었다. 잘못 만졌다가는 큰 변고가 일어난다는 사실을 경험을 통해 알고 있었기 때문이다. 그 덕에 이 동물은 사람에게 해를 끼치지 않으며 나름대로 평화로운 삶을 살았다.

그러나 13세기 칭기즈 칸과 그 후예가 유라시아 대륙을 통일하면서부터 이야기가 달라지기 시작했다. 유럽의 상인들이 중국의 비단과 동방의 향신료를 구하기 위해 실크로드를 통하여 중국으로 몰려들었다. 남쪽과 북쪽 두 개의 비단길 중 많은 사람들은 덥고 언덕이 많은 남쪽보다 비교적 평탄하면서 덜 더운 북쪽을 선호했다. 그런데 이 북쪽 실크로드는 타르바칸 군락지를 지나고 있었다.

다르바칸을 처음 본 대상들은 이것들을 잡아 가죽을 벗겨 털옷을 만들어 입었고 폭신폭신하고 따뜻한 이 옷은 곧 큰 인기를 끌게 되었다. 그러던 어느 날 이 옷을 입은 사람 중 하나가 몸 이곳저곳이 부풀어 오르며 악취를 풍기다 죽는 사건이 벌어졌다. 그와 접촉한 사람들도 하나 둘씩 쓰러지다 급기야는 이들이 거쳐 간 곳은 전체가 쑥대밭이 되고 말았다.

첫 희생 제물은 중앙아시아에 있던 이식 쿨이라는 마을이었다. 중국과 서방, 러시아와 중동을 잇는 교차로에 있는 이 마을은 1339년 역병이 돌면서 하루 아침에 폐허로 변해버렸다.

다음은 이탈리아 제노바인들이 개척한 흑해 연안의 무역항 카파였다. 마을 주민들이 차례로 죽어가는 것을 본 제노바 선원들은 1347년 배를 타고 시칠리아로 도망쳤지만, 이러한 행동은 결과적으로 이 역병을 유럽 전체로 퍼트리는 기폭제 역할을 하였다.

이것이 중세 유럽을 공포의 도가니로 몰아넣은 흑사병의 시작이다. 《거대한 죽음》의 저자 존 켈리에 따르면, 역병 전에는 7천 5백만 명에 달하던 유럽 인구는 그 후 5천만 명으로 급격히 줄어든 것으로 추산된다. 전체 유럽 인구 중 약 1/3이 사망했다는 결론이다. 절대 인구수로 따져보면, 이렇게 급격한 인구의 감소는 인류 역사상 최악의 재난이었다. 앞으로 가장 많은 인류를 죽일 재난도 핵전쟁이 아니라 바이러스라는 학자들의 주장이 이렇듯 상당한 근거가 있다. 바로 최근의 코로나 사태가 이를 증명하고 있지 않은가.

역병은 인류 역사상 주기적으로 일어났다. 그런데 하필 왜

14세기 흑사병은 이토록 많은 사람을 죽인 것일까?

첫 번째는 타르바칸에 붙어 쥐벼룩에 기생하고 있는 예르시니아 페스티스라는 바이러스가 아주 악성이었기 때문이다. 다른 쥐벼룩 바이러스는 쥐벼룩이 물어야 감염되고, 물려도 물린 부위만 부풀고 말지만 이 바이러스는 몸 전체로 퍼지는 것은 물론이고, 기침을 유도해 침으로도 타인에게 전파시키는 특징이 있었다.

두 번째는 이 질병이 동서 교역로가 뚫린 후 발생했다는 점이다. 당시 몽골은 대륙 곳곳에 설치된 역참기지를 지칠 줄 모르고 뛰는 몽골의 조랑말로 연결해 놓고 있었다. 빠른 물자와 정보의 이동이 전염병의 세계적 전파를 쉽게 했던 것이다.

세 번째는 질병에 대한 무지였다. 병의 경로에 대해 알지 못하던 당시 유럽인들은 교회에 모여 하루 종일 기도하였다. 절대 다수가 기독교인이었던 유럽 곳곳에 질병이 퍼지는데 교회가 중요한 기지 역할을 한 셈이다.

중국 우한에서 발생한 코로나 바이러스가 전 세계를 강타하고 있다. 7백 년 전과 세상은 많이 달라졌지만 바뀌지 않은 것도 있다. 이번 바이러스도 흑사병처럼 야생동물의 위험성에 대한 이해 부족에서 시작되었다. 세계화 바람을 타고 급속히 퍼진 점도 그렇고, 교회를 통해 전파된 점도 닮았다.

06

참회록에서 본 톨스토이

인생이란 사람이 태어나서 죽을 때까지의 삶을 말한다. 내세를 믿는 종교계에서는 인생은 잠시 살다 가는 나그네라고 한다.

나이가 들수록 인생의 종점이 가까워진 노년기 사람들은 나는 누구인가? 어디서 왔다가 어디로 가는가?에 대한 의문을 가지게 된다. 톨스토이의 참회록에는 아주 유명한 우화(寓話)가 있다.

어떤 나그네가 광야를 지나다가 사자가 덤벼들기에 황급하게 피한다고 피한 곳이 물이 없는 우물 속이었다. 그런데 우물 속에 떨어져서 주위를 살펴보니 큰 뱀 한 마리가 입을 벌리고 있는 것이 아닌가. 나그네는 우물 밑바닥으로 내려 갈 수도, 우물 밖으로 나올 수도 없는 진퇴양난의 처지에 놓였다.

나그네는 우물 안의 돌 틈에서 자라난 조그만 관목 가지에 매달렸다. 얼마 지나면 자기의 힘이 다하여 손을 놓게 되고 그러면 자기는 생명을 잃어버리게 될 것이다. 그런데 엎친 데 덮친 격으로 나뭇가지에 매달려 위를 쳐다보니 검은 쥐와 흰 쥐 두 마리가 나뭇가지를 쏠고 있는 것이 아닌가.

그래도 그는 두 손을 놓을 수가 없었다. 이제 조금 더 시간이 지나면 나뭇가지가 끊어지고 자신은 우물 밑에 있는 큰 뱀에게로 떨어져서 뱀의 밥이 될 것이다. 그때 수위를 돌아보니 나뭇잎 끝에 몇 방울의 꿀이 흐르고 있는 것이 아닌가. 그는 꿀을 혀로 핥아 먹으면서 생각한다.

"인간이 산다는 것이 꼭 이 모양이다."

여기에서 말하는 검은 쥐와 흰 쥐는 무엇인가? 그것은 우리가 사는 밤과 낮을 의미한다. 그러니까 인생이란 한 평생 밤과 낮이란 시간이 다 지나가면, 마침내 매달렸던 가지는 끊어지고 인생은 끝이 난다는 말이다. 이 기막힌 비유가 바로 우리 인생의 현주소이다. 톨스토이는 우리 인생을 향해 이렇게 도전적인 경고를 한다.

"지금 맛있는 꿀을 마시고 있는가? 그 꿀은 젊은 날의 향기와 인생의 성공으로 인한 부와 권력 혹은 행복한 가정일 수도 있다. 하지만 이제 검은 쥐, 흰 쥐, 그리고 고개를 쳐든 독사를 기억해야 한다."

비틀스의 존 레넌

1960년대를 휩쓸었던 그룹 비틀스 멤버인 존 레넌, 폴 메카트니, 조지 해리슨, 링고 스타는 모두 어려운 환경에서 자랐다.

폴 메카트니의 어머니는 그가 14살 때 암으로 사망하였다. 링고 스타는 6살 때 걸린 병 때문에 학교를 거의 다니지 못하였다. 조지 해리슨도 가난한 버스 운전사의 아들이었다.

존 레넌의 가정환경은 더 어려웠다. 그가 어렸을 때 아버지는 가족을 버리고 떠났다. 낙심한 어머니는 존을 이모 손에 맡겼다. 존이 16살 때 어머니조차 교통사고로 사망하였다. 존의 학창 시절은 엉망이었다. 교실에서 친구들과 싸우고, 수업 중에 껌을 씹거나 크게 소리를 지르기도 하였다. 방과 후에 남아서 벌을 받기는 다반사였다. 학교생활 기록부에는 이렇게 적혀 있다.

"이 학생은 무슨 일을 하여도 실패할 것이 뻔하다."

그가 이모 집에 살 때, 존의 어머니는 가끔 아들을 보러 왔는데 어느 날 어머니가 기타를 존에게 선물해 주었다. 그때부터 존은 기타에 빠져 살았다. 이모도 존이 기타 치는 것을 응원하기는 했지만 너무 기타에만 빠져 지내는 그에게 이렇게 말했다.

"기타만 쳐서는 크게 성공하지 못한단다."

훗날 존은 세계적인 팝 스타로 성공을 거둔 후, 이모가 한 그 말을 금박으로 새겨 넣은 기념패를 이모에게 선물했다. 이모의 잔소리에도 꿈을 포기하지 않은 것을 기념하려고 만든 것이었다. 그는 후일 자서전에서 이렇게 밝혔다.

"우리는 사회의 통념 앞에 쉽게 기가 죽어 자기가 하려고 했던 일을 제대로 해 보지도 못하고 포기하고 만다. 이제까지 그런 전례가 거의 없다는 이유로 새로운 시도를 해보지도 않고 포기하는 것이다. 그러나 통념과 고정 관념은 깰 수 있고, 새로운 길은 만들 수 있다. 단단한 통념의 껍질을 벗기지 않고는 결코 달고 맛있는 성공을 맛볼 수 없다. 정말 가엾은 사람은 실패한 사람이 아니라, 시도해보지도 않은 채 지레 겁을 먹고 포기하는 사람이다."

08

메기의 추억

지금으로부터 150여 년 전, 남북전쟁이 끝나고 평화가 온 누리에 찾아올 무렵 미국 오하이오 주의 해밀턴의어느 중고등학교에서 조지 존슨이라는 스물 여섯 살의 총각 선생님이 영어를 가르치고 있었다.

그러던 중 열여덟 살 짜리 제자 마가렛 클라크와 사랑에 빠지게 된다. 둘은 나이아가라 폭포가 온타리오 호수로 흘러가는 언덕 양지 바른 금잔디에 나란히 앉아 푸른 호수를 바라보며 사랑을 속삭였다. 그리고는 그녀가 졸업을 하자 곧 화촉을 밝혔다.

그런데 신부 마가렛은 폐결핵에 걸렸고 결혼생활을 시작한 지 겨우 일 년도 안 되어 사내 아이를 낳고는 그만 세상을 떠났다. 그토록 사랑하던 아내를 잃은 존슨은 사랑을 속삭이던 그 고향 언덕에 아내를 묻어 주려고 관을 화물칸에 싣고 어린 아이를 안고 기차에 올라 고향 해밀턴으로 향한다. 그런데 품에 안고 있던 아이가 엄마를 찾는지 자꾸 소리 내어 울었다. 그래서 존슨은 아이를 번쩍 안고 일어서서 승객들에게 큰소리로 사과하였다.

"이 아이가 엄마를 찾느라 이처럼 울고 있는데, 아이 엄마는 지금 뒤 화물칸의 관 속에 누워 있습니다. 엄마가 세상을 떠난 줄노 모르고 세 어미를 찾는 모양인데 여러분 조금만 참아 주세요. 저는 제 아내를 고향 언덕에 묻어주려고 아내의 관과 함께 고향으로 향하고 있는 중입니다. 여러분 대단히 죄송합니다."

승객들은 모두 숙연해졌다. 많은 여인네들이 흐느껴 울기도 하였다.

후에 그는 학교를 사임하고 학업을 계속해 명문 존스홉킨스 대학교에서 철학박사가 되었다. 그는 자신이 쓴 시집《Maple leaves》서문에 사랑하는 아내 마가렛(Margarret 애칭 Maggie)를 잃은 슬픔을 회상하면서 시를 썼고, 친구 제임스 버터필드에게 곡을 부쳐 달라고 부탁하였다. 그런 슬픈 사연을 간직한 노래가 바로 '메기의 추억'이다.

옛날에 금잔디 동산에 메기 같이 앉아서 놀던 곳,
물레방아 소리 들린다. 메기 내 사랑하는 메기야,
동산 수풀은 우거지고 장미화는 피어 만발하였다.
옛날의 노래를 부르자 메기 내 사랑하는 메기야.

베토벤과 루돌프 대공

예나 지금이나 극소수의 특별한 아티스트를 제외하고는 작곡이나 연주 활동만으로 생계를 유지하는 것은 어려운 것이 사실이다.

세계의 많은 음악가들이 빈곤을 피하지 못하고 살아간다. 베토벤 당시의 18세기나 오늘의 21세기나 그 사정은 별로 달라지지 않았다. 하이든, 모차르트, 베토벤 등 과거의 유명한 작곡가들의 작품조차도, 만약 재정적인 후원자들의 도움이 없었다면, 우리들에게 오늘날까지 온전히 전해지지 않았을지도 모른다.

하이든은 에스터하치 후작과 평생 파트너로 작품 활동을 하였다. 하이든의 음악은 전체적으로 행복하며 그 음악 속에 여유 있는 유머와 독자적인 재치가 넘쳐흐른다.

어떤 수사나 찬사도 어울리지 않는 음악 천재 모차르트는 지기스문트 대주교와 때로는 지원을 받고 지원을 하는 파트너로, 또 때로는 서로 대립하고 다투는 갈등의 관계를 유지했다.

모차르트는 결국 독립하여 자신이 원하는 음악 세계를 꿈꾸며 살아보았지만 말년에는 재정적인 어려움을 피할 수 없었다. 예술가로서의 독립은 여전히 어려운 일임을 보여주는 대표적인 사례이다.

베토벤에게는 특별한 스폰서가 있었다. 오스트리아의 왕자인 루돌프 대공(후에 모라비아의 대주교)은 베토벤의 천부적 재질을 인정하고 15년 동안 피아노와 작곡을 사사받는 제자가 되었다. 경제적 지원은 물론 베토벤의 남다른 성격으로 인한 정치적 문제까지도 감싸주고 지속적으로 후원을 하였다. 자신 외에는 어떤 권위도 인정하지 않았던 베토벤이었으니 그를 후원하는 일역시도 쉽지는 않았을 것이다.

그런 속에서도 베토벤과 루돌프 대공과의 관계는 그럭저럭 잘 유지되어갔다. 베토벤의 마지막 20년 기간 중에는 신체적인 어려움이 겹쳤다. 그러나 루돌프 대공의 관대함과 전폭적인 지원으로 그는 생을 아름답게 마감할 수 있었다. 베토벤은 그를 위해 많은 곡을 헌정했는데, 그의 걸작인 피아노 협주곡 4번과 5번은 루돌프 대공을 위해 작곡된 곡이다.

두 사람의 우정과 의리는 1819년 루돌프 대공이 대주교로 즉위할 때 절정에 이른다. 베토벤은 그의 취임식에 쓰일 '장엄미사'를 작곡하고, 인류역사에 새로운 이정표를 만든 '합창교향곡'을 작곡한다.

베토벤 탄신(1770) 250주년을 맞아 그가 남긴 작품들을 살펴보면서 루돌프 대공을 다시 생각해 본다.

철학자 소크라테스

어느 날 몇몇 제자들이 소크라테스(BC470 ~ BC399)에게 물었다

"인생이란 무엇입니까?"

그는 제자들을 사과나무 숲으로 데리고 갔다. 때마침 사과가 무르익는 계절이라 달콤한 과육 향기가 코를 찔렀다. 제자들에게 숲 끝까지 가면서 각자 마음에 드는 사과를 하나씩 골라 오도록 했다. 단, 다시 뒤로 되돌아갈 수 없으며, 선택은 한번 뿐이라는 조건을 붙였다. 제자들은 나무숲을 걸어가면서 유심히 관찰한 끝에 가장 좋다고 생각되는 사과를 하나씩 골랐다. 그들은 모두 사과나무 숲의 끝에 도착했다.

소크라데스는 미리 와서 그들을 기다렸다. 그가 웃으며 제자들에게 물었다.

"모두 제일 좋은 열매를 골랐겠지?"

그들은 서로의 것을 비교하며 아무 말도 하지 않았다. 그 모습을 보고 다시 물었다.

"왜 자신이 고른 사과가 만족스럽지 못한가?"

"숲에 막 들어섰을 때 정말 크고 좋은 사과를 봤어요. 그런데 더 크고 좋은 걸 찾으려고 그것을 따지 않았어요.

"사과나무숲 끝까지 왔을 때에야, 처음 본 사과가 가장 좋다는 것을 알았어요."

"저는 정반대. 숲에 들어가 조금 걷다가 제일 크고 좋다고 생각되는 사과를 골랐어요, 그런데 나중에 보니까 더 좋은 게 보였어요."

"선생님, 다시 한 번만 고르게 해 주세요"

소크라테스가 껄껄 웃더니 단호하게 고개를 저으며 진지한 목소리로 말했다.

"단 한 번의 선택! 그게 바로 인생이다."

우리가 살면서 수 없이 많은 선택의 갈림길 앞에 서지만 우리에게 주어지는 기회는 늘 한 번 뿐이다. 순간의 잘못된 선택으로 인한 책임은 모두 자신이 감당해야 한다. 중요한 것은 한 번 뿐인 선택이 완벽하길 바라는 일이 아니다. 때로는 실수가 있더라도 후회하지 않고 자신의 선택을 소중히 생각하는 일이다. 오늘 나의 불행은 언젠가 내가 잘못 보낸 시간의 대가이다. 나훈아처럼 테스 형! 하고 소리쳐 봤자 소용없는 일이다.

7장

환관(宦官)과 내시(內侍)

01

원효대사의 깨달음

원효는 신라 고승이며 대학자로 불교 발전에 큰 업적을 남긴 사람이다. 당나라에 유학을 가는 도중에 해골에 담긴 물을 마신 뒤 '모든 것이 마음먹기에 달렸다(一切唯心造)'라고 깨닫고 유학을 포기하였다.

그리고는 전국을 방랑하는 유행승(遊行僧)이 되었다.《유심안락도(遊心安樂道)》에서는 '정토의 깊은 뜻은 본래 범부를 위함이니 보살을 위함은 아니다'라고 주장하였고, 불교 대중화를 위해《대승기신록》을 비롯하여 240여 편의 불교경전을 집필하였다.

원효대사는 34세 때 의상대사와 함께 당나라 현장법사와 규기화상으로부터 유식학을 배우려고 요동까지 갔는데 그곳 순라군에게 첩자로 몰려 옥에 갇혔다가 풀려나 신라로 돌아왔다.

45세에 두 번째로 의상과 당나라에 가기 위해 백제국의 항구로 가는 도중에 비를 만나 산속 토굴에서 하룻밤을 지내게 되었다. 자던 중 갈증이 나서 주위를 둘러보니 어둠속에 바가지에 물이 담겨있어 달게 마셨다. 날이 밝아 깨어 보니 자신이 잔 곳은 토굴이 아니라 공동묘지였으며, 주변을 보니 물바가지가 아니라 해골이 있었다. 원효가 마신 물은 해골에 담겨 있던 썩은 물이었던 것이다. 여기서 원효는 활연대오(豁然大悟), 즉 환하고 큰 깨우침을 터득한 것이었다.

원효는 어느 날 거리를 떠돌며 고래고래 소리쳤다.

"누가 자루 없는 도끼를 빌려 줄 것인가 하늘을 받칠 기둥을 깎으려고 한다.(誰許沒柯斧爲斫支天柱수허몰가부위작지천주)

대부분 사람들은 그 뜻을 이해하지 못했으나 태종무열왕만은 그 소문을 듣고는 곧바로 그 뜻을 알아 차렸다.

"원효가 아마 귀한 집 딸을 얻어 어진 아들을 낳으려고 하는구나. 자루 빠진 도끼라면 이는 과부를 말함이요, 하늘을 받칠 기둥은 국가의 인재를 의미함이라."

왕은 그 아버지를 닮은 큰 인물이 태어나면 나라에 복이 되리라 생각하고 원효에게 줄 적당한 배필을 구하던 중, 묘안이 생각났다. 결혼한 지 3일 만에 남편이 전쟁터에 나가 죽어 과부가 된 둘째 딸 요석공주가 떠올랐던 것이다. 무열왕은 신하를 시켜 원효대사를 불러오라 명한다.

요석궁으로 안내된 원효대사는 요석공주가 쓰던 향기 나는 옥수로 목욕을 하고 공주가 건네준 비단옷으로 갈아입었다. 저녁상에 반주까지 곁들여 공주와 단둘이 앉아 주거니 받거니 하다 보니 공주의 아름다운 향취에 빠져 잠시 불심도 잊었다. 요염한 자태와 육체에 현혹되어 사흘 밤과 낮을 운우지락(雲雨之樂)에 흠뻑 취했다.

꿈같은 사흘을 보내고 떠나려 하자 공주는 머물러 달라고 애

걸한다. 대사는 한참을 망설이다가 '있다가도 없고, 없다가도 있는 것이 인생'이라며 홀연히 일어나 요석공주를 뒤로하고 길을 떠났다. 그러나 단 사흘 간의 사랑이었지만 공주는 배가 불러 열 달 만에 아들 설총을 낳는다.

요석공주는 아들 설총을 원효대사를 바라보듯 훌륭하게 잘 키워 후일 우리의 옛 글 '이두'를 완성시키는 큰 일을 한다.

원효대사는 속세의 복장으로 팔도를 유람하던 중 양주 근처를 지나다 "모든 것이 한바탕 꿈이었구나!"하는 탄식과 함께 소요산에 들어가 초막 생활을 하며 수행을 한다. 여기가 지금의 자재암(自在庵)이다.

왕자가 되는 과정

조선시대 왕자를 잉태하기 위한 합궁(合宮)부터 살펴본다. 국왕과 왕비의 합궁은 원칙적으로 담당 관리 상궁이 정한 길일(吉日)에만 이루어졌다.

뱀이나 호랑이가 들어있는 날은 안 된다. 초하루, 그믐, 보름도 피하고 비가 오거나 천둥치는 날, 안개가 짙거나 바람이 센 날도 피했다. 국왕의 심기가 불편한 날도 뺐다. 그러니 합궁에 적당한 길일은 한 달에 그저 하루 이틀 정도였다. 후궁에게는 그런 제약이 없이 그저 왕의 마음대로 찾아가다 보니 당연히 왕비의 자식보다 후궁의 자식들이 더 많을 수밖에 없다.

왕비가 잉태를 하게 되면 태교가 시작된다. 왕비의 태교란 더러운 것을 피하고, 성현의 말씀을 가까이 하는 것, 좋지 않은 생각을 하지 않고 나쁜 말을 듣지 않는 것, 등등이다. 궁중악사의 태교 음악과 태아에 좋은 음식은 필수였다.

출산이 다가오면 산실청(産室廳)이라는 임시 관청을 세우고 본격적인 출산 준비에 들어간다. 왕비가 산실청에 들어가면 그때부터 출산 때까지 전국에 형벌이 중지되었다. 출산이 이루어지는 산실에는 노란 사슴 가죽을 달아 왕비가 잡고 힘을 쓸 수 있도록 하였다. 왕손이 태어나면 국왕이 직접 구리종을 쳐 탄생을 알리고 제사를 지낸 후 죄수를 석방하고 과거시험을 치렀다.

왕실에서 태어난 아기의 탯줄은 물로 백번 씻은 후, 술로 한 번 더 씻어서 태 항아리에 담아 안태의례(安胎儀禮)를 거쳐 태실로 옮겨 보관한다. 경기도 가평에 있는 태봉은 조선조 중종 임금의 태를 모신 곳이다.

원사가 2~3세가 되면 보양청(輔養廳)을 설치하여 유학의 주요 덕목을 익히도록 한다. 이때 배동(陪童)이라 하여 또래 아이들 중 총명한 아이를 선발하여 함께 어울리도록 하였다. 다섯 살이 되면 서강원(書講院)이 설치된다. 그곳에서는 경서(經書)와 사적(史籍)을 강의하며 도의(道議)를 가르치는 임무를 담당한다. 태조 초에는 세자관속(世子官屬)이라고 하였다.

03

평양기생 황진이

점일이구우두불출(點一二口牛頭不出)이란 글귀를 보고 선비는 빙긋이 웃었다. 황진이의 명주 속치마를 펼치게 한 선비는 단필로 허(許)라고 썼다. 순간 그녀는 선비에게 큰 절을 세 번 하였다.

절은 산 사람에게는 한 번 하고 죽은 사람에게는 두 번 한다. 그런데 여인이 남정네에게 절을 세 번 한다는 것은 곧 자신의 정절을 바치겠다는 서약인 셈이다. 그날 밤 선비와 황진이는 만리장성을 쌓았고, 선비는 한지에 시 한수를 써 놓고 홀연히 길을 떠났다.

물은 고이면 강이 되지 못하고,
바람이 불지 않으면 꽃은 피지 못한다.
내가 가는 곳이 집이요,
하늘은 이불이며,
목마르면 이슬 마시고,
배고프면 초근목피가 있는데
이보다 더 좋은 세상이 어디 있느냐.

이후 여인은 선비가 뼈에 사무치도록 그리워 비단가죽 신발을 만들며 세월을 보냈다. 풍운아인 선비의 발을 편안하게 해주고 싶은 애틋한 사랑에 손마디가 부풀도록 가죽 신발을 손수 다 만든 그녀는 마침내 가산을 정리하고 가죽신을 품고 선비를 찾아 팔도를 헤맸다.

정처 없이 팔도를 떠돌며 선비의 행방을 물색하던 중 어느날 선비가 절에 머물고 있다는 풍문을 듣고 찾아가 둘은 극적으로 재회를 한다. 그녀는 꿈같은 재회의 하룻밤을 보내고 다시는 선비를 놓치지 않겠다고 다짐하였다.

첫 밤을 보낸 다음날 해가 중천에 올라도 움직일 기색이 없는 선비에게 그녀는 물었다.

"낭군님! 해가 중천인데 왜 기침 하시지 않으시는지요?"

그러자 선비는 두 눈을 감은 채로 이렇게 말했다.

"이 절간에 인심이 야박한 중놈들만 살아 오장이 뒤틀려 그런다."

여인은 선비의 말을 즉시 알아들었다. 급히 마을로 단걸음에 내려가 거나한 술상을 보아 절간으로 부리나케 돌아왔다. 그러나 전날 밤 선비와 정포를 풀었던 방 앞 툇마루에는 선비 대신 지난밤 고이 바쳤던 비단 가죽신만 가지런히 놓여 있었다.

선비의 사랑은 소유해도 선비의 몸은 소유할 수 없다는 것을 깨우친 여인은 선비의 깊고 높은 큰 사랑을 받았다는 것으로 스스로를 위로하며 평생 선비를 그리워하며 살았다.

그런데 우리는 황진이를 평생 기생으로 잘못 알고 있다. 사실은 개성 기생이다. 개성 여인들은 미색이 뛰어나고 재주가 특출했다. 황진이가 그토록 사랑한 남자는 화담집의 저자인 조선 성종 때 사람 서경덕이다.

황진이를 만났을 때 서경덕이 풀어낸 황진이의 글인 점일이는 한자로 點一二이고, 입구(口)자를 모두 합치면 말씀 언(言)자가 된다. 우두불출(牛頭不出)이란 소머리에 뿔이 없다는 뜻이다. 우(牛)에서 머리 뿔을 떼어 버리면 오(午)자가 된다. 이 두 글자를 합치면 허락할 허(許)자다.

결국 황진이는 서경덕에게 자신을 바친다는 뜻을 이렇게 사행시로 적은 것이다. 이 글자를 해석할 수 있는 능력이라면 자신을 송두리 바쳐도 아깝지 않다고 생각한 황진이의 기발한 사랑 찾기가 재미있다.

환관(宦官)과 내시(內侍)

우리는 환관보다는 내시라는 말이 더 익숙하다. 근래는 내시와 환관을 구분 없이 사용하고 있지만, 고려 초까지 내시와 환관은 엄연히 다른 일을 하는 직책이었다.

내시는 양물(陽物) 즉, 남성성기의 거세 여부와 상관없이 과거에 급제한 명문가 자제들로 구성된 최고의 엘리트 직책으로, 내시 출신중 많은 수가 재상에 올랐다. 반면 환관은 거세된 자들로 왕을 보필하는 일을 도맡아야 했다. 《고려사》를 보면 주로 젖먹이 때 개에게 성기를 잃은 남자들이 환관이 되었다고 한다. 고려 초기엔 10여 명에 불과했으나, 중기에 들어서면서 대폭 늘어 내시 직까지 떠맡게 되었다. 내시 직을 환관들이 맡게 되면서 내시와 환관이 같은 직책인 것처럼 혼동하게 된 것이다.

조선시대에 환관 신청 자격은 8세 전후의 고환을 없앤 남자 아이들로 제한되었다. 중국의 경우에는 남근을 모두 잘라냈지만, 조선에서는 고환만 제거하였다. 이렇게 고환이 제거된 어린 환관들은 10여 년의 훈련과 수련을 거쳐야 정식 환관이 될 수 있었다. 신체검사를 해서 수염이 나거나 다른 신체적 결함이 발견되면 바로 출궁 당하였다.

왕의 측근에 있는 환관들은 정치세력과 연결되어 궁중 여론을 좌지우지할 정도였고, 이들의 권세는 웬만한 판서보다 높았고 재산은 도성의 갑부에 못지않았다.

기록에 남아있는 유명한 환관들을 살펴 본다.

환관 김사행은 태조에게 궁궐의 법도를 가르쳤다. 경복궁을 만든 사람이 정도전으로 알고 있으나 그는 다만 경복궁의 전각들에 이름을 붙여준 것뿐이고, 실제로 경복궁 건립을 위한 감독은 태조 이성계가 총애했던 환관 김사행이었다.

세종의 절대적인 신뢰를 받았던 환관 엄자치는 세종의 유지를 받들어 단종을 지키려다 세조에 의해 죽음을 당한 사람으로 기록되어 있다.

환관 김처선은 직언을 서슴치 않았던 대표적인 강골 환관이다. 조선 제4대 세종에서부터 제10대 연산군까지 조선 전기의 여러 임금을 모셨던 그는 정권이 바뀔 때마다 유배와 복직을 되풀이 하다가 1505년 연산군에 의해 죽임을 당하고 만다.

그런데 환관들은 일편단심 왕만 바라보며 '왕의 남자'로만 살았을까? 조선의 환관들은 결혼할 수 있었다. 자식은 얻지 못해도 환관들은 부인과 첩을 거느렸으며 대를 잇기 위해 성이 다른 자식을 입양하였고 '양세계보'라는 족보를 남기기도 하였다. 환관제도는 1894년 갑오개혁 때 폐지되었다.

05

우암 송시열

우암이 제주로 귀양가는 도중에 거센 풍랑을 만나자 쉬면서 생각해 보았다. 임금이 있어야 할 용상은 장희빈 세력들에게 둘러싸여 있고, 남쪽 먼 바닷길을 가려하니 믿어야 할 것은 오직 바람뿐이다.

효종 임금께서는 자신을 이조판서로 제수 할 적에 담비가죽으로 만든 털옷을 하사하셨다. 임금이 하사한 담비 털옷을 입고 있던 자신의 옛 모습을 생각하니 임금의 옛정이 그리웠다. 홀로 눈물 흘린다는 내용의 옹, 중, 궁, 풍, 충으로 운을 달아 시를 읊었다.

우암이 18세 때 김장생의 제자가 된 것은 한산 이씨와 혼인한 무렵이었다. 그는 김장생과 김집 부자로부터 성리학과 유학을 공부하고 26세에 생원시에서 일음일양지위도(一陰一陽之謂道)라는 논술로 장원급제를 하였다.

28세 때인 1635년에 인조의 차남인 봉림대군(鳳林大君)의 사부(師傅)가 되었다. 그러나 송시열과 봉림대군과의 돈독한 유대는 1년 뒤에 일어난 병자호란으로 일단 끊어진다. 봉림대군이 형인 소현세자(昭顯世子)와 함께 인질로 잡혀서 청나라의 수도 심양으로 가고 송시열은 낙향을 하게 되었기 때문이다.

그로부터 13년 동안 송시열은 초야에 묻혀서 학문에만 몰두하고 봉림대군은 청나라에서 온갖 수모를 당하며 절치부심을 한다. 마침내 청이 중원을 완전 장악함으로써 인질에서 풀려난 후 봉림대군은 귀국하여 인조의 뒤를 이어 왕위에 오르니 그가 곧 효종이다. 봉림대군이 차남인데도 왕위에 올라 효종이 될 수 있었던 것은 형인 소현세자가 부왕 재위 시에 죽었기 때문이다.

명필 한석봉

　석봉 한호는 추사 김정희, 양사언, 안평대군과 함께 조선의 4대 명필로 꼽힌다. 그의 해서(楷書), 행서(行書), 초서(草書)의 글씨는 지금도 전국의 사찰이나 서원에 편액으로 남아있다. 유명한 편액으로는 도산서원과 성균관 대성전이 대표적이다.

　한석봉의 글씨에 대해 추사 김정희는 별로 좋은 평을 남기지 않았다.

　"글씨를 많이 써 그 공력이 산을 무너뜨리고 바다를 덮을 정도이지만 진정한 예술은 없다고 보아야 한다."

　그렇지만 한석봉의 글씨는 기교를 부리지 않고 반듯하다. 보는 이에 따라 평가가 다르지만 수려하고 정결하다. 그러면서도 힘이 있고 전체적으로 균형이 잡혀있다.

　한석봉의《천자문》해서체는 서예공부를 하는 사람들이라면 처음에 반드시 따라 쓰며 연습해야 하는 교본이다. 그는 나면서부터 글씨를 잘 쓴 천부적인 사람이 아니고 부단한 연습으로 경지에 오른 학자이다. 우리들이 모두 알고 있는 '어머니와의 떡 썰기 대결' 이야기는 그런 노력의 과정을 보여주는 하나의 실례이다.

　한석봉(1598~1599)은 가평군수를 역임하였다. 가평군은 한석봉을 지역 브랜드화 하는데 앞장서고 있다. 그러나 아쉽게도 가평군청 관내의 어느 곳에서도 한석봉의 서체는 볼 수 없다. 한석봉 체육관, 한석봉 도서관 등, 많은 기관들이 있지만 거기에 씌어 있는 서체는 모두 다 한글 서체이다.

한석봉을 세계적인 브랜드로 만들려면 한석봉 서체를 계속 알리는 노력을 기울여야 한다. 그런 의미에서 본다면 매년 가을 가평에서 열리는 '한석봉 전국휘호대회'는 매우 의미 있는 행사라고 할 수 있겠다. 참고로 20회 대회를 마친 한석봉 전국 휘호대회는 일반부와 중·고등부, 초등부로 나누어 진행되며, 한글, 한문, 문인화, 캘리그라피 등 4개 부문에서 기량을 겨룬다.

07

고담준론(高談峻論)

정진사는 무골호인이다. 한평생 살아오며 남의 가슴에 못 한 번 박은 적이 없다. 적선 쌓은 걸 펼쳐 놓으면 아마도 만경창파 같은 들판을 덮고도 남을 것이다. 그러다 보니 선대로부터 물려받은 많던 재산을 야금야금 팔아먹고 겨우 제 식구들을 굶기지 않을 정도의 집안이 되었다.

정진사는 재능도 빼어났다. 학문이 깊어 붓을 잡고 휘갈기는 휘호는 천하명필이다. 고을 사또도 조정으로 보내는 서찰을 쓸 때에는 이방을 보내 부탁을 할 정도였다. 그래서 정진사네 사랑방에는 늘 선비와 문사들의 발길이 끊이지 않았다. 부인과 혼기에 찬 딸 둘은 날이면 날마다 밥상과 술상을 차려 사랑방에 들락날락하는 것이 일과였다.

그러던 어느 날 오랜만에 허법 스님이 찾아 왔다. 잊을 만하면 찾아와 고담준론(高談峻論)을 나누고 바람처럼 사라지는 스님을 정진사는 스승처럼 존경한다. 그날도 사랑방에서는 스님과 정진사가 곡차 상을 가운데 두고 마주 앉았다.

"정진사는 친구가 도대체 몇이나 되오?"

스님이 묻자 그는 천장을 보고 한참 생각하더니 자랑스럽게 방문을 활짝 열고 가슴을 쭉 펴더니 이렇게 말하는 게 아닌가.

"스님, 한눈 가득 펼쳐진 저 들판을 모두 남의 손에 넘기고, 친구 일흔을 얻었습니다."

스님은 껄껄 웃으면서 이렇게 응수했다.

"친구란 하나 아니면 둘, 많아야 셋, 그 이상이면 친구가 아닐세."

두 사람은 밤새도록 곡차를 마시다가 삼경이 지나 잠이 들었다. 정진사가 눈을 떴을 때 스님은 이미 없었다.

다음날부터 정진사네 대문이 굳게 닫혔다. 집안에서는 심한 기침 소리가 들리고 의원만 들락거렸다. 열흘이 가고 보름이 가도 진사네 대문은 열릴 줄 몰랐다. 그러더니 때 아닌 늦가을 비가 내리던 날 밤에 곡소리가 나왔다. 진사가 감기를 이기지 못하고 이승을 하직한 것이었다.

빈소는 초라하기 짝이 없었다. 부인과 딸 둘이 상복을 입고 머리를 떨어뜨린 채 침통하게 빈소를 지키고 있을 뿐이었다. 진사 생전에 문지방이 닳도록 드나들던 글 친구들은 얼굴도 안 보였다. 그런데 한 친구가 문상을 와서 곡을 하더니 진사 부인을 불러냈다.

"부인, 상중에 이런 말을 꺼내 송구스럽지만 워낙 급한 일이라."

그 친구는 품속에서 봉투 하나를 꺼내어 미망인에게 건네주었다. 봉투를 열어보니 차용증이 아닌가. 거기에는 진사가 돈 백 냥을 빌렸다는 내용과 입동 전에 갚겠다는 내용이 적혀 있었고 진사의 낙관까지 찍혀 있었다. 또 한 사람의 문상객은 왕휘지 족자 값 삼백 냥을 못 받았다며 지불각서를 내밀었다.

구일장을 치르는데 여드레째가 되니 채권자들이 빈소를 가득 채웠다.

"내 돈을 떼먹고는 출상(出喪)도 못해!"

"이 사람아, 빚도 안 갚고 저승으로 줄행랑을 치면 어떻게 해!"

빈소에 죽치고 앉아 다그치는 친구들 면면은 모두 낯익었다. 그때 허법 스님이 목탁을 두드리며 빈소에 들어섰다. 미망인의 손에 쥐고 있던 빚 문서를 낚아챈 스님은 병풍을 향해 고함쳤다.

"정진사! 어서 일어나서 문전옥답을 던지고 얻은 친구들의 빚이나 갚으시오~~."

그러자 병풍 뒤에서 삐거덕 관 뚜껑이 열리는 소리가 나더니 죽었다던 정진사가 걸어 나오는 것이 아닌가. 가짜 빚쟁이 친구들은 혼비백산해서 도망쳤다.

서호댁 머슴 이야기

　노모의 병을 고치려고 집까지 날린 금복이는 서호댁 머슴이 되었다. 그 집 문간방에 노모를 모셨다. 선불로 받은 새경으로 거동 못하는 노모를 봉양하면서도 머슴 일에 소홀함이 없이 밤늦게까지 일했다.

　서호댁은 손이 귀한 집안에 시집와 일 년도 못되어 청상과부가 되어 혼자 살림살이를 꾸려가고 있었다.

　금복이가 노모까지 밥을 축내니 새경을 적게 받겠다고 하자, 서호댁은 오히려 새경을 후하게 주어 금복이의 가슴을 뭉클하게 하였다.

　어느 날 밤 금복이 노모는 숨을 거두었다. 서호댁의 배려로 뒤뜰에 차양을 치고 빈소를 차렸다. 그런데 낯선 스님이 들어와 문상을 하고 국밥에 곡차까지 벌컥벌컥 들이키는 게 아닌가. 금복이가 다가가 돌아가신 저의 노모와 어떻게 되시는지 물었다. 스님은 그 물음에는 대답도 없이 엉뚱하게도 묏자리는 잡았느냐고 되물었다. 안 그래도 묏자리 때문에 고심하던 금복이는 고개를 저었다. 스님은 금복이의 소매를 잡아끌며 뒷산으로 향했다. 그리고는 한참 걸어올라 가다가 걸음을 멈추었다.

　"이 자리가 천하명당이오. 내가 금시발복지지(今時發福之地)를 발견하고, 당신을 찾은 것은 하늘이 시킨 일이오. 오늘 밤 인시 (寅時: 새벽 3시~5시)를 넘기면 안 되오."

그 산은 마침 주인집 산이라 금복은 그 스님과 함께 모친의 관을 메고 산으로 올라갔다. 남향받이 사질토라 땅 파는 데는 어려움이 없었는데 땅을 다지려니 공이가 없었다.

"인시가 되려면 아직 시간이 있으니 집에 가서 공이를 가져 오시오."

금복이가 산을 내려와 공이를 찾으려고 광으로 향하는데, 그때까지 금복이를 기다리고 대청마루에 서 있던 서호댁이 버선 발로 달려나와 금복이의 소매를 잡아당기는 것이 아닌가. 그러더니 다짜고짜로 금복이를 안방으로 끌고 가서는 뜨거운 콧김을 내뿜으며 이렇게 말하였다.

"내 말 잘 들으시오. 금복씨가 상중이기는 하지만 내 부탁을 내치면 아니 되오. 지금 시간이 없습니다."

그녀가 저고리를 벗고 금복이를 껴안는 데 몸이 불덩어리였다. 금복이의 하초는 솟아올랐다. 금복이도 옷을 벗고 들어서기가 무섭게 곧 절구질을 하였다. 일을 치른 후 금복이는 주섬주섬 옷을 입고 나가 공이를 들고 산으로 올랐다. 땅을 다지고 하관한 후 흙을 덮자 새벽에 닭이 울었다.

두 사람이 산에서 내려와 집으로 들어서자 서호댁이 뜨거운 국밥에 곡차를 내왔다. 스님이 서호댁의 얼굴을 자세히 보더니 이렇게 중얼거렸다.

"보통 좋은 꿈을 꾼 게 아니로군 그려."

스님은 혼자 말을 중얼거리며 곡차를 마시고 삿갓을 쓰고 바랑을 집어 들더니 휘적휘적 제 갈 길로 떠났다.

이렇게 하여 노총각 금복이와 정상과부 서호댁은 자연스럽게 부부가 되었다. 처음 입덧을 한 날 밤 금복이 품에 안긴 서호댁이 그날 밤의 일을 털어 놓았다.

"당신이 산에 간 사이 깜빡 잠이 들었는데 꿈속에서 청룡이 내려와 내 치마 속으로 들어 왔습니다. 예로부터 용꿈을 꾸면 세상을 호령할 귀한 자식을 낳는다 했으니 하늘이 준 그 기회를 놓칠 수 없었습니다."

열 달 후 서호댁은 달덩이 같은 아들을 낳았다. 살림은 불같이 일어나 천석꾼이 되었고 그 아들은 열다섯에 알성급제를 하였다.

팔여와 팔부족

　1519년 서른네 살 김정국(1485~1541)은 동부승지 벼슬에서 쫓겨나 시골로 낙향하였다. 기묘사화로 선비들이 죽어나갈 때였다. 파주 망동리 영봉산 자락에 정자를 짓고 스스로를 팔여거사(八餘居士)라 불렀다. 그러자 친구들이 그를 위로한답시고 찾아와서는 벼슬에서 쫓겨나 무엇이 그렇게도 여유로우냐며 핀잔을 주었다. 그는 친구들에게 팔여(八餘)를 이렇게 설명하였다.

　"사람은 만족함을 알아야 즐거움과 행복도 있다. 토란국에 보리밥 먹고, 등 따뜻하게 잠자고, 맑은 샘물 마시고, 방에 가득한 책을 읽고, 봄볕과 가을 달빛 즐기고, 새와 솔바람 소리 듣고, 눈 속 매화와 서리 속 국향 즐기며 여기에 한 가지 더. 이 일곱 가지를 넉넉하게 즐기니, 이것이 팔여가 아니고 무엇인가."

　김정국의 말을 들은 친구 중 하나가 세상의 민심을 이야기하며 팔부족(八不足)으로 화답하였다.

　"세상에는 진수성찬을 배불리 먹고도 부족하며, 휘황한 난간에 비단병풍을 치고 잠을 자면서도 부족하고, 이름난 술을 실컷 마시고도 부족하고, 울긋불긋한 그림을 실컷 보고도 부족하며, 아리따운 기생과 실컷 놀고도 부족하고, 좋은 음악 다 듣고도 부족하다. 희귀한 향을 맡고도 부족하다고 여기지. 한 가지 더. 이 일곱 가지 부족한 게 있다고 부족함을 걱정하더군."

인생을 오래 살아오면서 무엇이 행복이라 느꼈는가? 탐욕, 불만 모두 부질없는 욕심이다. 비록 넉넉하지 못하고 잘 나지 못해도 만족함을 알아야 한다. 탐욕을 버리고 만족함을 아는 마음이 즐거운 인생이다. 겸손하게 감사하는 마음에 행복의 길이 있고 즐거움도 있다. 산전수전 다 겪은 노병, 남은 것은 백발에다 주름살 뿐, 더 이상 후회하지 말고 가슴아파 하지 말라.

10

절대 권력은 반드시 망한다

조선의 세조 – 예종 – 성종의 3대에 걸쳐 권력을 떨치던 한명회는 어느 날 탄핵을 당해 공직에서 물러나게 되었다.

발단은 중국사신 접대에서 시작되었다. 한명회는 개인 별장인 압구정 사우당이 비좁다면서 궁궐에서만 사용하는 장막인 용봉차일을 사용하게 해달라고 왕에게 요청하였다.

압구정(押鷗亭)이 어떤 별장인가? 세조, 예종, 성종의 3대 20년에 걸쳐 절대 권력을 휘둘렀던 한명회가 "젊어서는 사직을 위해 몸을 바치고 늙어서는 강변에 누워 갈매기와 친하게 지낸다."는 포부를 실천하기 위하여 지금의 현대아파트 자리에 자신의 호 압구(押鷗)를 따서 세운 정자가 아니던가.

용봉차일(龍鳳遮日)이란 또 무엇인가? 그것은 용과 봉황무늬가 있는 햇빛 가리개로 곧 왕권을 상징하는 물건이다. 성종은 공식 별장인 제청전에서 하면 될 것을 굳이 개인 별장에서 대접할 필요가 있느냐면서 다음과 같은 말을 하였다. 이 거절은 왕으로서 당연한 것이었다.

"내 생각으로는, 이 정자는 헐어 없애야 마땅하다. 중국 사신이 중국에 가서 이 정자의 풍경이 아름답다는 것을 말하면, 뒤에 우리나라에 사신으로 오는 사람이 구경하려고 할 것이니,

이는 폐단을 여는 것이다." - 성종실록

사헌부는 감히 임금이 쓰는 물건을 빌려 달라는 한명회의 태도가 도를 넘어섰다며 당내 최고의 권력을 지닌 그를 낙마시켰다. 나는 새도 떨어트릴 정도의 막강한 권력을 행사했던 사헌부는 오늘날로 치면 검찰과 감사원에 해당하는 조직이다.

한명회는 왕이 베푼 연회에도 부인이 아프다는 핑계로 참석하지 않았다. 이를 빌미로 김종직을 우두머리로 하는 사림파의 학자들은 한명회를 공격하였고, 한명회는 영의정과 병조판서 직을 내려놓고 유배를 떠나게 된다.

1787년 한명회는 73세의 나이로 죽었다.

한명회는 죽어서도 두 번 죽는 일을 당했다. 바로 성종의 뒤를 이어 왕위에 오른 연산군이 자신의 어머니인 폐비 윤씨 사건에 연루되었다 하여 이른바 '부관참시'를 하였던 것이다. 그 뒤 반정으로 왕위에 오른 중종에 의해 신원이 회복되어 장사를 다시 치루는 봉변을 당한 것이다.

두 딸을 왕에게 시집 보내고 왕실과 겹사돈이 되었으니 그의 권력은 영원할 것이라고 생각했지만 그에게도 어느 날 때가되자 몰락의 조짐이 나타나고 권력에서 밀려나는 비참한 운명을 겪게 되었다.

이것이 세상의 이치이다. 어떠한 권력자도 도도한 민심의 흐름을 역행할 수 없다.

8장

고사성어 20선

이리복검(李离伏劍)

사마천의《사기》순리열전(順吏列傳)에 나오는 이야기이다.

진나라에 사법관 이리(李裏)라는 인물이 있었다. 어느 날 자신이 십여 년 전에 판결한 재판 기록을 보다가 누군가의 거짓말을 듣고 무고한 사람에게 사형을 판결하여 그 사람을 죽게 하였다는 사실을 알아냈다. 이른바 사법부에 의한 살인을 저지른 것이다. 그러자 평소 정의 하나만을 생명으로 알고 살아 온 그로서는 도저히 자신을 용서할 수 없었다. 이리 법관은 스스로에게 사형판결을 내리고 옥에 갇혔다.

당시 통치자였던 문공이 이 소문을 듣고 그건 실무자의 잘못이라고 하면서 너무 자신을 자책하지 말라고 했다. 그러나 그는 임금의 관대한 처분에 대하여 이렇게 말했다.

"신은 담당부서의 장관으로서 관리에게 직위를 양보하지 않았고 많은 녹봉을 받으면서 부하들에게 이익을 나누어 주지도 않았습니다. 판결을 잘못 내려 사람을 죽여 놓고 그 죄를 부하에게 떠넘긴다는 것은 말도 안 됩니다."

그리고는 옆에 있는 임금 호위병의 칼에 엎어져 자결하여 사형을 대신했다. 그래서 '이리가 칼 위에 엎드려 죽었다.(李离伏劍)'라는 유명한 고사성어가 생겼다.

염일방일(拈一放一)

더 귀한 것을 얻으려면 덜 귀한 것은 무엇인가? 많기도 하고 판단하기도 어렵기도하다. 하나를 얻으려면 하나를 놓아야 한다는 말로, 하나를 쥐고 또 하나를 쥐려 한다면 두 개를 모두 잃게 된다는 뜻이다.

지금으로부터 천 년 전, 중국 송나라 때 사마광이라는 사람의 어릴 적 이야기이다.

한 아이가 커다란 장독에 빠져 허우적거리고 있었는데 어른들이 사다리를 가져와라는 둥, 밧줄을 가져오라는 둥, 요란법석을 떠는 동안 물독에 빠진 아이는 이제 거의 숨이 넘어갈 지경이었다. 그 때 작은 꼬마 사마광이 옆에 있던 돌멩이를 들어 그 커다란 장독을 깨뜨렸다.

치밀한 어른들의 계산으로는 단지 값(당시는 항아리 값은 아주 고가)의 책임소재를 따지며 시간 낭비로 정작 사람의 생명은 잃게 될 판이지만, 세상 물정을 모르는 어린 아이의 머리로는 지극히 단순하게 생각하였으므로, 이런 현명한 판단이 가능했던 것이다.

03

와사보생(臥死步生)

사람은 걷지 못하면 끝장이고 비참한 인생 종말을 맞게 된다. 걷고 달리는 활동력을 잃는다는 말은 생명 유지능력의 마지막 기능을 잃는다는 말과 같다.

걷지 않으면 모든 걸 잃어버리듯 다리가 무너지면 건강도 무너진다. 무릎은 우리 몸의 100개 이상의 관절 중에서 체중의 영향을 가장 많이 받는다. 평지를 걸을 때도 4~7배의 몸무게가 무릎에 부담을 준다. 따라서 이 부담을 줄이고 잘 걷기 위해서는 많이 걷고 즐겁게 걷는 방법뿐이다.

건강하게 살려면 우유를 마시는 사람보다 배달하는 사람이 되어야 한다는 말이 있다.

동의보감에서도 약보다는 식보(食補)요, 식보 보다는 행보(行步)라 했다. 서 있으면 앉고 싶고, 앉으면 눕고 싶은 것이 인지상정(人之常情)이다. 누우면 약해져서 병이 들게 마련이고, 걸으면 건강해져서 삶이 즐거워지게 된다. 질병, 절망감, 스트레스… 이 모든 것을 다 걷기 하나로 다스릴 수 있다.

걷는 게 장수의 비결이다. 수노근선고 인노퇴선쇠(樹老根先枯 人老腿先衰)라고 한다. 즉, 나무는 뿌리가 늙어지면 고사하고, 사람은 무릎이 낡아지면 몸이 쇠약해진다는 말이다.

04

물취이모(勿取以貌)

물취이모란 외모만 보고 사람을 판단해서는 안 된다는 뜻이다.

우리는 살아가면서 사람의 겉모습만 보고 그 사람을 판단하는 경우가 많다. 우선 눈에 보이는 것으로 그 사람을 판단할 수밖에 없기 때문이다.

조선시대 황희 정승이 누추한 옷을 입고 길을 걷다가 시장기를 느낄 무렵 잔치집을 지나게 되었다. 그래서 밥 한 술 얻어먹어 볼까하여 그 집에 들어서니 하인들이 대문에서부터 막았다. 정승은 배가 고파 그러니 요기나 하자고 해도 하인들은 막무가내로 정승을 막아 설 뿐이었다.

이후 그 집에서 다시 잔치가 열렸을 때 사모관대를 갖춰 입고 찾아갔다. 그랬더니 하인은 말할 것도 없고 주인도 버선발로 달려 나와 그를 맞이하고는 산해진미를 차려 내오는 것이 아닌가. 그러자 황희 정승은 그 음식을 먹지 않고 음식을 옷 속으로 집어넣었다. 이를 보고 주인이 이상하게 여겨 그 이유를 묻자 황희는 이렇게 대답했다.

"일전에 허름한 옷을 입고 찾아왔을 때는 나를 거들떠보지도 않더니 오늘은 귀한 대접을 하는구나, 모두 이 옷 덕택이니 음식을 먹을 자격은 이 옷에 있느니라."

미문지도(未聞之道)

명말 청초의 사상가 고염무의 일지록(日知錄)에 나오는 구절
이다.

공자는 일찍이 아침에 도를 들으면 저녁에 죽어도 좋다는 말
을 했을 정도로 간절한 마음으로 도를 추구했던 사람이다.

고염무는 공자의 이 구절을 약간 비틀어서 몸이 살아 있는
한, 아직 다 듣지 못한 도가 있다고 하였다. 즉, 눈을 감을 때까
지 도를 구하는 간절한 마음으로 배움의 끈을 놓지 말아야 함
을 강조한 것이다. 옛 선비들의 배움에 대한 비장한 열정을 느
끼게 하는 구절이다.

실제로 고염무는 20대 후반, 벼슬의 길을 버리고 진정한 배
움을 추구하는 마음으로 《일지록》이라는 책을 쓰기 시작해 눈
을 감는 순간까지 쉬지 않았다고 하니 그 간절함과 성실함에
고개가 저절로 숙여진다.

06

익자삼우(益者三友)

우정의 가치를 단적으로 말해 주는 말 중 '부모 팔아 친구 산다.'라는 말이 있다.

권력자가 될수록 외로워지고 부자가 될수록 주변에 친구가 줄어든다. 이익을 바라고 접근하는 자들만 많아진다. 다가오는 사람들에 대한 의심 때문에 마음을 나눌 수 있는 진정한 친구가 자꾸만 그리워진다. 고독을 당해 낼 장사는 없다.

친구라고 다 친구는 아니다. '참된 친구와 거짓 친구'의 구분은 어떻게 하는가? 여기에 대한 답은 논어에서 공자가 제시하였다.

공자에 따르면, 유익한 세 친구, 즉, 익자삼우란 정직한 사람, 신의가 있는 사람, 그리고 견문이 많은 사람이다. 이런 사람을 사귀면 이롭고, 반면에 겉 치레에 신경쓰는 사람, 아첨으로 다가오는 사람, 그리고 말만 잘 하는 사람을 사귀면 해롭다.

유유상종(類類相從)이란 말이 있듯이 서로 비슷비슷한 사람들끼리 친해지기 마련이다. 진실하고 따뜻한 우정을 바라는가? 그렇다면 자신부터 진정성 있는 좋은 사람이 되어야 한다.

삼사일언(三思一言)

한 번 말하기 전에 반드시 세 번을 생각하고 말을 해야 한다는 뜻이다. 그만큼 매사에 말하기를 조심하라는 격언이다.

사람들은 귀 때문에 망하는 사람보다 입 때문에 망하는 사람이 많다. 앞에서 할 수 없는 말은 뒤에서도 하지 말라는 철칙이 있다. 뒷말, 즉 뒤에서 수군거리고 비난하는 말이 가장 나쁘기 때문이다.

말하기를 독점하면 적이 많아진다. 그래서 적게 말하고 많이 들으라고 하는 것이다. 왜냐하면 상대방의 이야기를 진지하게 들어 줄수록 그 사람은 내 편이 될 가능성이 많아지기 때문이다.

말을 할 때는 흥분하지 말고 차분하게 이야기하라. 낮은 목소리가 더 힘이 있기 때문이다. 다시 말하면, 귀를 훔치지 말고 가슴을 훔치라는 이야기이다. 칭찬은 고래도 춤추게 한다고 하지 않았던가. 그러니까 칭찬에 인색하지 말라. 칭찬하는 말에 발이 달렸다면 헐뜯는 말에는 날개가 달려있기 마련이다. 그러니까 허물은 되도록 덮어주고 칭찬은 될 수 있는 대로 자주하도록 하라.

급난지붕(急難之朋)

급난지붕이란 급하고 어려울 때 힘이 되어주는 친구라는 뜻이다. 이 말이 생겨난 것은 주식형제천개유 급난지붕일개무(酒食兄弟千個有 急難之朋一個無)라는 말에서 나왔다. 풀어보면, "술 먹고 밥 먹을 때 형, 동생 하는 친구는 천 명이나 있지만, 급하고 어려울 때 막상 나를 도와주는 친구는 한 명도 없다."라는 뜻이다.

친구의 잘못은 모래위에 적고 밀물에 지워 버린다는 말이 있다. 친구의 고마움은 바위에 새긴다는 말도 있다. 비바람에 견디면서 영원히 기억하라는 뜻이다. 친구의 눈물은 구름에 올려놓는다는 말도 있다. 힘들면 비가 내릴 때 같이 울어주라는 뜻이다.

친구들과 더불어 세상을 살다보면 때로는 친구로 인하여 고마운 일도 생기고, 섭섭한 일도 생기게 마련이다. 고마움은 빨리 잊고 서운함은 오래 남겨 두는 것이 세상의 인심이라지만, 우리들은 급난지붕의 정신을 기억하면서 살자.

난득호도(難得糊塗)

난득호도는 중국인이 제일 선호하는 가훈이라고 한다.

난득호도(難得糊塗)라는 말은 바보가 되기란 참 어려운 일이라는 말인데, 똑똑한 사람이 똑똑함을 감추고 바보처럼 산다는 게 말처럼 쉽지 않다는 뜻이기도 하다.

이 말은 청나라 문학가 중 팔대 괴인으로 알려진 정판교(鄭板橋)라는 사람이 처음으로 사용한 말이다.

바보가 바보처럼 살면 그냥 바보지만, 똑똑한 사람이 때로는 자기를 낮추고 똑똑함을 감추고 바보처럼 처신하는 건 천재라는 의미가 숨겨져 있다.

자신의 날카로운 빛을 감추고 겸손한 태도를 보인다는 것이야말로 동양 철학의 핵심이다. 총명함을 잠시 내려 놓고 한 발짝만 뒤로 물러나서 생각하고 행동한다면, 하는 일마다 마음이 편하고 저절로 행복해질 것이다.

똑똑한 사람이 넘쳐나는 세상이다. 그럴 때 일수록 자신을 낮추는 난득호도의 자세가 필요해 보인다.

각자무치(角者無齒)

뿔이 있는 소는 날카로운 이빨이 없고, 이빨이 날카로운 호랑이는 뿔이 없다. 날개달린 새는 다리가 두 개 뿐이지만, 날 수 없는 고양이는 다리가 네 개이다. 예쁘고 아름다운 꽃은 열매가 변변치 않은데 반해, 꽃이 화려한 나무는 열매가 별로이다.

이렇게 보면 세상은 공평하다. 장점이 있으면 반드시 단점이 있기 마련이다. 이것이 세상사의 이치이다. 늘 불평하면서 살면 자신만 손해 볼 뿐, 세상은 바뀌지 않는다. 진정으로 우리에게 행복을 가져다 주는 것은 감사하는 삶의 태도에 있다. 행복은 감사하는 마음에서 오는 것이지 외적인 환경에서 오는 것이 아니다.

물은 어떤 그릇에 담느냐에 따라서 모양이 달라지지만 사람은 어떤 사람을 만나느냐에 따라 운명이 달라진다. 지금 행복을 느끼려면 먼저 감사의 조건을 찾아라. 주변에 좋은 사람을 많이 보내주신 창조주께 감사하라는 말이다. 그런 의미에서 다음의 말은 자못 의미심장하다.

"파리의 뒤를 쫓으면 변소 주위에만 돌아다닐 것이고, 꿀벌의 뒤를 쫓으면 꽃밭을 함께 노닐게 될 것이다."

부중지어(釜中之魚)

이 말은 《자치통감(중국 송나라의 사마 광이 편찬한 역사서)》에 나오는 말로 '가마솥 속의 물고기가 삶아 죽을 운명도 모르고 헤엄치고 논다'는 뜻이다. 이는 장차 닥쳐올 환난을 모르고 권세만 부리는 사람을 빗대어 조롱하는 말로, 거기에 얽힌 이야기는 다음과 같다.

후한의 장군 양익과 태수는 형제로, 둘은 온갖 횡포를 부리며 무려 20년 동안 권력을 휘둘렀다. 그에게 반감을 품고 있던 신하 중 한 사람인 장강은 기개가 있는 선비로, 양익 형제를 탄핵하는 내용의 상소를 황제에게 올렸다. 그런 장강에게 양익이 앙심을 품은 것은 말할 필요도 없는 일이다.

결국 양익 형제는 장강을 도적떼가 득실거리는 광릉군의 태수로 좌천시켜 버렸다. 장강은 도둑떼의 괴수 장영에게 사람의 도리와 세상 이치를 설명하면서 개과천선 할 것을 권했다. 그 당당한 태도에 감명을 받은 장영은 무릎을 꿇고 머리를 조아리며 이렇게 말했다.

"이런 생활을 하는 것이 어찌 올바른 길이겠습니까? 저희들도 사람이고 지각이 있는 이상 결국은 '솥 안에 든 물고기 신세나 다름없다는 것'을 잘 알고 있습니다. 아무쪼록 저희들이 살 길을 열어 주십시오."

12

조조삼소(曹操三笑)

이 말은 '조조가 세 번 웃었다'는 뜻으로 지나치게 자신만만하거나 곧 닥쳐 올 재앙을 모르고 출랑댄다는 뜻이다.

삼국지연의(三國志演義)에는 조조가 83만 대군을 이끌고 오(吳)나라를 치려다 대패하고 겨우 일천의 군마만 살아 도망 가는 적벽대전 이야기가 나온다.

새벽녘에 울창한 숲과 지형이 험한 길을 가던 조조가 갑자기 웃었다. 그러자 수하 장군이 왜 웃느냐고 묻자 조조는 이렇게 대답했다.

"주유와 제갈량의 지혜 없음을 비웃는 것이다. 이곳에 군사를 조금만 매복시켜 두었더라면 우리들은 어찌 되었겠는가?"

그 말이 채 끝나기도 전에 조자룡이 나타났다. 혼비백산하여 간신히 도망가던 조조는 잠시 쉬다가 다시 한 번 크게 웃었다. 그러자 이번엔 장비가 장팔사모를 꼬나들고 나타났다.

조조는 그곳을 가까스로 빠져나와 50리를 또 도망쳤다. 조조는 지친 병사들과 잠시 쉬다가 또 한 번 주유와 제갈량이 무능하다고 크게 웃었다. 그러자 이번에는 관우가 나타나 청룡언월도를 휘두르며 호령해 조조는 겨우 목숨만을 간신히 부지하고 도망쳐서 살아 남았다.

13

장무상망(長毋相忘)

　이 말은 추사 김정희의 세한도에 인장으로 찍힌 말로 '오랜 세월이 지나도 서로 잊지 말자'라는 뜻이다.

　추사가 제주도에 유배되어(1840 ~ 1848) 힘든 세월을 보내고 있을 때, 그의 제자 이상적은 중국에 다녀올 때마다 진귀한 서적을 구입하여 스승에게 보내주었다. 모든 것을 다 잃고 홀로 제주도 땅에서 유배생활을 하고 있는 추사에게 이상적은 그렇게 고마울 수 없는 제자였다.

　추사는 제자에게 고마움을 표시할 방법이 무엇일까를 생각하다가 세한도를 그려준 후 거기에 '장무망상'이라는 인장을 찍는다. 장무상망은 추사가 처음 쓴 것이 아니라 2천 년 전, 한나라에서 출토된 와당에서 발견된 글씨이다.

　《세한도》라는 제목은 논어에 나오는 다음의 말에서 따온 것이라 한다. 세한연후지송백지후조(歲寒然後知松柏之候凋) 즉, '겨울이 되고 나서야 소나무와 잣나무가 시들지 않은 것을 알게 된다'는 뜻이다.

　추사와 그의 제자 이상적이 나눈 그 애절한 마음은 이렇게 오늘도 살아서 우리를 감동시키고 있다.

수유칠덕(水有七悳)

노자는 인간수양의 근본을 물이 가진 일곱 가지의 덕목, 즉 수유칠덕(水有七德)에서 찾아야 한다고 하였다.

첫째, 낮은 곳을 찾아 흐르는 겸손,

둘째, 막히면 돌아갈 줄 아는 지혜,

셋째, 구정물도 받아주는 포용력,

넷째, 어떤 그릇에나 담기는 융통성,

다섯째, 바위도 뚫을 수 있는 끈기와 인내,

여섯째, 장엄한 폭포처럼 투신하는 용기,

일곱째, 유유히 흘러 바다를 이루는 대의.

가장 아름다운 인생은 물처럼 사는 것, 상선약수(上善若水 지극히 착한 것은 마치 물과 같다)라 하였으니 우리도 물과 같은 내공으로 아름다운 선의 경지를 이루자.

15

오유지족(五唯知足)

오유지족의 네 글자에는 모두 입 구(口)자가 들어 있다. '나 스스로 오직 만족함을 안다'는 뜻의 오유지족은 입 口자를 배치하여 한 개의 글귀를 이룬다.

모름지기 자신의 능력과 분수를 알고 적은 것 소욕(小欲)으로 만족할 줄 알아야 행복해진다는 뜻이다. 모든 것은 마음대로 되는 것도 아니고, 또 억지로 한다고 해서 되는 것이 아니다. 순리대로 풀려야 하고, 진리대로 나아가는 것이다.

1519년 34살의 김정국(1485~1541)은 기묘사화로 선비들이 퇴출될 때 동부승지의 자리에서 쫓겨나 시골집으로 낙향하였다. 그는 고향에 정자를 짓고 스스로를 팔여거사(八餘居士)라고 하였다.

"나는 토란국과 보리밥을 넉넉하게 먹고 따뜻한 온돌에서 잠을 넉넉하게 잤다. 맑은 샘물을 넉넉하게 마시고 서가에 가득한 책을 넉넉하게 보았다. 봄꽃과 가을 달빛을 넉넉하게 감상하고 새와 솔바람 소리를 넉넉하게 들었다. 서리 맞은 국화 향기를 넉넉하게 맡았다. 여기에 더하여 이 일곱 가지를 넉넉하게 즐길 수 있기에 팔여(八餘)라 하였다."

곡학아세(曲學阿世)

'학문을 굽히어 세상에 아첨한다'는 뜻으로, 정도를 벗어난 학문으로 세상 사람에게 아첨함을 이르는 말이다.

중국 한나라 황제인 경제가 즉위하여 천하의 선비를 찾다가 산동에 사는 원고생(轅固生)이란 90세의 노 시인을 등용하기로 하였다. 중신들은 그의 등용을 반대하였으나, 끝내 경제는 그를 등용하고야 만다. 이때 함께 등용된 소장 학자가 있었는데, 그는 역시 산동 사람으로 공손홍(公孫弘)이라고 했다.

공손홍은 원고생을 깔보고 무시했으나, 원고생은 개의치 아니하고 공손홍에게 이렇게 말했다 한다. "지금은 학문의 정도가 어지러워져 속설이 유행하고 있네. 자네는 학문을 좋아하고 젊으니 선비로써 올바른 학문을 잘 보존하고 세상에 널리 펼쳐 주기 바라네. 자신이 믿는 학설을 굽혀, 이 세상 속물들에게 아첨하는 일이 있어서는 아니 되네."

이 말을 들은 공손홍은 고매한 학식과 인격을 갖춘 원고생에게 지난 잘못을 사죄하고 그의 제자가 되었다는 이야기이다.

불기자심(不欺自心)

대학을 졸업하고 고시 공부를 하던 한 청년이 해인사 백련암에 계신 성철스님(1912~1993)을 찾았다.

"스님, 좌우명(座右銘)을 하나 주십시오"

삼천 배로 녹초가 된 청년에게 성철스님이 말했다.

"쏙이지 말그래이.(不欺自心)"

굉장한 말씀을 기대했던 청년은 투박한 경상도 사투리로 툭 던지는 스님의 말에 실망해 떨떠름한 표정을 지었다. 그러자 스님이 다시 한 마디를 보탰다.

"좌우명이 그래 무겁나? 무겁거든 내려놓고 가그래이."

청년은 거기서 느낀 바가 있어 그 길로 머리를 깎고 출가했다고 한다. 성철스님이 입적할 때까지 꼬박 20년을 곁에서 모셨던 원택스님이 바로 그 청년이었다.

불기자심은 본래 성철스님 자신의 화두(話頭)였는데 가끔씩은 휘호(揮毫)로도 썼다고 한다. 백련암에는 성철스님이 쓴 이 휘호가 액자로 걸려 있다. 잠시 세상을 속일 수 있어도 자기 마음을 속일 수 없는 법. "산은 산이요, 물은 물이다."라는 말과 함께 성철스님의 '불기자심'은 서릿발 같은 자기 성찰과 실천을 강조하는 죽비 소리로 세상에 남았다.

18

결초보은(結草報恩)

춘추시대의 진나라에 위무자라는 사람이 있었다. 그에게는 아끼는 첩이 있었으나 둘 사이에 자식은 없었다.

위무자가 병이 들어 눕자 본처의 아들인 위과에게 이렇게 당부하였다.

"첩이 아직 젊으니 내가 죽거든 다른 곳에 시집 보내도록 하여라."

그런데 병이 더욱 깊어지자 말을 바꾸어 이렇게 당부하였다.

"나를 묻을 때 첩도 함께 묻어라."

아버지가 사망하자 위과는 난감해졌다. 처음에는 첩을 시집 보내라고 했다가 다시 자신과 함께 묻으라고 유언을 바꾸었기 때문이다. 한동안 고민하던 그는 결국 첩을 살려주어 다른 곳으로 시집보냈다. 그 이유를 묻자 아들은 이렇게 대답하였다.

"병이 깊어지면 생각이 흐려지게 마련이오. 정신이 맑을 때 아버지가 남긴 처음 유언을 따르는 것이 옳다고 생각합니다."

그 뒤 진나라가 다른 나라로부터 침략을 당하자 위과는 군대를 거느리고 전쟁터로 향했다. 양측이 한창 싸움을 하고 있을 때 이상한 일이 일어났다. 위과의 군대는 적군의 공격에 몰려 위태로운 처지에 빠져 있었는데, 적군들은 말을 타고 공격해 오다 무엇엔가 걸려서 말과 함께 나가 떨어졌다. 위과는 그 틈을 타서 공격하여 손쉽게 승리를 거둘 수 있었다. 적의 용맹한 장수 두회도 사로 잡았다.

그날 밤, 위과의 꿈에 한 노인이 나타나 이렇게 말했다.

"나는 그대가 시집보내 준 여자의 친정 아버지이다. 그대가 아버지의 첫 번째 유언대로 내 딸을 살려주어 그 은혜에 보답하려고 미리 전장터의 풀들을 모두 매듭지어 묶어 놓았다."

노인은 죽어서까지 딸의 은혜를 잊지 않고 갚았다. 이 이야기에서 '풀을 묶어 은혜를 갚는다(結草報恩)'라는 말이 생겨났다.

19

생환사락(生患死樂)

생우우환 사우안락(生于憂患 死于安樂)이란 말의 줄임이다.

"어려운 상황은 사람을 분발하게 하지만, 안락한 환경에 처하면 사람은 쉽게 죽음에 이른다."

동물의 세계도 마찬가지다. 천적이 없는 동물은 시간이 갈수록 허약해지고, 천적이 있는 동물은 점점 강해져서 웬만한 공격은 스스로 이겨낸다. 이것이 진화론의 법칙이기도 하다. 인생은 늘 시련과 함께 한다는 사실을 알아야 한다. 그 시련이 인생을 더욱 값어치 있게 만든다는 사실만으로 알아도 훨씬 행복하게 살아갈 수 있다.

유대인의 성공 비결 중 하나는 부족함에 있다. 유대인은 부족함을 최고의 선물로 삼아 유일한 자원인 두뇌 개발을 위한 교육에 집중하여 오늘의 성공을 이루었다. 부족함은 어떤 이에게는 실패의 핑계가 되고, 반대로 어떤 사람에게는 성공의 원인이 되기도 한다.

'부족함 때문에 실패했다'라는 표현을 쓸 것인지, '부족함 때문에 성공했다'라는 표현을 쓸 것인지는 스스로의 선택에 달려 있다.

20

전도몽상(顚倒夢想)

불교의 반야심경에 나오는 말로 전도(顚倒)는 모든 사물을 바르게 보지 못하고 거꾸로 보는 것이고, 몽상(夢想)은 헛된 꿈을 꾸고 있으면서도 그것이 꿈인 줄을 모르고 현실로 착각하고 있다.

사람을 위해서 돈이 있는데 돈에 너무 집착하니 돈의 노예가 되는 것이 현실이다. 돈을 많이 가진 사람일수록 남에게 베푸는데 인색하여 죽을 때까지 가지고 있다가 자식들에게 분배할 때 말썽과 큰 불화를 일으키는 사례가 허다하다.

몸을 보호하기 위해 옷이 있는데 너무 좋은 옷을 입으니 내가 옷의 노예가 된다. 옛날 가난할 때는 출입옷이라 해서 값비싼 좋은 옷은 장롱 안에 넣어 두었다가 출타할 때에만 입던 습관이 있었는데, 우리는 아직도 그 습관을 버리지 못하고 있는 것이다.

사람이 살려고 집이 있는데 집이 너무 좋고 집안에 비싼 물건 많으니 사람이 집을 지키는 개가 된다. 이런 것들이 소위 말하는 전도몽상이다. 자기도 모르게 어느 순간 거꾸로 되는 것이다.

제1부

부록
조선왕조실록

1대 태조 2대 정종 3대 태종 4대 세종 5대 문종

6대 단종 7대 세조 8대 예종 9대 성종 10대 연산군

11대 중종 12대 인종 13대 명종 14대 선조 15대 광해군

16대 인조 17대 효종 18대 헌종 19대 숙종 20대 경종

21대 영조 22대 정조 23대 순조 24대 헌종 25대 철종

26대 고종 27대 순종

1대 태조

(재세: 1335. 10 ~ 1408. 5 / 재위 기간 6년 2개월: 1392. 7 ~1398. 9)

　태조는 함경도 회령부에서 이자춘과 최씨 사이에서 출생하였다. 아버지 이자춘은 원나라 남경(지금의 간도 지역)의 지방관으로 쌍성이라는 곳의 천호로 봉직하였다. 태조는 첫 부인 신의고황후(神懿高皇后) 한씨와의 사이에서 6남 2녀를, 둘째 신덕고황후(神德高皇后) 강씨와의 사이에서 2남 1녀를 두었다. 그 아들들은 후일 왕권 다툼으로 서로 죽이고 죽는 사이가 되었으므로 여기서 간략하게 살펴보는 것이 좋겠다.

　1남 방우는 40세에 죽었다. 2남 방과는 후일 정종이 된다. 5남 방원은 후일 태종이 된다.

　1차 왕자의 난이 이복동생 방석을 세자로 삼은 데 대한 분노로 한씨 소생의 여섯 형제가 일으킨 난이었다면, 2차 왕자의 난은 5남 방원이 방간을 중심으로 한 동복형제들의 반기를 제압한 사건이다.

　태조는 두 차례에 걸친 왕자의 난에 염증을 느끼고 1398년 왕위를 정종에게 물려주고 함흥으로 떠났다. 형제들을 죽이고 왕위를 차지한 태종 이방원은 아버지로부터 왕위 계승의 정당성을 인정받기 위해 아버지를 도성으로 모셔오려고 함흥으로 여러 번 사신을 보냈으나 이성계는 그 사신들을 죽이거나 잡아 가두어 돌려 보내지 않았다. 이로부터 한번 가면 깜깜 무소식인 사람을 가리켜 함흥차사(咸興差使)라는 말이 유래하였다.

2대 정종

(재세: 1357. 7 ~ 1419. 9 / 재위 기간 2년 2개월: 1398. 9 ~ 1400. 11)

태조와 신의고황후 한씨 사이에서 출생하였고 이름은 방과(芳果)이다. 1398년 8월에 왕세자에 책봉되고 9월에 왕위에 올랐다. 월성부원군 김천서의 딸 정안왕후(定安王后)가 정비인데, 이 사이에서 자녀는 없다. 후궁은 10명인데 여기에서 15남 8녀를 두었다.

정종은 14개월이라는 짧은 재위기간 때문에 별다른 업적을 이루지는 못했다. 그런 좋은 점에서도 불구하고 학문을 사랑하였고 부모에 대한 효성이 지극했다고 알려져 있나. 8명의 부인에게서 23명의 자녀를 생산한 공(?) 말고는 별다른 지적이 없다.

하지만 나름대로 처신은 잘했다는 후세의 평가이다. 정종은 재위시에 정무보다는 격구와 같은 오락에 탐닉했는데, 이는 일종의 보신책이었다. 그 덕분에 동생 방원과의 관계를 잘 유지할 수 있었던 것이다. 1399년에는 방원을 세제로 삼고 1400년 11월 마침내 상왕으로 물러났다.

3대 태종

(재세: 1367. 5 ~ 1422. 5 / 재위 기간 17년 10개월: 1400. 11 ~ 1418. 8)

태조와 한씨 사이에서 출생하였고 이름은 방원(芳遠)이다. 청송 심씨 민제의 딸 원경왕후(元敬王后) 민씨가 정비이다. 여기서 네 명의 대군과 네 명의 공주를 두었다. 부인은 19명이고, 자녀는 11남 14녀로 총25명이다.

조선 건국의 실제적인 주역이며 나라의 기틀을 잡은 왕이지만 1차, 2차 왕자의 난에 많은 형제들을 죽인 잔인성으로 인하여 그의 공로가 많이 빛을 잃은 측면이 있다.

과거제도를 정착시켰으며, 형인 정종이 잠시 개경으로 수도를 옮겼던 것을 다시 한양으로 옮겼다. 이조, 호조, 예조, 병조, 형조의 육조체계를 단행하였고 호구법을 실시하여 호구와 인구를 파악하였고 신문고를 설치하고 거북선을 개발한 것도 이 시기였다.

가장 잘 한 일로 꼽히는 것은 세 명의 아들 중 막내의 총명함을 알아보고, 첫째 양녕대군, 둘째 효녕대군을 물리치고 셋째인 충녕대군에게 왕위를 넘겨준 것이라고 하겠다. 태종은 등극 과정에서의 무리수에도 불구하고 세종이라는 걸출한 임금이 등장하는 길을 열어줌으로 해서 자신의 과오를 충분히 만회하였다는 평가를 받는다.

4대 세종

(재세: 1397. 4 ~ 1450. 2 / 재위 기간 31년 6개월: 1418. 8 ~ 1450. 2)

태종과 원경왕후(元敬王后) 민씨 사이에서 출생하였고 이름은 도(陶)이다. 1418년 6월 세자에 책봉되고, 8월에 왕위에 올랐다. 소헌왕후(昭憲王后) 심씨가 정비이다. 여기에서 문종과 세조를 비롯하여 8명의 대군과 2명의 공주를 두었다. 총 10명의 부인 사이에서 18남 4녀를 두었다.

아들들 중에서 가장 유명한 인물은 단연 2남인 수양대군과 3남인 안평대군일 것이다. 안평대군은 시, 서, 화 분야에서 모두 출중했으며 현존하는 작품으로는 몽유도원도와 현재 청량리의 세종대왕기념사업회 자리로 옮겨 놓은 세종대왕 영릉신도비가 유명하다.

세종 시대에 조선은 천문학에서부터 농업, 인쇄술, 화기제작, 의학, 아악에 이르기까지 비약적인 발전을 이루었다. 세종은 맹사성과 황희라는 걸출한 인물을 번갈아가며 재상으로 등용하여 정치에 꽃을 피웠다. 여기에 서얼 출신 장영실을 등용하여 과학발전을 일구어 냈으며, 박연을 통하여 음악을, 정초를 통하여 농업을 발전시켰다. 그리고 이종무를 시켜서 왜구의 소굴이었던 대마도를 정벌하고, 김종서를 등용하여 육진을 설치하여 여진족을 꼼짝 못하게 만들었다.

5대 문종

(재세: 1414. 10 ~ 1452. 5 / 재위 기간 2년 3개월: 1450. 2 ~ 1452. 5)

　세종과 소헌왕후 심씨 사이에서 출생하였다. 이름은 향(珦)이다. 8세에 세자에 책봉되어 30년간 세종을 보필하다가 37세에 왕위에 올랐으나 재위 2년 만에 39세로 사망했다. 현덕왕후(顯德王后) 권씨가 정비이고, 여기서 단종과 경혜공주를 두었다. 부인은 모두 10명이지만 자녀는 1남 2녀 뿐이다.

　1450년 2월 세종이 승하하자 세자 향은 마침내 왕으로 등극한다. 하지만 원래부터 병약했던 그는 세자시절의 과로가 쌓여 즉위하고부터는 더욱 자주 병 치례를 하여 대개의 통치 기간을 병상에서 보냈다.

　문종은 어린 나이에 세자에 책봉되었기에 일찍 혼인하였다. 현덕왕후 권씨는 1441년 세자빈 시절에 단종을 낳고 사흘 만에 죽었는데, 후일 그녀의 원혼이 수양대군이 왕권을 찬탈하자 수시로 꿈에 나타나 세조의 가족들을 괴롭혔다는 야사가 전해진다.

6대 단종

(재세: 1441. 7 ~ 1457. 10 / 재위 기간 3년 2개월: 1452. 5 ~ 1455. 윤6)

문종과 현덕왕후(顯德王后) 권씨 사이에서 출생하였고 이름은 홍위(弘暐)이다. 10세에 세자에 책봉되고 12세에 왕위에 올랐다. 17세에 삼촌인 수양대군에 의해 유배되어 2년여 후에 사사되었다. 정순왕후(定順王后) 송씨가 정부인이고 후궁은 두 명 있었으나 그 사이에서 자녀는 없다.

후일 일반 백성들 사이에서 두고두고 아쉬움과 눈물을 자아낸 이야기 《단종애사》의 주인공이다. 단종은 12세의 나이에 왕위에 올랐다. 어린 왕이 등극하면 보통은 궁중에서 서열이 높은 대비전에서 수렴청정을 하는 것이 관례였으나 당시의 상황은 그렇지도 못했다. 대왕대비는 물론 대비나 심지어는 왕비도 없었기 때문이다.

단종은 어린 시절 할아비지 세종의 사랑을 독차지할 정도로 총명하였고 학문을 좋아하였다. 즉위하였을 때는 너무 어려서 육조의 대신들이 정사를 도맡아 처리하였다. 이른바 황표정사라고 하는데 선왕의 유명을 받은 고명대신들이 협의하여 결정안을 올리면 거기에 붓으로 노란 점을 찍는 방식이었다.

왕권이 유명무실해지자 왕족이 왕권을 보호한다는 미명아래 세력을 키우기 시작하였다. 그중에서도 단연 2남인 수양대군의 세력이 제일 막강하였는데, 마침내 수양은 1453년(단종 즉위 후 1년)에 계유정난이라는 피바람을 불러일으킨다. 그는 이때 권력의 핵심에 있던 김종서와 황보인을 척살하고 다른 대신들도 궁권로 불러들여 차례로 죽였다.

수양은 스스로 영의정에 올라 반대파들을 차례로 숙정하기 시작하였다. 그리고 단종을 상왕으로 물리친 후 자신이 임금으로 즉위한다. 여기에 반기를 든 성삼문, 박팽년, 이개, 유성원, 유응부, 성승 등의 집현전 학사들이 단종 복위를 시도하나 곧 실패하고 만다.

비운의 왕후 정순왕후(定順王后) 송씨 이야기는 더욱 슬프다. 그녀는 단종이 노산군으로 강등되자 노산군 부인이되고 끝내는 동대문 밖의 절로 축출된다. 그 절(정업원)에서 밭을 일구기도 하고 동네 사람들이 갖다 주는 음식으로 연명하며 82세까지 산다.

생이별 당시 15세의 어린 나이였던 정순왕후 송씨는 날마다 절 위의 언덕에 올라 지아비가 있는 영월 쪽을 바라보면서 평생을 울며 지냈다고 한다. 그래서 그 언덕을 동망봉(東望峰)이라고 부르는데 현재의 창신동 청룡사 근처이다.

그녀의 능은 남양주 사릉에 있고 단종의 능은 영월 장릉에 있다. 사릉의 소나무들이 남쪽을 바라보고 있다는데 이는 남편을 그리워한 그녀가 평생 남쪽만을 바라보며 살았기 때문이라고 한다.

7대 세조

(재세: 1417. 9 ~ 1468. 9 / 재위 기간 13년 3개월: 1455. 6 ~ 1468. 9)

세종과 소헌왕후 사이에서 출생하여 문종과는 형제간으로 이름은 유(瑈)이다. 39세에 왕위에 올랐으며 정희왕후(貞熹王后) 윤씨가 정부인이다. 의경세자(후일 덕종으로 추존)와 해양대군(후일의 예종), 그리고 의숙공주를 두었다. 부인은 4명이고 자녀는 4남 1녀이다.

세조는 재위기간 내내 조카를 죽인 죄책감에 시달렸다고 한다. 특히 말년에 가서는 피부병이 심해져서 여러 곳의 온천을 찾았지만 효과가 없었다가 오대산 상원사에서 문수동자를 만나 마침내 쾌유되었다는 전설이 있다.

또 하나의 전설은, 세조의 목숨을 구한 고양이 이야기이다. 상원사에서 병을 고친 세조는 이듬해 다시 상원사를 참배하였다. 예배를 하러 법당에 들어가는데, 별안간 고양이 한 마리가 튀어나와 세조의 옷을 잡아 당기면서 못 들어가게 막는 것이 아닌가. 퍼뜩 이상한 예감이 든 세조는 법당 안을 샅샅이 뒤지게 했다. 과연 불상을 모신 탁자 밑에 칼을 품은 자객이 숨어 있었다. 자객을 끌어내 참수한 세조는 자신의 목숨을 건진 고양이에게 전답을 하사하였다. 오늘날 상원사 뜰에 있는 고양이 석상은 이와 같은 고사와 관련된 것이다.

8대 예종

(재세: 1450. 1 ~ 1469. 11 / 재위 기간 1년 2개월: 1468. 9 ~ 1469. 11)

세조와 정희왕후 윤씨 사이에서 출생하였고 이름은 황(晃)이다. 8세에 세자에 책봉되고 19세에 왕위에 올랐다. 정비 장순왕후(章順王后) 한씨와의 사이에서 인성대군을 낳았고, 계비 안순왕후(安順王后) 한씨 사이에서는 2남 2녀를 두었다.

세조의 아들들은 몸이 약해서 오래 살지 못했다. 맏아들 의경세자도 18세의 나이에 죽었고, 둘째인 예종도 겨우 20세에 죽었다. 예종은 19세에 즉위하긴 했으나 건강문제 때문에 실질적으로 권한은 어머니인 정희왕후가 행사하였다.

이때 유자광의 고변으로 남이의 역모사건이 발생한다.

남이는 태종의 넷째 딸 정선공주의 아들로 무과를 통해 등용된 인물이다. 그는 세조 때 최대의 위기였던 이시애의 난을 평정한 공로로 불과 27세에 병조판서의 지위에 올랐다.

어느 날 하늘에 혜성이 나타났는데 남이는 이 광경을 보고 '혜성이 나타남은 묵은 것을 몰아낼 징조'라고 말한 것을 부하인 유자광이 고변하여 역모사건으로 발전하게 된다. 유자광은 이후에도 무오사화(연산군 4년)와 갑자사화(연산군 10년) 등 끊임없이 분란을 일으키는 인물이다. 남이장군의 묘는 화성군에 있으며, 가묘는 가평의 남이섬에 있다.

9대 성종

(재세: 1457. 7 ~ 1494. 12 / 재위 기간 25년 1개월: 1469. 11 ~ 1494. 12)

　도학정치로 조선시대의 태평성대를 이루었던 성종은 세조의 장남 의경세자를 추존한 덕종과 소혜왕후(昭惠王后) 한씨 사이에서 출생했으며 이름은 혈(絜)이다.

　정비인 공혜왕후(恭惠王后) 한씨는 17세의 나이에 자식도 없이 죽고 만다. 그 다음 부인이 말썽도 많은 연산군의 어머니인 폐비 윤씨이다. 폐비 윤씨는 성종의 후궁으로 들어와서 숙의에 봉해졌고, 성종의 총애를 받다가 공혜왕후 한씨가 죽자 왕비로 책봉된다. 책봉되던 해에 연산군을 낳았는데, 투기가 심해 성종을 난처하게 하는 일이 많았다.

　어느 날엔가는 독약을 숨겨 두었다가 발각되어 후궁으로 강등될 위기에 처해졌으나 성종의 선처로 무마되었으며, 또 어떤 날은 왕이 규방 출입이 잦다하여 왕과 말다툼 끝에 얼굴에 상처를 입히기도 하였다. 결국 이 일로 그녀는 인수대비에 의하여 폐비가 되어 사가로 쫓겨나고 만다.

　조정 대신들 사이에 폐비에게 동정론도 있었지만 결국 성종은 반성의 기미를 전혀 보이지 않는다는 이유로 사약을 내리고 만다. 성종은 자신이 죽은 후 100년 동안은 이 일을 입 밖에 내지 말라고 엄명을 하고 죽었음에도 불구하고 결국 이 일은 세상에 알려지게 되어 갑자사화(1504)라는 무시무시한 피바람을 불러 일으킨다.

10대 연산군

(재세: 1476. 11 ~ 1506. 11 / 재위 기간 11년 9개월: 1494. 12 ~ 1506. 11)

성종과 폐비 윤씨 사이에서 장남으로 출생했으며 이름은 융(㦫)으로 19세에 왕이 되었다. 연산군은 1506년 중종반정으로 강화 섬으로 유배되어 그곳에서 31세로 사망하였다. 부인은 네 명에 자녀는 3남 3녀이다.

연산군을 살펴보려면 그와 얽힌 인물인 할머니 소혜왕후 한씨, 즉 인수대비를 이해하여야 한다. 조선 9대 성종의 어머니이자, 폭군으로 알려진 연산군의 할머니로서 더욱 유명한 인수대비는 시아버지 세조가 왕위에 오르는 것을 몸소 지켜 보았고, 남편(덕종 추존)의 죽음으로 잃어버렸던 왕비 자리를 대신해 자신의 어린 둘째 아들을 왕(성종)으로 만들면서 대비 자리에 오른 입지전적인 여성이다.

할머니 인수대비는 어린 연산에게 차갑게 대했다. 자신의 손으로 내쫓은 며느리의 자식이니 고울 리가 없었을 것이다. 이런 성장 배경 탓에 융은 자라면서부터 음험한 구석을 보이기 시작했다. 성종도 이런 세자를 좋아하지는 않았지만 당시로서는 정비인 정현왕후도 자식(후일 중종이 되는 진성대군)을 잉태하지 않았던 때라 왕자라고는 융, 한 명 뿐이었다.

어린 시절의 일화 두 편만 보아도 그의 성격을 알 수 있을 것이다.

어느 날 성종이 아들을 앉혀 놓고 교육을 하고 있는데 성종이 총애하던 사슴이 세자의 옷을 핥았다. 이에 격분한 융은 아버지가 지켜보고 있는 데도 발길로 사슴을 걷어찼다.

어린 세자를 교육하는 스승으로 허침과 조자서가 있었다. 허침은 너그럽고 포용적이었는데 조자서는 깐깐한 성격이라 툭하면 세자의 잘못을 임금에게 고해바쳤다. 그러자 세자는 후일자신이 임금의 자리에 오르자마자 제일 먼저 조자서를 죽였다.

세자는 왕위에 오르자 매일같이 잔치를 베풀고 그 학정이 하늘을 찌를 듯 했다. 그러자 대신들이 낭비를 줄이고 국고를 아끼라고 간청하였다.

이때 정권을 장악하려던 임사홍은(조선조의 대표적인 간신 유자광과 임사홍이다.) 폐비 윤씨 사건을 고해 바친다. 그때까지만 해도 연산군은 자기의 생모 사건을 어느 정도는 알고는 있었지만 자세한 내막은 몰랐다. 임사홍의 밀고로 그 내막을 정확히 알게 되자 연산군은 격분하였고 결국 이 일은 갑자사화(1504 연산군 10년)로 번졌다. 이로 인해 수많은 생명이 목숨을 잃게 된다.

11대 중종

(재세: 1488. 3 ~ 1544. 11 / 재위 기간 38년 2개월: 1506. 9 ~ 1544. 11)

성종과 정현왕후 윤씨 사이에서 출생으로 이름은 역(懌)이다. 그녀는 연산이 세자에 책봉되고 나서 4년 후에 아들을 낳으니 그가 곧 진성대군으로 후일의 중종이다. 진성대군은 19세에 반정을 통하여 왕위에 올랐다. 자녀는 9남 11녀로 총 20명이다. 인종과 명종이 중종의 아들이고, 선조는 친손자이다.

중종 대에 일어났던 사건 중 가장 큰 사건은 중종 14년에 일어난 기묘사화(己卯士禍)로, 남곤, 홍경주 등의 훈구파에 의해 조광조 등의 신진 사림파들이 숙청된 사건이다.

조광조는 아버지가 함경도 지방에 지방관으로 파견돼 있던 시절, 마침 그곳에서 유배 생활을 하던 김굉필에게서 학문을 배웠다. 김굉필은 조선조 사림의 대부인 김종직의 제자였다. 그러나 김종직 – 김굉필 – 조광조로 내려오는 사림의 맥은 조광조 대에서 끊어진다. 그 이유는 조광조가 중종의 신임만을 믿고 너무나도 급격한 개혁정치를 시도한 탓이었다.

조광조는 중종 9년에 알성시에 급제하여 관직에 진출하였다. 그는 벼슬이 높아 갈수록 자신과 자신을 추종하는 세력들이 마음먹고 있는 이상정치, 즉 도학정치(道學政治)를 실현해 보려 하였다. 도학정치란 공자와 맹자가 정립한 정치 사상이며, 요순시대처럼 태평성대를 만들자는 것이었다.

1519년 조광조 일파는 마침내 개혁에 걸림돌이 되는 세력을 제거하기 위한 작업에 착수하였다. 즉, 중종반정 후 공신 작호가 부당하게 부여된 76명에 대하여 그 공훈을 삭제할 것을 주장한 것이다. 당연히 공신세력의 입장에서는 자신들의 목을 겨누는 대단히 위험천만한 사안이었으므로 죽기살기 식으로 대처하였다. 결국 공신세력들의 반격을 받아 화를 당하게 되니, 이것이 기묘사화라 불리는 사건이다.

당시 지진이 자주 발생하였는데, 근심하고 있던 국왕에게 훈구파인 남곤 등은 간신이 있으면 이런 자연재해가 자주 일어나는 법이라고 은근히 조광조 일파를 비난한다. 그들은 이후에도 민심이 점차 조광조에게로 돌아가고 있다는 소문을 퍼트리고, 또 대궐 후원에 있는 나뭇가지 잎에다 주초위왕(走肖爲王)이라고 꿀로 글을 써서 그것을 벌레가 파먹게 한 다음, 천연적으로 생긴 양 꾸미어 궁인으로 하여금 왕에게 고하도록 하였다.

그 글자를 풀어보면 곧 '조(趙)씨가 왕이 된다.'는 뜻이었다. 중종 역시도 조광조 및 젊은 사림세력의 과격한 개혁을 부담스러워했던 탓에, 결국 조광조 일파는 귀양을 가고 후일 그중 70여 명은 사약을 받아 생을 마감하니, 이것이 기묘사화(1519)이다.

12대 인종

(재세: 1515. 2 ~ 1545. 7 / 재위 기간 9개월: 1544. 11 ~ 1545. 7)

중종과 장경왕후 윤씨 사이에서 출생했으며 이름은 윤(胤)이다. 6세에 세자에 책봉되었고, 30세에 왕위에 올라 재위 8개월 만에 사망하였다. 부인은 모두 다섯 명을 두었지만 자녀는 한 명도 없다. 인종의 삶은 제5대 왕 문종과 매우 흡사하다.

① 짧은 재위기간(문종 2년 3개월 / 인종 9개월)

② 병으로 세상을 떠나고

③ 효성이 지극했으며

④ 너그러운 성격의 소유자였고

⑤ 오랜 세자생활(문종 29년 / 인종 25년)을 했다는 점이다.

13대 명종

(재세: 1534. 5 ~ 1567. 6 / 재위 기간 22년: 1545. 7 ~ 1545. 7)

명종을 한마디로 평가한다면 '눈물의 왕'이라는 말이 제일 적합할 것이다. 중종과 문정왕후 윤씨 사이에서 출생한 명종은 인종의 배다른 동생으로 이름은 환(峘)이다. 12세에 왕위에 올라 청릉부원군 심강의 딸(인순왕후)과 혼인하였다. 명종 역시도 자녀가 없어 순회세자를 양자로 들이니 그가 14대 선조이다.

명종은 12세의 어린 나이에 즉위했기 때문에 8년 동안 어머니 문정왕후의 수렴청정을 받아야만 했다. 중종의 첫 번째 정비가 장경왕후 윤씨인데 그녀의 오빠인 윤임 일파와 두 번째 정비인 문정왕후의 친동생인 윤원형 일파는 중종 이후의 왕위 계승 문제로 치열한 다툼을 벌이고 있었다.

그러나 명종 대에 와서는 왕의 친모 계열인 윤원형 일파가 실권을 장악하게 된다. 세간에서는 윤임 일파를 대윤, 윤원형 일파를 소윤이라고 칭했다. 윤원형 일파가 윤임 일파에게 사약을 내리고 귀양을 보내어 조정을 장악한 사건이 1545년에 일어난 을사사화이다.

을사사화로 조정을 장악한 윤원형은 미처 제거하지 못한 정적들을 마저 제거하려고 애첩 정난정을 시켜서 중종의 아들 봉성군을 역모와 관련되었다고 고하게 하여 반대파들을 모두 제거한다. 이때부터 외척 전횡시대가 열리는 데 정난정은 윤원형의 정실부인을 독살하고 자신이 정경부인의 자리에 앉는다. 정난정과 윤원형은 조정을 완전히 장악하여 집이 열다섯 채나 되었으며 세상 사람들의 죽고 사는 문제가 그들 부부에게 있다는 말이 나올 정도였다.

이렇게 권신들의 횡포에 휘둘리는데 설상가상으로 모친인 문정왕후는 걸핏하면 왕에게 밀지를 내리고 이를 듣지 않으면 불러서 왕의 얼굴에다가 종이를 집어 던지기도 하였다. 문정왕후는 봉은사의 승려인 보우를 병조판서에 앉히는 등 해괴한 일을 벌였다.

나라가 이렇게 어수선하니 도처에서 도적들이 들끓었다. 그 대표적인 인물이 양주를 배경으로 한 백정 출신 임꺽정 무리였다. 또한 바닷가에서는 왜구들의 노략질이 기승을 부렸으며, 급기야 1555년에는 왜구들이 선박 70여 척을 이끌고 와서 전라도 일부를 점령하는 을묘왜변까지 일어나게 된다.

백성들은 어서 빨리 문정왕후가 죽기만을 바랄 뿐이었다. 마침내 1565년 그녀가 죽자 조선은 급속도로 안정을 찾기 시작하였다. 그녀가 죽자 가장 먼저 철퇴를 맞은 것은 윤원형과 정난정 부부, 그리고 승려 보우였다.

그들은 모두 귀양을 갔다가 그곳에서 사약을 받고 죽었다. 간신의 말로는 비참하다는 산 증거이다.

14대 선조

(재세: 1552. 11 ~ 1608. 2 / 재위 기간 40년 7개월: 1567. 7 ~ 1608. 2)

조선조 역대 왕들 중에서 재위기간은 세 번째로 길지만 왕으로서의 역할은 가장 잘못한 임금이다. 선조는 중종과 후궁 창빈 안씨 사이에서 출생한 덕흥대원군의 셋째 아들로 이름은 균(鈞)이다. 인목왕후 김씨와의 사이에서 영창대군과 정명공주를 낳았고, 공빈 김씨와의 사이에서는 임해군과 광해군을 낳았다.

선조의 시대에는 이른 바 붕당정치가 등장하여 극심한 정파 싸움으로 세월을 보낸 때이기도 하다. 이조전랑의 임명권이 그 싸움의 시작이다.

이조전랑이란 정5품 ~ 6품의 별로 높지 않은 직책이었지만 조정의 모든 인사권을 쥐고 있어서 그야말로 실세 중의 실세였다. 따라서 이조전랑의 자리를 어느 파벌에서 잡느냐에 따라 권력의 향배가 결정되는 것이다.

선조 즉위 초기, 전랑이었던 김효원의 집이 서울의 동쪽인 건천동에 있어서 그를 후원하는 파벌을 동인, 그리고 그의 후임이었던 심의겸의 집은 서울의 서쪽인 정릉에 있었다고 하여 서인으로 불리게 된다.

선조의 비 의인왕후가 아들을 낳지 못하자 조정은 별 수 없이 후궁 소생 중에 세자를 책봉하여야 했다. 그때 좌의정이었던 서인의 거두 정철은 동인인 영의정 이산해의 계략에 빠져

광해군을 세자로 책봉해야 한다고 말해서 선조의 노여움을 사게 되고 결국 삭탈관직 당한다.

이 사건으로 정권을 잡은 동인들은 서인들을 대거 숙청하기에 이른다. 서인 정철의 치죄 과정에서 사형을 시켜야 한다는 강경파는 북인으로, 그리고 귀양을 보내야 한다는 온건파는 남인으로 다시 갈리게 된다.

선조 시대의 큰 사건인 정여립 사건을 알아보자. 정여립(1546~1589)은 본래 서인이었으나 무슨 이유에서인지 동인으로 전향하고 낙향해 버린다. 1587년 왜구들이 전라도를 침범하자 평소에 덕망이 높았던 정여립은 대동계원들을 동원하여 왜구들을 물리친다. 정여립의 대동계는 더욱 확산되어 황해도까지 세력을 미쳤으며, 급기야 황해도 관찰사가 정여립이 역모를 꾸미고 있다는 고변을 하기에까지 이른다.

이 일로 정여립은 자살을 하고 마는데 사건은 여기서 끝나지 않는다. 서인의 정철이 다시 등용되어 역모를 치죄하는 위관이 되면서 동인들을 대거 학살하는 것이다. 이때에 장살(杖殺)로 맞아죽은 사람이 무려 1천명이나 되었다고 한다. 이것이 그 유명한 1589년의 기축옥사(己丑獄事)이다.

정철은 우리가 잘 아는 대로 관동별곡, 사미인곡, 속미인곡으로 유명한 사람이다. 그는 이런 엄청난 죄를 저질렀음에도 불구하고 유유자적 시가나 지어 불렀다. 그리고 400여년 후에는 고등학교 교과서에까지 실렸으니, 이것이야말로 역사의 아이러니가 아닐까?

15대 광해군

(재세: 1575. 4 ~ 1641. 7 / 재위 기간: 15년 1개월 1608. 2 ~ 1623. 3)

선조와 공빈 김씨 사이에서 출생했으며 이름은 혼(琿)이다. 광해군은 15년 동안 왕위에 있으면서 당시의 주변정세에 맞추어서 외교정책을 잘 운용한 것으로 평가된다. 만약 그가 계속 왕위에 있었더라면 정묘호란(1627)과 병자호란(1636)이라는 굴욕적인 전란도 겪지 않았을 것이고 수십 만(최명길이 명에 보낸 보고서에는 50만명)에 달하는 조선의 백성들이 낯선 오랑캐 땅으로 끌려가는 비극도 없었을 것이다.

광해군은 유배과정에서 몇 번에 걸쳐 죽을 고비를 넘긴다. 광해군으로 인해 아들 영창대군을 잃고 서궁에 유폐된 바 있던 인목대비는 광해군을 죽이려고 혈안이 되어 있었고, 인조 세력 역시 왕권에 위협을 느낀 나머지 몇 번이나 그를 죽이려는 시도를 한다.

1624년 이괄의 난이 일어나자 인조는 광해군의 재등극이 염려스러워 그를 배에 실어 태안으로 이배시켰다가 난이 평정되자 다시 강화도로 데려왔다.

1636년에는 청나라가 쳐들어와 광해군의 원수를 갚겠다고 공언하자 조정에서는 또다시 그를 교동에 안치시켰으며, 경기수사에게 그를 죽이라는 암시를 내리지만 경기수사는 이 말을 따르지 않고 오히려 광해군을 보호해 준다. 이듬해 조선이 완전히 청에 굴복한 뒤 인조는 광해군의 복위에 위협을 느낀 나머지 그를 제주도로 보냈다.

광해군은 제주 땅에서 자신을 감시하는 별장이 상방을 차지하고 자기는 아랫방에 거처하는 모욕과, 심부름하는 나인이 영감이라고 호칭하며 멸시하는 굴욕도 잘 참고 견디며 지냈다. 아마도 그 긴 세월 동안 다시 기회가 주어질지도 모른다는 일념으로 희망을 품고 기다렸는지도 모를 일이다. 1641년 귀양 생활 18년 만에 생을 마감하니 그의 나이 67세였다

16대 인조

(재세: 1595. 11 ~ 1649. 5 / 재위 기간 26년 2개월: 1623. 3 ~ 1649. 5)

조선의 역내 임금 중 가장 큰 수모를 당한 임금이다. 선조도 임진왜란이라는 전란을 겪었고, 고종도 나라가 망하는 비국을 겪었지만, 그래도 적국의 왕 앞에서 머리를 땅에 찧어가며 절(三跪九叩頭)을 한 사람은 인조 뿐이다.

인조는 선조의 손자로 정원군의 아들이다. 이름은 종(倧)이고 어머니는 인헌왕후(仁獻王后) 구씨이다. 정비인 인열왕후(仁烈王后) 한씨 사이에서 소현세자, 봉림대군, 안평대군, 용성대군을 낳았다. 부인은 모두 여섯 명이며 자녀는 6남1녀이다.

인조시대를 이해하기 위해서는 먼저 광해군 5년에 일어났던 계축옥사(癸丑獄事 1613) 사건을 살펴 보아야 한다. 1608년 선조가 죽고 광해군이 즉위하자, 정인홍과 이이첨의 대북파는 선조의 적자이며 광해군의 이복동생인 영창대군을 왕으로 옹립하려 하고 반역을 도모하였다는 구실로 소북파의 우두머리이며 당시 영의정이었던 유영경에게 독약을 내려 죽게 만들고 소북파를 조정에서 몰아낸다.

이 음모를 달성하기 위하여 대북파에서는 선조의 계비이며 영창대군의 생모인 인목대비와 그의 친정아버지 김제남을 몰아낼 궁리를 하고 있었는데, 때마침 조령(鳥嶺)에서 은(銀)을 팔러 다니는 상인들을 죽인 이른바 박응서의 사건이 일어난다.

박응서, 서양갑, 심우영 등은 모두 조정 고관의 서얼들로서 출세의 길이 막힌 데 불평을 품고 온갖 악행을 자행하다가 그 사건을 일으킨 것이다.

대북파는 이들을 문초할 때 김제남과 반역을 도모하였다고 허위자백을 하도록 만들었고 그리하여 영창대군을 서인(庶人)으로 만들어 강화도에 유배하였는데, 후에 강화부사로 하여금 당시 여덟 살에 불과한 어린 그를 뜨거운 방에 가두고 계속하여 불을 때서 질식사시켰다. 이 사건이 계축년에 일어났으므로 계축옥사라고 하는데, 이때에 서인들은 거의 다가 조정에서 축출되었다.

정계에서 밀려난 서인들은 호시탐탐 기회를 노리다가 평안부사 이귀를 비롯한 김류와 이괄 등이 가세하여 능양군(선조의 5남 정원군의 아들)을 왕으로 추대하는 역모를 꾸민다. 출병 당시 반란군의 숫자는 불과 7백 명뿐이었으나 어찌된 영문인지 반란은 성공을 거둔다. 인목대비가 내세운 역모의 구실은 어머니인 자신을 폐위시키고 동생인 영창을 죽인, 이른 바 폐모살제(廢母殺弟)였다.

그러나 인조는 배다른 삼촌인 광해군을 쫓아내고 왕이 된 대가를 혹독하게 치른다. 바로 그 다음해에 이괄의 난으로 거의 왕좌에서 쫓겨날 위기에 처했다가(충청도 공주까지 도망) 급기야는 두 차례의 호란을 맞게 되는 것이다.

17대 효종

(재세: 1619. 4 ~ 1659. 5 / 재위 기간 10년: 1649. 5 ~ 1659. 5)

인조와 인렬왕후 한씨 사이에서 차남으로 태어났으며 이름은 호(淏)이다.

1637년 청은 병자호란을 종결짓고 소현세자, 봉림대군, 인평대군 등, 인조의 세 아들을 모두 볼모로 잡아갔다. 소현과 봉림은 청에 8년 동안이나 인질로 있었다.

청으로부터 귀국한 소현세자는 시름시름 앓다가 비운의 생을 마쳤다. 그의 나이 32살 때의 일이다. 당시의 기록으로 보아도 소현은 독살당한 것이 거의 확실하다는 평가이다. 그 이유는 시신이 새까맣게 변해있었고, 그런 일로 세자가 죽으면 통상은 의관이 국문을 당하는데 인조는 마치 아무 일 없었다는 듯이 장례를 치러버렸기 때문이다.

그렇게 되어 동생인 봉림대군이 왕에 등극하게 되는 것이다. 효종은 청에 대하여 극심한 반감을 품고 있었다. 공공연히 북벌을 주장하며 군사력을 키우려고 노력하였다. 그러나 두 차례의 전란(종묘호란~병자호란)으로 나라의 사정은 극도로 피폐하여 그 뜻을 이룰 수가 없었다.

문약하였던 역대 왕들과는 다르게 효종은 날마다 수십근 무게의 청종언월도와 철퇴를 들고 몸을 단련하였다고 한다.

18대 현종

(재세: 1641. 2 ~ 1674. 8 / 재위 기간 15년 3개월: 1659. 5 ~ 1674. 8)

효종과 인선왕후 장씨 사이에서 출생하였으며 이름은 연(淵) 이다. 1659년 19세로 왕위에 올랐다. 자녀는 아들(숙종)과 공주 3명이 있다.

현종 시대에는 예송논쟁으로 거의 모든 세월을 다 보냈다고 해도 과언이 아니다.

1차 예송은 1659년 효종이 죽자 효종의 어머니 조대비의 복 상을 서인의 뜻에 따라 만 1년으로 정했는데, 이에 대해 남인은 효종은 왕위를 계승했기 때문에 장자나 다름없으므로 만 2년 으로 해야 한다는 논리를 폈다. 결국 서인의 주장이 받아들여 졌다.

2차 예송은 효종의 비가 죽자, 다시 조대비의 복상을 몇 년으 로 할 것인가를 둘러싸고 일어났다. 당시 집권층인 남인은 기 년으로 정했는데, 이에 대해 서인은 9개월 설을 주장했으나, 결국 남인의 주장이 받아들여졌다.

왜 이렇게 죽은 사람을 둘러싼 복상문제가 중요한가? 하고 의아해하는 사람들도 많을 것이다. 당시 상황에서 이러한 논쟁 은 단순히 복상 문제를 둘러싼 당파의 대립이 아니었다. 왕권 을 어떻게 위치 지을 것인가에 대한 정치적 입장, 결국 자기네 들 파벌의 입지가 결정되고 거기서 밀리면 죽게되는 형국이었 던 것이다.

19대 숙종

(재세: 1661. 8 ~ 1720. 6 / 재위 기간 45년 10개월: 1674. 8 ~ 1720. 6)

영조에 이어 두 번째로 재위기간이 긴 임금이다. 현종과 명성왕후 김씨 사이에서 출생했으며 이름은 순(焞)으로 14세에 왕위에 올랐다. 숙종은 인기드라마나 소설에서 늘 단골손님으로 등장하는 장희빈의 남편이다. 희빈은 내명부의 품계 (빈과 귀인은 정1품, 소의와 숙의는 정2품, 소용과 숙용은 정3품, 소원과 숙원은 정4품) 이고 본래의 이름은 장옥정이다.

사람들은 흔히 연산군 대의 장녹수와 장희빈을 혼동하기도 하는데 둘은 전혀 다른 인물이다. 장녹수는 흥청(興淸)이라는 기생 출신에서 일약 후궁의 지위에까지 올랐다가 후일 중종반정 후 참형으로 삶을 마감하는 인물이다.

숙종의 시대에는 세 번의 정치적인 사건이 일어난다. 즉, 경신환국(1680년 숙종 6), 기사환국(1689 숙종 15), 그리고 갑술환국(1694 숙종 20)이다.

환국이란 요즘 말로 치면 정권교체이다. 그렇다고 왕이 교체되는 것은 아니고 집권세력이 교체되는 것이다. 먼저 경신환국은 왕의 전용 유악(텐트)을 남인의 영수 허적이 왕 모르게 갖다 썼다가 괘씸죄로 걸려서 반대파의 탄핵을 받아 남인 일파가 정계에서 축출된 사건이다.

기사환국은 장옥정의 소생을 원자로 책봉하는 문제를 계기로 하여 서인이 축출되고 다시 남인이 정권을 잡는 사건이다. 이 사건으로 노론의 영수인 송시열을 비롯한 많은 사람들이 사약을 받고 죽임을 당하였다.

갑술환국은 인현왕후 민씨의 복위문제와 관련하여 남인들이 축출되고 서인들이 다시 집권한 사건이다. 인현왕후의 축출 이후 남인은 기사환국으로 힘겹게 집권했는데, 기사환국은 남인이 스스로 정치력을 발휘하여 집권한 것이 아니라 서인에 대한 숙종의 염증과 혐오 때문에 얻은 것이었다. 이때 남인들은 민씨 폐출의 원인이 된 소의장씨(장희빈) 소생의 원자 정호에게 정치적 생명을 걸고 있었다.

숙종은 장씨를 총애하여 희빈을 삼았으며 아들을 낳자 나중에는 왕비로까지 책봉하였으나, 장씨가 차차 방자한 행동을 취했으므로 그를 싫어하고 민씨를 폐한 일을 후회하게 되었다.

게다가 장씨보다는 무수리 출신의 후궁 최씨(후일 영조의 생모)에게 마음을 두고 있었다. 엎친 데 덮친 격으로 궁중 내에서는 최씨의 독살설이 퍼지면서 남인들은 다시 정치적 위기에 내몰리게 되었다. 마침내 숙종은 남인 세력을 유배 보내거나 사약을 내렸다.

숙종 시대에는 이러한 여러 가지 정치적인 사건이 있었음에도 불구하고 전국적으로 대동법을 실시하고, 상평통보를 주조하여 유통시키고, 전국의 산성을 수축하고, 노산군을 단종으로 복위시키는 등, 나라 전체로 보면 매우 안정된 시기였다.

20대 경종

(재세: 1688. 10 ~ 1724. 8 / 재위 기간 4년 2개월: 1720. 6 ~ 1724. 8)

숙종과 희빈 상씨 사이에서 출생하였으며 이름은 윤(昀)이다. 정비는 청은부원군 심씨의 딸 단의왕후 심씨이다. 1690년 송시열의 반대에도 불구라고 세자로 책봉 되었다가 1720년 왕위에 올랐다. 부인은 정비와 계비 두 명인데 모두 자녀는 두지 못했다.

남인의 세력이 약해지고 조정이 서인 일색으로 되자 노론과 소론의 대립이 더욱 첨예화되는 당쟁의 소용돌이 속에서 아버지 숙종에 의해 어머니 장씨가 죽는 것을 목격한 비운의 왕 경종이 즉위한다.

어머니가 숙종의 총애를 받았던 어린 시절에는 총명함이 뛰어난 세자로 칭송을 받았고 숙종의 극진한 배려 속에서 성장하였지만, 숙빈 최씨가 숙종의 총애를 받으면서 이복동생인 연잉군(훗날의 영조)이 출생하였고 숙종과 장희빈의 관계가 멀어지면서 경종 또한 숙종의 관심에서 멀어지기 시작했다.

숙빈 최씨는 노론의 지지를 받았고 세자는 소론의 지지를 받았다. 하지만 희빈 장씨가 폐출되어 사사되면서 세자는 점차 내성적인 성격으로 변모했고 숙종으로부터도 견제와 미움을 받아 심한 우울증을 앓았다고 전해진다.

그래도 세자는 매우 신중한 처세로 숙종과 노론에게 빌미를

제공하지 않았고 숙종이 죽을 때까지 버텼으며 결국 조선 20
대 왕, 경종으로 즉위하였다.

21대 영조

(재세: 1694. 9 ~ 1776. 3 / 재위 기간 51년 7개월: 1724. 8 ~ 1776. 3)

숙종과 무수리 출신인 숙빈 최씨 사이에서 출생하였으며 이름은 음(昑)이다. 여섯 살 때에 연잉군에 봉해지고 27세에 왕세자로 책봉되었다. 30세에 왕위에 올라 52년간 왕위에 재림하여 조선 역대 왕 중 최장수를 기록하였다. 부인은 모두 여섯 명으로 자녀는 2남 8녀이다. 정빈 이씨가 효장세자를 비롯하여 1남 2녀를 두었고, 영빈 이씨가 사도세자를 비롯하여 1남 3녀를, 그리고 후궁에게서 3녀를 두었다.

영조와 사도세자의 관계를 두고 '권력은 부자지간에도 못 나눈다'라는 말이 생겨났다. 우선 그가 왕위에 앉는 과정부터 살펴보자

1721년 숙종이 승하하고 왕세자가 즉위해 경종이 되었지만, 건강이 좋지 않고 또 아들이 없었다. 이에 노론측은 연잉군을 경종의 후계자로 삼는 일에 착수하였다. 이때 정언 이정소가 세제책봉 상소를 올리는 것을 계기로 영의정 등 노론 4대신의 요구와, 이들과 연결되어 있던 왕실의 최고 어른인 대비 김씨의 지원을 받아, 연잉군이라는 일개 왕자의 신분에서 경종의 뒤를 이을 왕세제로 책봉되었다.

상소문에는 삼종혈맥(三宗血脈)이라는 단어가 등장하는데, 이 말은 효종 – 현종 – 숙종에 걸치는 3대의 혈통만이 왕위를 계

승할 수 있다는 숙종의 유교(遺敎)이다. 여기에 따르면, 임금이 될 자격이 있는 사람은 경종 외에는 연잉군밖에 없는 셈이 되는 것이다.

'영조'라고 하면 사도세자의 비극적인 죽음을 떠올리지 않을 수 없게 된다. 사도세자는 조선 제21대 국왕인 영조의 두 번째 왕자인데, 첫째 아들인 효장세자는 겨우 아홉 살의 나이에 요절했다. 둘째이자 마지막 아들인 사도세자는 그 7년 뒤(1735년 영조 11)에 태어났다.

국왕의 기쁨은 당연히 매우 컸다. 영조는 즉시 왕자를 중전의 양자로 들이고 원자로 삼았으며, 이듬해에는 왕세자로 책봉하였다. 국왕의 사랑과 왕실의 기대를 한 몸에 받은 세자는 순조롭게 성장했다. 세자는 세 살 때부터 글자를 알았다.

세자는 8세 때 홍봉한의 동갑내기 딸과 혼인하니 그녀가 유명한 혜경궁 홍씨(1735~1815)이다. 세자는 홍씨와 혼인한 7년 뒤 첫아들을 낳았지만 2년 만에 죽었고, 그 해에 둘째 아들을 낳았으니 그가 후일의 정조 임금이다.

세자는 영특하기도 했지만 무인의 기질이 강했던 것 같다. 세자는 신체적 조건과 무예도 뛰어났다. 일찍이 효종은 무예를 좋아해 한가한 날이면 북원에서 말을 달리면서 무예를 시험했는데, 그때 쓰던 청룡도와 쇠몽둥이가 세자의 거처에 남아 있었다. 그것은 힘 좋은 무사들도 움직이기 어려울 만큼 무거웠지만, 세자는 15~16세 때 그것을 자유롭게 사용할 정도로 기운이 대단했다.

무예에 대한 세자의 열정은 저술로도 이어졌다. 세자는 24세 때인 영조 35년(1759)에 장수와 신하들이 무예에 익숙하지 않은 것을 걱정해 《무기신식(武技新式)》이라는 책을 엮었는데, 이 책은 훈련도감에서 교재로 사용되었으며, 그 뒤 정조 때 간행된 《무예도보통지(武藝圖譜通志)》의 저본(원본)이 되기도 하였다.

그런데 이런 세자의 기질과 영조의 기대가 서로 충돌하면서 갈등이 시작된다. 무인의 기질이 강한 세자에게 아버지 영조는 학문을 등한시 한다며 꾸짖는 일이 잦아졌고, 그러면 그럴수록 세자는 더욱 삐뚤어지기 시작하였다.

부자의 사이는 세자가 대리청정으로 정무에 직접 관여하면서 더욱 멀어졌다. 세자는 14세 때인 영조 25년부터 대리청정을 시작했는데, 세자가 잘하면 잘하는 대로, 또 못하면 못하는 대로 영조는 사사건건 시비를 걸었다. 그 이후에 영조는 더욱 세자를 압박했다. 즉, 대리청정을 한다는 미명아래 세자의 충성심과 효성을 시험하는 것이었다.

기본적으로 양위 파동은 대단히 소모적인 행위다. 국왕이 실제로 그럴 의사가 전혀 없음을 뻔히 알면서도 세자와 신하들은 혼신의 힘을 다해 양위를 만류해야 했고, 국왕은 의사를 관철하겠다고 고집한다. 이런 실랑이를 몇 차례씩 거친 뒤에야 어명은 마지못해 거두어진다. 그 과정에서 충성은 검증되고 불충은 적발되며, 왕권은 공고해지고 이런저런 정치적 전환이 이뤄진다. 적지 않은 선왕들처럼 영조도 신하들을 제압하거나 정국을 전환하는 방법의 하나로 양위 파동을 사용했다.

어린 세자는 양위 파동 때마다 긴장하고 두려워하면서 철회를 애원했다. 대리청정이 시작된 뒤에도 세 번의 양위 파동이 일어났다. 어떤 날은 눈이 하얗게 내린 뜰에서 석고대죄(席藁待罪)를 하여야 했고, 머리를 땅에 짓찧으며 눈물을 흘려야 했다. 이런 소동은 새벽이 되어서야 끝나곤 했다. 어떤 날은 임금 앞에서 물러나와 뜰로 내려가다가 기절해 일어나지 못했고, 청심환을 먹고 한참 뒤에야 말을 할 수 있었다. 결국 세자는 영조 임금의 몇 차례에 걸친 양위 파동의 압박을 견디지 못하고 정신병이 심해졌다.

그러면 왜 이런 일이 일어났을까? 그것은 근본적으로 세자에게 대리청정을 맡겼다고는 하지만 영조 자신은 권력에서 손을 떼고 싶은 마음이 없었기 때문이다.

여기에서 왕을 추종하는 신하들의 권력문제도 작용하였다. 그 결과는 세자를 한여름에 뒤주에 7일 동안이나 가두어 죽게 만드는, 전대미문의 참혹한 결과로 막을 내리게 된다.

22대 정조

(재세: 1752. 9 ~ 1800. 6 / 재위 기간 24년 3개월: 1776. 3 ~ 1800. 6)

사도세자와 혜경궁 홍씨 사이에서 출생하였으며, 영소가 할아버지이다. 이름은 산(蒜)으로 25세에 왕위에 올랐다. 정비와는 자녀가 없고 유비 박씨 사이에서 순조와 숙선옹주를 낳았다.

불과 11살의 어린 나이에 아버지가 한여름에 뒤주에 갇혀 고통스럽게 죽는 참혹한 광경을 목격한 충격이 그 얼마나 컸을까? 어린 나이에 할아버지에게 뒤주에 갇힌 생부를 살려 달라고 간청해야만 했던 마음이 오죽했으랴마는, 정조는 그러한 상처에도 불구하고 조선조의 마지막 태평성대를 연 현명한 군주로 추앙받는다. 그가 이룬 대표적인 업적들을 나열해 본다.

① 탕평책 실시 – 시파, 벽파를 가리지 않고 고루 등용

② 규장각 설치: 역대 왕들의 글, 글씨 등과 어진을 보관하던 왕실 도서관을 설치.

③ 실학을 중시: 다산을 비롯, 여러 실학자들의 정계 진출을 지원, 중농학파 실학자들을 육성.

④ 장용청 설치: 왕권강화를 위한 왕실의 친위대 군대조직을 설치

⑤ 서적 편찬: 《대전통편》, 《동문휘고》, 《탁지지》, 《추관지》. 《규장전운》 등을 편찬.

⑥ 수원화성의 축조: 정약용이 서양의 기구를 본떠 개발한 거중기를 활용하여 축조.

⑦ 신해통공: 금난전권을 전면 폐지하여 상업의 자유화를 촉성. 경제의 발전을 유도.

⑧ 초계문신제 실시: 초계를 통해 등용시킨 당하관 등의 관리자를 위한 교육제도를 실시.

⑨ 서얼의 등용: 신분상 제약으로 정계진출에 제한이 있었던 서얼들에게 길을 열어 줌.

23대 순조

(재세: 1790. 6 ~ 1834. 11 / 재위 기간 24년 3개월: 1800. 7 ~ 1834. 11)

징조와 유비 박씨 사이에서 출생하였으며 이름은 공(㤧)이다. 11세에 왕세자로 책봉되고 그해 왕위에 올랐다. 정비는 순원왕후 김씨이다. 정비와의 사이에서 효명세자를 낳았으며 자녀는 모두 1남 4녀이다.

순조 시대부터 본격적인 안동 김씨 일가의 세도정치가 시작되니 순원왕후 김씨의 아버지인 김조순이 그 시발점이다. 순조 대에는 김조순이, 그리고 그 다음 대에는 잠시 풍양 조씨 세력에 집권하다가, 철종 대에 가서는 다시 김문근이 철종의 장인으로서 막강한 권한을 휘두른다.

순조 시대부터 천주교 박해가 시작된다. 그 시발점은 순조 1년(1801)에 일어난 신유박해 사건이다. 이때에 500여 명이 처형당했다. 그로부터 10년 후인 1811년에 일어난 홍경래의 난은 그 서막이었다고 할 수 있다.

평안도 양반 출신인 홍경래는 자신이 과거에 수차례 낙방한 이유를 서북인에 대한 차별 때문이라고 격문을 띄워 반란을 부추켜 며칠 만에 청천강 이북지역을 대부분 평정한다. 그러나 전열을 가다듬은 관군의 반격으로 홍격래 군은 난을 일으킨 지 1년 4개월 만에 2천 명이 처형당하고 막을 내리게 된다.

24대 헌종

(재세: 1827. 7 ~ 1849. 6 / 재위 14년 7개월: 1834. 12 ~ 1849. 6)

헌종은 익종으로 추존된 효명세자의 아들로 어머니는 풍은 부원군 조만영의 딸 신정왕후(후일 욍실의 최고 어른으로 흥성대원군과 도모하여 고종을 등극시킨 조대비)이다. 사이에서 출생하였다. 이름은 환(烉)이다.

여기서 헌종의 아버지인 효명세자에 대하여 잠시 알아보자 효명세자는 18세인 1827년 부왕 순조의 건강 악화를 이유로 대리청정하기 시작하였다. 그는 미래의 국왕답게 우선 일련의 인사를 단행해 안동 김씨 계열을 배제하고 새로운 인물들을 널리 등용했다. 그러나 건강이 악화되어 1830년에 각혈한 뒤 며칠 만에 죽고, 사후 익종으로 추존되었다.

순조 대부터 시작된 천주교 박해는 헌종 대에 와서도 계속된다. 1838년에 있었던 기해박해 때에는 조선에서 활동하던 프랑스 신부들과 조선인 천주교 신자들이 다수 처형되었다.

나라가 안동 김씨와 풍양 조씨 등, 외척들의 전횡시대로 들어서자 중인이나 몰락 양반들마저도 역모를 일으키는 사태가 벌어진다. 헌종 2년(1836)에 일어난 남응중의 역모사건과 헌종 10년(1844)에 있었던 민진용의 역모사건이 바로 그것들이다. 이 해에는 조선인 최초의 신부인 김대건이 새남터에서 효수당하는 일도 벌어진다.

25대 철종

(재세: 1831. 6 ~ 1863. 12 / 재위 기간 14년 6개월: 1849. 6 ~ 1863. 12)

사도세지가 죽고 정조가 세손이 되자 사도세자를 죽음으로 몰아넣었던 세력들이 정조가 왕위에 오르면 자기들이 위험에 처할 것으로 알고 새 왕자를 추대하려는 음모를 꾸민다. 그러나 이 일이 발각되자 정조의 이복동생인 은전군은 자결하고, 은언군과 은신군은 제주도에 유배된다. 강화도령이라고 알려진 원범은 은언군의 3남 전계대원군의 셋째 아들이다.

역모라면 치를 떨고 강화도에서 숨죽여 지내던 불학무식한 원범에게 어느 날 궁중으로부터 봉영행차가 당도한다. 1849년 6월 어느 날, 헌종이 후사 없이 승하한 것이었다.

원래는 선왕보다 항렬이 높은 사람을 왕위에 올리면 안 되는데, 안동 김씨 세력에게는 그런 것을 따지고 말고 할 여유가 없었다. 자칫하면 풍양 조씨 가문에 권력을 빼앗길 수도 있었기 때문이다. 그리하여 순조의 비인 순원왕후는 헌종의 7촌 아저씨뻘이 되는(6촌 이내의 인물은 없었다) 원범을 강화도에서 부랴부랴 모셔온 것이다. 김문근은 자신의 딸을 철종에게 시집보내고 안동 김씨 세력을 확고히 한다.

이렇게 하여 비운의 왕 철종의 파란만장한 14년 궁중생활이 시작되는 것이다.

26대 고종

(재세: 1852. 7 ~ 1919. 1 / 재위 기간 33년 7개월: 1863. 12 ~ 1897. 7)

남연군의 아들 흥선군 이하응과 여흥부대부인 민씨 사이에서 태어났으며 아명은 명복(命福)이다. 12세에 왕위에 오르고, 부인 명성황후 민씨 사이에서 순종황제를, 귀비 엄씨 사이에서 영친왕 이은을, 귀인 장씨와의 사이에서 의친왕 이강을, 그리고 귀인 양씨와의 사이에서는 덕혜옹주를 낳았다. 부인은 모두 10명이다.

조선조의 역대 왕 27명 중에서 아마도 고종황제처럼 파란만장한 삶을 산 분은 없었다고 생각된다. 물론 선조가 임진왜란이라는 7년 전쟁을 겪었고, 인조가 정묘호란과 병자호란이라는 두 차례의 전란을 겪었지만, 고종의 그 수많은 사건과 변란에 비할 수는 없다.

고종은 등극(1863) 과정부터 파란만장했다. 고종은 아버지 흥선대원군의 천신만고 끝에 겨우 등극에 성공하였는데, 이것이 왕이 된 후에도 아버지에게 꼼짝 못하는 상황의 원인이 된다.

1866년 8월에는 미국상선 제네럴 셔먼호의 대동강침범 사건과 10월의 병인양요(고종 3)가 있었고, 1869년에는 조선을 개항시키려고 미국 해병대가 무력 침략한 신미양요가 있었다.

구식군대의 불만이 표출된 1882년의 임오군란 뒤이어 조미수호조약, 제물포 조약, 급진개혁파가 봉기한 1884년의 갑신

정변, 1894년의 동학농민운동, 청일전쟁 등, 전란과 소요가 끝없이 일어났다.

그러다가 마침내는 함께 살아 온 아내를 잃은 1895년의 비극적인 을미사변까지 벌어지고 그 다음 해 러시아 공사관으로 왕이 피신하는 아관파천의 수모도 당하게 된다.

이제 조선은 점차 망국을 향하여 치닫고 있었다. 1904년의 러일 전쟁과 제1차 한일협약, 1905년의 을사조약, 그 다음 해에는 일본이 통감부를 설치하였고, 1907년의 신민회 사건과 헤이그 특사 사건, 그리고는 마침내 고종의 퇴위로 고종은 그 파란만장한 정치의 막을 내린다.

그러나 고종의 생애에는 이러한 비극적인 사건만 일어나지는 않았다. 때때로 통쾌한 일도 있었으니 그것은 1909년 안중근이 이토 히로부미를 살해한 사건이다.

고종은 1919년 만세의 함성 소리가 울려 퍼지기 고작 달포 전인 1월에 일제에 의해 독살(?) 당하여 그 한 많은 생을 마감한다.

27대 순종

(재세: 1874. 2 ~ 1926. 4 / 재위 기간 3년 1개월: 1907. 7 ~ 1910. 8)

고종황제와 명성황후 민씨 사이에서 태어났으며 이름은 척(拓)이다. 1907년 23세에 대한제국 제2대 황제에 올랐다. 부인 순명효황후 민씨와 순정효황후 윤씨이지만 자녀는 없다. 어려서부터 병약하였으며 조선, 즉 대한제국의 종말을 본 비운의 왕이다.

순종이 일제로부터 이왕(李王)이라는 작위를 받아 살아가고 있을 때 나라의 이곳저곳에서는 독립투사들이 벌떼처럼 일어나서 독립운동을 하던 시기였다.

그때에 한 호걸남아가 있었으니 그가 바로 순종의 배다른 동생인 의친왕 이강이다. 1919년이 끝나갈 즈음에 일어난 의친왕 이강(고종의 5남은 영친왕이고 7남이 의친왕이다)의 상해 탈출기도 사건은 그야말로 한 편의 드라마이다. 비록 탈출에 성공하지 못하고 압록강 건너 안동 땅에서 일경에 체포되어 국내로 다시 송환되기는 했지만, 만약 그가 상해 임시정부로 가서 활동하였다면 우리나라의 독립운동사는 크게 달라졌을 것이다.

제2부

건강 153세

9장

소금은 불로초

면역세포와 잠, 운동, 햇빛, 그리고 물

사람의 면역세포는 밤에 활동한다. 인간의 몸은 스스로 손상된 세포를 제거하고 새로운 세포를 생성하여 돌연변이가 생기는 것을 방어한다.

이 과정은 잠을 자면서 전개되고 이 활동이 가장 활발해 지는 시간대가 새벽 1시 ~ 2시이다. 그래서 이 시간엔 반드시 잠에 들어있어야 한다. 그런 면에서 보면 일찍 자고 일찍 일어난다는 말은 면역세포와도 관계가 있는 말이다.

20년간 종양과 싸우며 말기 암 환자 2만 명을 진료한 서울대병원 김박사는 암을 극복하기 위한 필수 조건의 하나로 잠을 꼽았다. 김박사는 보약을 지어 주거나 여타 질병을 치료해주는 일반 한의사와는 달리 암이라는 질병 하나만을 연구 대상으로 삼아 21년의 세월을 보냈다. 그의 연구 결론은 '수면은 암에 직접적인 영향을 미친다' 라는 말로 마무리된다.

암 중에서도 특히 유방암이 수면과 관계가 깊은데 젊은 여성에게 유방암이 생겼다면 그 사람은 십중팔구 늦게 자는 사람일 가능성이 많다.

그런데 현대인은 일찍 잠들기가 쉽지 않다. TV, 네온사인, 소음 등, 숙면을 방해하는 요소가 한둘이 아니기 때문이다. 그러면 어떻게 해야 할까? 방법은 낮에 햇볕을 많이 쬐는 것이다. 수면을 주관하는 호르몬인 멜라토닌은 뇌의 송과체에서 분비된다. 그런데 송과체는 낮에 햇볕을 받아야 활동이 왕성해진다. 그리고 멜라토닌은 암세포를 억제하는 역할을 한다. 그러니까 낮에 햇빛을 쬐면서 운동을 하면 항암효과와 숙면효과를 동시에 거둘 수 있다는 말이다.

암을 이기기 위해서는 우선 암세포의 특성을 알아야 한다. 암세포는 태아세포로 아주 빠르게 분열하는 특징을 갖고 있다. 게다가 저산소 세포이기 때문에 산소 공급이 충분치 않은 상황에서도 대사가 이루어진다. 반면에 40도 가량의 열에 취약한 특징을 갖고 있다. 현대 의학은 이런 특성을 이용해 간암에 고주파(열)치료를 실시하고 있다. 그런데 비용부담 없이 신체에 부작용을 일으키지 않으면서 손쉽게 체온을 상승시킬 수 있는 방법이 있다.

그게 바로 등산이다.

병 치료에 산소가 끼치는 영향은 지대하다. 암 환자는 항상 풍성한 산소를 공급받아야 하는데, 등산은 이런 면에서 탁월한 효과를 준다. 또 한가지, 돌연변이 세포를 제거하는 최고 식품을 꼽자면 단연 물이다. 등산 또는 일광욕과 더불어 하루 2리터씩 물을 마시면 여러 가지 암을 사전에 예방하는 탁월한 효과를 얻을 수 있다.

부추는 파옥초

옛날 어느 두메산골에서 한 노승이 길을 가고 있었다. 그런데 앞에서 죽음의 기운이 하늘을 향해 솟구치고 있어 따라 가보니 허름한 초가집에 이르게 되었다. 목탁을 두드리며 염불통경(念佛通經)을 하자 안주인이 나와 시주를 하였다. 얼굴을 보니 수심이 가득했다.

스님이 부인에게 무슨 근심이 있느냐고 물었다. 남편의 오랜 병환이 걱정이라고 대답했다. 스님이 안주인의 신색(神色)을 자세히 살펴보니 강한 음기가 얼굴에 가득했다.

남편의 병은 부인의 강한 음기(陰氣)에 남편의 양기(陽氣)가 고갈되어 생긴 병이었다.

스님은 담벼락 밑에서 무성하게 잘 자라는 풀잎을 뜯어 보이며, 이것을 잘 가꾸어 베어다가 반찬을 만들어 매일같이 먹이면 남편의 병이 감쪽같이 나을 것이라고 일러주고 사라졌다.

부인은 스님이 시키는 대로 그 풀을 잘 가꾸어 지극정성으로 남편에게 먹였더니 신기하게도 점차 기운을 차렸다. 남편은 오래지 않아 완쾌되어 왕년의 정력을 회복했다. 부인은 온 마당과 기둥밑까지 파헤쳐 그 풀을 심었다.

남편은 매일 밤이 오기만을 기다렸다.

열흘이 하루같고 한 달이 하루같은 꿈같은 세월이 흘렀다. 부인은 집이 무너질 걱정도 제켜놓고 이 기둥 저 기둥 밑을 온통 파헤쳐 이 풀을 심었다.

그런 세월이 얼마나 흘렀는지 모른다. 결국은 집 기둥 모두가 공중으로 솟구쳐 집이 무너지고 말았다. 집이 무너지는 것도 모르고 심은 이 영험(靈驗)한 풀의 이름이 바로 집을 허물어 부수는 풀이라 하여 파옥초(破屋草)로, 오늘날 '부추'라 불리는 채소의 이름이다.

부추는 신장을 따뜻하게 하고 생식기능을 증가시킨다 하여 기양초(起陽草). 장복하면 오줌 줄기가 벽을 뚫는다하여 파벽초(破壁草) 등 이름도 다양하다. '봄 부추는 인삼 녹용과도 바꾸지 않는다'는 말과 '부추 씻은 첫 물은 아들에게는 안주고 사위에게 준다'는 말도 있다.

아들에게 주면 좋아할 사람이 며느리이니 사위에게 먹여 딸이 좋도록 하겠다는 뜻이다. '봄 부추 한 단은 피 한방울 보다 낫다'는 말도 있다. '부부사이가 좋으면 집 허물고 부추 심는다'는 옛말도 있다. 부추는 체력이 떨어져 밤에 잘 때 식은 땀을 많이 흘리며 손발이 쉽게 차가워지는 사람, 배탈이 자주나는 사람에게도 좋다고 한다.

대추, 밤, 배, 감의 의미란?

유교전통 제사상에는 각종 음식과 더불어 꼭 올려야 하는 몇 가지 과일이 있다. 즉 대추, 밤, 배, 감이다. 이들 과일은 깊은 의미를 내포하고 있어서 이를 알아본다.

① 대추: 대추(조 棗)는 암수가 한 몸이고 한 나무에 열매가 엄청나게 많이 열린다. 꽃 하나에 반드시 열매가 맺히고 나서 꽃이 떨어지기 때문에 헛꽃은 절대로 없다. 사람으로 태어났으면 반드시 자식을 낳고 죽어야 한다는 뜻이다. 대추는 통씨여서 절개를 뜻하고 순수한 혈통과 자손의 번창을 기원하는 의미다. 대추는 붉은 색으로 임금님의 용포를 상징하고 씨가 하나이며 열매에 비해 그 씨가 큰 것이 특징이므로 왕을 뜻한다.

② 밤: 밤(율 栗) 나무는 땅 속에 밤톨이 씨방(생밤)인 채로 달려 있다가 밤의 열매가 열리고 난 후에 씨밤이 썩는다. 이래서 밤은 자신의 근본을 잊지 말라는 것과 자기와 조상의 영원한 연결을 상징한다. 이런 이유로 밤나무로 된 위패를 모신다. 유아가 성장 할수록 부모는 밤의 가시처럼 차츰 억세다가 '이제는 품안에서 나가 살아라' 하며 밤

송이처럼 쩍 벌려주어 독립된 생활을 시킨다는 것이다. 밤은 한 송이에 세 톨이다. 이것은 3정승(영의정, 좌의정, 우의정)을 의미한다.

③ 배: 배(이 梨)는 껍질이 노랗기 때문에 황인종을 뜻한다. 오행에서 황색은 우주의 중심을 나타낸다. 배는 민족의 긍지를 나타낸다. 배의 속살이 하얀 것은 우리 백의민족을 상징한다. 배는 씨가 여섯 개여서 육조 즉, 이조, 호조, 예조, 병조, 형조, 공조의 판서를 의미한다.

④ 감: 콩 심은데 콩 나고, 팥 심은데 팥이 난다는 것이 천지의 이치이지만 감(시 柿)만은 그렇지 않다. 감의 씨앗을 심으면 감나무가 나지 않고 대신 고욤나무가 나온다. 그래서 3~5년쯤 지났을 때 기존의 감나무를 잘라서 고욤나무에 접을 붙여야 그 다음 해부터 감이 열린다. 감나무가 상징하는 것은 사람으로 태어났다고 해서 다 사람이 아니라 가르치고 배워야 비로소 사람이 된다는 뜻이다.

04

바나나

값도 저렴하고 먹기에 간편한 열매를 꼽는다면 단연 바나나를 들 수 있다. 그래서 바나나를 먹는 사람들이 많다. 바나나의 효능에 대한 여러 가지 기능을 살펴본다.

*포만감을 주기 때문에 다이어트에 효과적이다.

*칼륨이 풍부해서 잠잘 때나 운동할 때 몸에 경련이 일어나는 사람들에게 좋다.

*혈당조절에 좋기 때문에 당뇨환자에게 좋다.

*철분이 포함되 있기 때문에 쉽게 피로를 느끼거나 호흡곤란 질환에 이상적이다.

*비타민 B와 전해질, 칼륨, 마그네슘이 포함되어 있어 금연에 좋다.

*열을 동반한 병에 걸렸을 때 체온을 낮추는 데 도움을 준다.

*독성물질을 없애기 때문에 해독에 좋은데, 특히 팩틴이라는 물질이 많은 독소들을 중화시킨다.

*비타민 B6는 백혈구를 증가시켜 면역시스템을 강화한다.

*뼈 건강을 유지 하는데 큰 도움을 준다.

*칼슘 흡수를 촉진시키고, 소변을 통해 칼슘이 배출되는 것을 막아준다.

*아침에 입맛이 없는 임산부와 입덧이 심한 임산부에게 고통을 완화시켜 준다.

*월경 증후군을 완화시켜주고, 생리통에 시달리는 여성들에게 좋다.

*항산화 성분은 과대한 활성 산소로 인해 만들어지는 손상을 줄여서 염증을 완화한다.

*노안과 암을 예방하는데 좋고 특히 운동전에 먹으면 좋다.

*고섬유질을 포함하고 있어서 변비 해소에도 좋다.

*위속의 산을 중화시키기 때문에 위궤양이나 위산 역류의 증상에 좋다.

소금은 불로초(不老草)

일반적으로 동물 중에서는 염분을 많이 섭취하는 동물일수록 수명이 긴 짐승들이 많다. 짠 해초를 주식으로 하는 바다거북은 3백년까지 살고, 바다 속 플랑크톤을 주식으로 하는 흰수염고래는 대략 1백년 전후를 산다. 비교적 짜게 먹는 편인 사람도 153년까지 살았다는 기록이 있다. 그밖에 다른 동물들도 소금을 많이 섭취할수록 평균수명이 길다.

우리나라는 1907년도에 처음으로 천일염을 대량 생산하기 시작했다. 그 후 수명이 획기적으로 늘어나기 시작했다는 통계가 있다. 소금이 인체에 얼마나 중요한 효소인지를 알게 해주는 통계이다.

1912년도 통계자료에 의하면 우리나라 사람들의 평균 수명은 28세였다. 남한과 북한의 총 인구는 1,200만 명이었는데, 당시에 천일염 생산이 늘어나면서 평균수명도 늘어났다. 천일염을 생산한 지 불과 40년이 지난 1948년에는 평균수명이 48세로, 그 전과 비교할 때 20년이 늘었고, 인구는 3천만 명으로 2.5배나 증가했다.

이것은 소금의 혁명이다. 인간들이 그렇게도 오랜 세월 동안 찾아다니던 불로초가 바로 소금이었던 것이다. 소금은 소화, 염장, 해독, 살균, 방부, 삼투, 발열, 노폐물 제거작용 등을 한다.

밥, 물, 소금은 곧 인간의 생명이다. 이 삼대식품의 비율이 맞아아만 모든 신진대사가 원활히 작동할 수 있다. 그것도 세계보건기구에서 설정한 0.9%의 염도를 유지해야 건강을 지킬 수 있다. 피, 눈물, 침, 위액, 땀, 림프액, 뇌척수액, 안구액, 소변, 대변, 생리수, 양수까지 몸의 모든 액체는 소금물이다.

사람은 다양한 음식물을 섭취한다. 그런데 음식물 중에서도 소금을 못 먹게 되면 피를 비롯해서 모든 액체가 설탕물로 변해 살은 부패되고 혈관은 막힐 수밖에 없다. 소금은 필연적으로 물을 요구한다, 사람에 따라 차이는 있으나 성인은 하루에 약2,500cc 이상의 물을 필요로 한다. 적당량의 소금을 먹지 않고는 이렇게 많은 물을 먹을 수 없다. 저염식하는 사람들 중에서는 식사를 하고나서도 물은 입에도 안대는 사람들이 많은데, 문제는 이런 생활을 5년 ~ 10년하고 나면 반드시 돌이킬 수 없는 큰 질환이 찾아온다는 데에 있다.

몸은 염분이 부족하면 몸 자체가 살아남기 위해서 중요한 기관부터 염수를 공급한다. 생명에 큰 지장이 없는 피부에 염수 공급을 중단하면 머리털이 빠지고 피부가 거칠어지며 온갖 부스럼이 발생한다. 그래서 대머리의 근원도 파고 들어가 보면 염분 부족에서 비롯된 경우가 많다. 결론적으로 염분 부족은 만병의 근원이 된다.

06

네 가지 고통

늙지 않는 인간은 없다. 늙는다는 사실을 예견하고 준비하는 사람과, 자신과는 무관하다고 생각하며 살아가는 사람이 있을 뿐이다. 그런데 사람은 누구나 살아가면서 겪어야 할 과정이 있다. 그것은 바로 생로병사의 고통이다. 여기서는 노년의 또 다른 네 가지 고통인 빈고, 고독고, 무위고, 그리고 병고의 의미를 살펴본다.

① 빈고(貧苦): 같은 가난이라도 젊었을 때의 것과 늙었을 때의 가난은 크게 다르다. 우리 주변에서 흔히 볼 수 있는 풍경이 노년의 빈곤한 모습이다. 노인들이 무료급식소 앞에서 길게 줄을 서있는 모습이나, 공원 한쪽에서 도시락으로 끼니를 때우는 모습은 이제 익숙하다. 이것은 또한 뾰족한 해결 방법이 따로 없는 사회적 문제이기도 하다.

② 고독고(孤獨苦): 젊을 때는 친구도 많고 갈 곳도 많다. 또 오라고 하는 사람도 많다. 그러나 늙으면 할 일도 없어지고 소득도 줄어든다. 사람들을 만날 기회도 줄어들 뿐더러 모임에 참가한다 해도 연회비나 참가비 때문에 부담

스럽다. 그러나 평소부터 혼자 지내는 습관을 꾸준히 쌓은 사람은 이러한 고독의 문제을 해결할 수 있다. 예를 들면 악기를 다룬다거나, 독서습관을 키운다거나, 음악감상에 취미를 갖는다거나, 꾸준히 산을 찾는다거나 하는 취미활동을 잘 개발해두면 이러한 고독의 문제를 상당부분 해결할 수 있다.

③ 무위고(無爲苦): 젊거나 늙거나 사람에게 아무 할 일이 없다는 것은 고문 중에서도 아주 큰 고문이다. 이것을 무위고라고 하는데, 건강과 돈으로도 해결 못하는 것이 바로 이 무위고이다. 자신의 적성이나 노하우를 되살려 죽기 직전까지 할 수 있는 일거리를 만든다는 것은 아주 중요하지만, 실제로 현실에서 그런 사람을 찾기란 쉽지 않다. 컴퓨터, 여행, 글쓰기 등 무엇이든 노년까지 할 수 있는 일을 찾아서 자신의 것으로 굳혀라.

④ 병고(病苦): 나이가 들면 자연히 면역력 저하, 운동 부족, 경제적인 문제 등등으로 인하여 몸이 매년 조금씩 쇠퇴해가게 마련이다. 이러한 때를 대비하여 젊었을 때부터 미리미리 보험을 들어 둔다거나, 나이에 맞는 운동을 한다거나, 꾸준히 근력운동을 한다거나, 매일매일 조깅을 한다거나 해야 한다.

07

엔돌핀에서 다이돌핀으로

행복호르몬이라고 불리는 호르몬은 보통 엔돌핀, 세라토닌, 도파민, 멜라토닌, 그리고 옥시토닌을 가리키는데 의학계에서는 최근에 여기에다가 '다이돌핀'이라는 호르몬을 하나 더 추가했다.

엔돌핀은 암을 치료하고 통증을 해소하는 효과가 있고, 세라토닌은 감정, 기분, 수면 등의 조절에 관여하는 호르몬이다. 도파민은 뇌 안에서 운동, 동기 부여, 각성 등의 작용에 관여하며, 멜라토닌은 뇌에서 분비되는 생체 호르몬인데 불면증 치료에 효과가 있다.

다이돌핀은 엔돌핀과 마찬가지로 암을 치료하고 통증을 해소하는 데 탁월한 효과가 있는 것으로 알려졌는데, 그것의 효과는 놀랍게도 엔돌핀의 4천 배나 된다고 한다.

그러면 그것은 언제 생성될까? 다이돌핀은 주로 감동을 받을 때 생성된다 해서 '감동 호르몬'이라고 부르기도 한다. 이 호르몬은 큰 감동을 받았을 때, 좋은 음악을 들었을 때, 아름다운 풍경에 압도되었을 때, 전혀 알지 못했던 사실을 알았을 때, 깊은 사랑에 빠졌을 때에 주로 많이 생성된다고 한다.

또 다른 의학자들은 도를 많이 닦은 고승과 수도자들에게서 다이돌핀이 많이 나타난다는 연구사례를 들어, 새로운 진리를 깨닫는 것과 다이돌핀이 연관이 있는 것으로 추정하기도 한다.

굉장한 감동을 받았을 때 엔돌핀의 4천 배나 되는 다이돌핀이 많이 생성된다니, 의식적으로도 감동을 받는 훈련을 하는 것이 필요하지 않을까 싶다.

작은 일에도 사랑하는 마음, 감사하는 마음을 갖자. 꽃 한 송이를 보아도 그 아름다움에 감동하고 창조주의 솜씨에 감탄하는 마음이 필요하다.

저녁의 석양을 보아도 눈물을 흘릴 줄 아는 사람, 친구가 보낸 가벼운 동영상 하나도 그냥 허투루 넘기지 않고 감사하며 감동하는 사람, 그런 사람은 장수가 부담이 아닌 축복이 되는 세상을 살게 될 것이다.

08

바다 김의 효능

　나이가 많을수록 뇌가 노화되어 기억력이 떨어지면서 건망증이 온다. 하루 김 한 장이 이런 증상을 되돌릴 수 있다. 뇌세포에 독소가 쌓여 뇌가 산성화되면 기억이 지워지고 인지력, 이해력 등이 떨어진다. 기억력 저하는 대개 납이 몸속에 쌓인 결과 납 중독으로 인해 생기는 경우가 많다고 한다.

　뇌세포에 기억을 기록하는 소자는 아연이다. 인체는 납과 아연을 구별하지 못한다. 아연으로 기록한 것은 도장을 새긴 것과 같아서 오래 남지만 납으로 기록한 것은 물위에 글씨를 쓴 것과 같아서 즉시 없어진다. 김과 파래를 먹으면 기억력이 좋아지는 것은 그 속에 식물성 유기아연 성분이 풍부하게 들어 있기 때문이다.

　그런데 김이나 파래에 열을 가하면 아연을 비롯한 미네랄 성분이 날아 가거나 활성을 멈추어버려 불용성 무기물 상태로 변한다. 그래서 김이나 파래는 반드시 날것으로 먹어야 한다. 김이나 파래를 오랫동안 먹으면 머리카락이 검어지고 콩팥 기능도 좋아진다. 김은 파래가 많이 섞여 있는 돌김이 가장 좋다.

전통주 막걸리 예찬

한국의 대표적인 전통주 막걸리는 무기질과 필수 아미노산 등이 풍부해서 장 건강에 도움이 된다. 풍부한 유산균이 장운동을 활발하게 해주어 변비를 예방해 준다. 막걸리의 유산균 함유량은 요구르트에 비하여 엄청나게 많다. 또한 풍부한 유산균과 식이섬유는 대장암까지 예방해 주는 기능을 한다.

막걸리의 효능을 살펴보자.

① 면역력 증진: 막걸리 다당체는 림프구를 증식시켜 면역력을 높여 준다. 누룩에 있는 효모가 면역력을 증진시켜 준다. 이것이 높으면 질병에 걸릴 위험도 낮고 여러 질환에 노출되더라도 빠르게 치유가 될 수 있다. 풍부한 유산균으로 인해 면역력을 향상시켜 몸속의 유해세균을 제거해 준다.

② 다이어트 효과: 막걸리는 술중에서도 칼로리가 낮은 편이다. 맥주나 소주보다도 현저히 낮다. 막걸리에 들어있는 식이섬유는 변비도 예방하고 포만감을 높여준다. 메티오닌과 트립토판이 풍부한 막걸리는 우리 몸에 지방이 쌓이는 것을 예방해 준다.

③ 피부미용에 좋다: 여기에 함유된 비타민B와 비타민D, 단백질 성분들이 피부 세포의 재생을 돕고 피부를 하얗게 해주는 효과가 있다. 피부가 맑아지고 깨끗하며 탄력있게 만들어 준다.

④ 통풍 치료에 좋다: 막걸리는 요산 수치를 감소시켜 통풍을 예방해 주고 치료에 도움을 준다. 통풍은 우리 몸속에 흐르는 혈액내에 요산의 농도가 높아 발생하는데, 손과 발 끝을 찌르는 듯한 통증을 유발한다.

⑤ 성인병을 예방한다: 막걸리에는 효모가 풍부하게 들어있어 콜레스테롤의 수치를 낮춰주고 고혈압, 동맥경화, 뇌졸증 같은 성인병 질환에 좋다. 혈관내에 쌓인 콜레스테롤을 낮추어 각종 성인병 예방에 효능을 볼 수 있다.

⑥ 항암작용을 한다: 항암물질인 스쿠알렌이 풍부해 항산화 및 항암 노화방지에 효과가 있다. 스쿠알렌은 상어간에 함유되어 있는 기름 성분인데, 막걸리에는 이 성분이 포도주나 맥주에 비해 20~100배 정도로 많이 포함되어 있다. 막걸리에 함유된 파네졸 성분은 암세포를 억제시켜 암을 예방한다.

10

온수는 생명수다

온수는 신진대사를 원활하게 해주고 체지방 분해에도 도움이 되어 체중감량에 효과적이다.

따뜻한 물은 답답한 코와 목에 도움을 준다. 감기, 기침과 인후염의 자연 치료제이다. 가래를 용해해서 기도를 뚫어주고 목의 염증을 가라 앉힌다. 온수의 열이 복근을 이완시켜서 생리통과 경련을 완화해 준다. 따뜻한 물을 마시면 체온이 상승해 땀이 나고, 이때 몸의 독소도 자연스레 배출된다.

따뜻한 물을 마시면 활성산소로 손상된 피부세포의 재생을 도와 피부 탄력을 높여 노화가 예방된다. 따뜻한 물은 몸속을 정화해서 여드름, 뾰루지를 유발하는 원인을 제거시킨다. 다소 열이 오를 정도의 따뜻한 물은 모근에 활력을 주어 모발이 부드럽고 윤이 나며 모발의 발육을 촉진시킨다.

또한 두피를 촉촉하게 해서 각질이나 비듬을 예방한다. 근육과 신경이 제 기능을 하는데 꼭 필요한 혈액순환을 개선시켜 주기도 한다. 식사중 혹은 식사후에 찬물을 마시면 먹은 음식의 지방성분을 경화시켜서 장 내벽에 침윤현상이 생긴다.

10장

153살까지 살자

말씀이 씨가 된다

의학계에서는 최근에 기뻐서 흘리는 눈물의 화학 성분과 슬퍼서 흘리는 눈물의 화학 성분이 판이하게 다른 점을 발견하였다. 또한 그것을 근거로 인체의 신비로움에 대해 연구하기 시작했다. 그리하여 내린 최종 결론은 '행복한 생각이 행복한 세포를 만든다' 는 것이다.

하나님은 우리의 몸을 조금도 불완전한 상태로 만들어 놓지 않으셨다. 우리는 어머니의 자궁에서 잉태되어 불과 몇 주 만에 심장이 두근거리기 시작하고, 열 달이 지나면 모든 신체의 구성요소가 만들어져 이 세상에 태어난다.

인간의 몸은 어느 부위가 고장 나면 그 부위를 완벽하게 수리할 수 있는 복구 프로그램이 이미 내장되어 있다. 이렇게 완벽하게 만들어진 인간의 몸을 고장 내는 것중의 하나가 다름 아닌 우리들이 내뱉는 '말' 이다.

의사가 진찰하면서 부정적인 말을 하면 환자는 낙담이 되어 급격하게 쇠약한 모습을 보이지만, 반대로 심한 환자라도 크게 걱정할 것 없다는 희망적인 말을 하면 몸이 곧 회복될 것 같은 느낌을 갖게 된다. 말에 대한 격언 중 대표적인 격언 10가지를 보자.

① 참된 말은 아름답지 않고 아름다운 말은 좋지 못하다.

    – 노자

② 말이 입힌 상처는 칼이 입힌 상처보다 깊다.

    – 모로코 속담

③ 다정하고 조용한 말은 힘이 있다. – 에머슨

④ 말이란 토끼털과 같이 부드러울수록 좋다. – 티베트 속담

⑤ 군자는 말이 행함보다 앞서는 것을 부끄러워한다. – 공자

⑥ 속이는 말로 재물을 모으는 것은 죽음을 구하는 것이다.

    – 성경 잠언

⑦ 어떠한 충고일지라도 길게 말하지 말라. – 호라티우스

⑧ 어떤 사람의 말을 듣고 그의 눈동자를 보면 그 사람을 알 수가 있다. – 맹자

⑨ 언어는 감정이 충만한 데서 나온다. – 세르반테스

⑩ 험담은 세 사람을 죽인다. 말하는 자, 험담의 대상자. 듣는 자. – 미드라쉬

건강은 발로부터

인체의 가장 밑바닥에서 자신의 체중보다 더 많은 무게를 지탱하고 있는 기관이 발이다. 발은 인체의 모든 구조에서 노예생활을 한다. 걸을 때는 체중의 3배, 뛸 때는 7배가 되는 힘이 발목에 가해진다. 그럼에도 불구하고 발이 우리 몸을 잘 받치고 있는 것은 바로 발바닥에 아치(황궁, 족궁, 황아치)가 있기 때문이다.

아치는 몸에 가해지는 하중을 효율적으로 분산시켜 몸을 보호해 준다. 몸의 혈액순환을 돕는 용천혈도 있다. 아치가 무너지면 혈액순환부터 관절 등 신체에 심각한 문제를 야기하게 된다. 발 건강이 곧 인체의 건강이라는 이유가 여기에 있다.

최근 미국 족부의학협회의 보고에 따르면 60대의 약 63%가 일상생활을 하기 힘들 정도의 발 통증을 가지고 있으며, 우리 몸의 모든 질환 중 80~90%에 달하는 질환이 발에서부터 시작한다고 한다.

을지병원 이영수 교수는, 많은 사람들이 발에 무관심해 발의 통증 정도는 신경 쓰지 않고 넘어가는 경향이 있다고 지적하며, 발에 나쁜 습관이나 질병 등을 미리 알고 개선하면 발의 통증이 악화되는 것을 피할 수 있다고 발표하였다.

발 아치 아래와 발가락 사이의 작은 근육은 압력을 잘 견디지 못해 피로가 발생한다. 발의 피로와 통증이 지속되면 발바닥 근육에 염증이 생기는 족저근막염이 발생할 수 있다. 발은 심장과 가장 멀기 때문에 혈액순환이 원활하시 못하면 감각이 떨어지는 등의 문제가 발생한다.

특히 말초동맥 질환을 앓고 있는 사람은 발끝 혈관에 여러 종류의 노폐물이 끼거나 막혀 피가 공급되지 못해 피 속 영양분이 근육과 세포에 공급되지 못하고 손발이 저리고 차가워질 수 있다. 혈관의 막힘 정도가 심하면 염증이 생기고 썩어 들어가 해당 부위를 절단해야 하는 경우도 발생한다.

당뇨병을 오래 앓은 사람도 신경과 혈관에 장애가 생기면서 처음에는 발이 시리거나 저리고 화끈거리는 증상이 나타나다가 상처가 나면 아물지 않고 괴사하는 족부질환이 생길 수 있다. 발은 얼굴관리하듯이 늘 감사하는 마음으로 관리해야만 한다.

다리와 무릎의 임무

수노근선고(樹老根先枯) 인노퇴선쇠(人老腿先衰)란 말을 풀이하면, "나무는 뿌리가 약하면 말라 죽고, 사람은 무릎이 약하면 쉽게 늙는다."는 말이다.

사람은 늙으면 대뇌에서 다리로 내려 보내는 명령이 정확하게 전달되지 않고 전달 속도도 현저하게 낮아진다. 불로장생의 비결은 산삼이나 웅담, 녹용 같은 보약에 있는 것이 아니다. 다리가 튼튼하면 병 없이 오래 살 수 있다. 사람의 다리는 자동차로 치면 엔진과도 같다. 엔진이 고장 나면 자동차가 굴러갈 수 없는 이치와 같다는 말이다.

미국의 《예방의학저널》은 최근에 '장수하는 사람의 전체적인 특징은 다리 근육에 있다' 는 제목의 기사를 실었다.

장수하는 노인들은 걸음걸이가 바르고 바람처럼 가벼운 것이 특징이다. 다리는 몸무게를 충분히 지탱한다. 마치 고층 건물의 기둥이나 벽체와 같다. 전체 골격과 근육의 절반은 다리에 있다. 일생 동안 소모하는 에너지의 70%를 다리에서 소모한다.

몸에서 가장 큰 관절과 뼈는 다리에 모여 있다. 젊은 사람들의 대퇴골은 승용차 한 대의 무게를 지탱할 수 있는 힘이 있고,

슬개골은 자기 몸무게의 9배를 지탱할 수 있는 힘이 있다. 대퇴부와 종아리의 근육은 땅의 인력과 맞서 싸우고 있기 때문에 늘 긴장 상태에 있다.

정강이가 튼튼하면 경락이 잘 통하여 뇌와 심장과 소화계통 등을 비롯하여 각 기관에 기와 혈이 잘 통한다. 노인들의 뼈가 잘 부러지는 가장 큰 이유는 고관절 뼈가 약하기 때문이다. 통계에 의하면 고관절이 골절된 환자들 중 15%의 환자가 1년 안에 죽는 것으로 나타났다.

그렇다면 어떻게 해서 다리를 튼튼하게 할 수 있는가? 다리도 꾸준히 단련해야 강해진다. 칼을 만드는 장인이 무른 쇳덩어리를 불에 달구어 수만 번을 망치로 두들겨야 명검을 만들 수 있는 이치와 같다.

다리를 단련하는 가장 좋은 방법은 무조건 걷는 것이다. 그리고 저녁에는 더운 물로 다리를 씻어주고 약 30분 정도 몸보다 다리를 더 높게 위치시켜서 다리에 몰려있던 피를 역류시켜주는 것도 다리 건강에 도움이 된다.

04

병균의 온상, 혀

혀에 관한 속담이나 격언이 중 설시참신도(舌是斬身刀)라는 말이 있다. 혀는 곧 몸을 베는 칼이니 주의해야 한다는 말이다. 이는 말을 함부로 하지 말라는 경고에 다름 아니다. 그런데 말을 주의하라는 뜻의 '혀'에는 말 못지않게 조심해야 할 것이 있다. 바로 세균이다. 혀의 표면에는 세균이 무려 10만 ~ 100만 마리가 살아 움직인다고 한다.

어느 직장인의 경우, 식후 하루 3회 매번 4 ~ 5분씩 꼼꼼하게 양치질을 하였다고 한다. 그는 담배와 커피, 그밖에 탄산음료 같은 것들도 입에 대지 않고 술도 마시지 않았다고 한다. 그런데 그에게는 '입 냄새'라는 고민이 있었다. 치과에 갔더니 혀에 낀 설태(舌苔)가 오랫동안 방치된 것이 입 냄새의 주 원인이라는 결론이 나왔다.

설태는 위장이나 간질환, 구강암 등의 증상일 수도 있다. 구강 건강의 중요성이 알려지면서 하루 서너 번씩 이를 닦는 사람들이 늘고 있지만, 최근의 연구결과에서는 정작 구강 건강에 큰 영향을 주는 '혀'를 제대로 닦는 사람은 많지 않은 것으로 조사되었다.

서울대학교 치과대학 교수팀이 치과 환자 495명을 대상으로 조사한 결과데 따르면 칫솔모로 혀를 닦는 다는 응답자는 53%에 불과하다고 한다.

유아부터 하루 세 번 이상 양치질과 아울러 혀를 닦는 습관을 갖도록 해야 한다. 혀 속 세균이 몸으로 침투한다. 혀는 표면에 주름이 잡혀 있으며 수시로 침이 나오고 또 음식물과 접촉하기 때문에 세균이 증식하기에 가장 좋은 환경을 갖추고 있다.

혀에는 잇몸병을 일으키는 포르피노나스 진지발리스라는 세균과 충치를 일으키는 스트렙토쿠스 뮤탄스라는 세균을 포함하여 무려 5백여 종에 이르는 세균들이 득시글거린다. 이 세균들은 잇몸과 치아 사이에 침투해 치주 질환과 충치를 일으키기도 한다. 또 음식이나 침을 삼킬 때 속으로 들어가서 장 속에서 세균성 질환을 일으키기도 한다.

왼쪽 잠이 보약

잠이 보약이란 말이 있다. 충분한 수면과 취침자세는 몸에 활력을 주고 정신 건강에 좋다. 올바른 수면자세는 오른쪽 보다 왼쪽으로 자는 자세가 건강에 좋은 영향을 미친다고 한다.

왼쪽으로 누워서 잠을 자게 되면 위산이 식도로 역류되는 현상을 방지해 속 쓰림 증상이 완화되고 코고는 것을 방지한다. 폐쇄성 수면, 무호흡증이 발생하는 경우에 왼쪽으로 누우면 아래턱이 쳐지는 것을 방지해 코고는 것을 막을 수 있다. 뿐만 아니라 소화력까지도 증진시킨다. 반면 오른쪽으로 자면 식도괄약근이 이완되어 속 쓰림 증상을 악화시킬 수도 있다고 한다.

왼쪽 취침은 옆구리와 복부를 자극시켜 장기능이 개선되는 효과도 기대할 수 있다. 게다가 소화력까지도 증진시켜주기 때문에 내장 기관에 쌓인 노폐물을 배출시켜 변비 개선에도 탁월한 효과를 준다고 알려져 있다. 결과적으로는 심장 질환까지도 예방하여 준다니 '왼쪽 잠이 보약'이라는 말도 허투루 들어 넘길 말이 아님은 분명하다.

왼쪽으로 누워서 잘 경우 심장에 유익하다는 근거는 이것이다. 즉, 왼쪽 잠을 자게 되면 심장을 원활하게 박동시켜 전신에 피를 잘 공급할 수 있게 된다는 것이다. 혈액순환이 잘되면 결과적으로 숙면을 취할 수가 있다. 특히 임산부의 경우에는 태아에도 좋은 영향을 준다고 알려져 있다. 임신부일 경우 왼쪽으로 누워서 자면 태반에 연결된 탯줄에 혈액순환이 더 원활해지기 때문이다.

그뿐만이 아니다. 왼쪽으로 자면 순환계의 발달에 도움을 주기 때문에 지능 발달과 기억력을 높이는 효과도 있고, 정맥혈의 역류를 방지해 혈액순환을 향상시켜 준다. 또한 림프계의 순환을 도와 몸에 쌓인 독소를 배출해 혈액순환을 돕는다.

반면 오른쪽으로 누워서 자는 임산부의 경우라면 태아에게 산소와 영양분 등을 충분히 공급할 수 없다는 것으로 알려져 있다.

153살까지 살자

인류역사상 가장 장수한 사람은 영국 토마스 파(Thomas Parr 1438~1589)라는 이름의 농부이다.

153세까지 살은 그는 키 155cm, 몸무게 53kg의 단구였다. 80세에 처음 결혼하여 1남 1녀를 두었고, 122세에 재혼했다. 당시 영국 국왕이었던 찰스 1세가 그를 왕궁으로 초대하여 생일을 축하해 주기까지 하였다.

왕궁에 초대했을 때 왕실에서는 당대의 유명한 화가 루벤스를 불러 그에게 이 장수 노인의 초상화를 그리게 했다. 이 그림이 바로 유명한 위스키 올드 파(Old Parr)의 브랜드가 되어 오늘날까지 그의 모습이 후대에 전해져 내려오고 있다.

예로부터 "인간의 수명이 얼마나 되는가?"라는 논의가 끊임없이 이어져 왔다. 현대 의학자들은 그 한계 수명을 125세로 본다. 통계청에서도 현재 65세를 넘은 사람의 평균 수명이 91세라고 발표한 것을 보면 인생 70은 옛말이고, 100세 시대가 온 것만은 분명해 보인다.

그러나 이러한 육체적 연령보다도 더 중요한 것이 정신적인 것이 젊음일 것이다. 유태계 미국 시인인 사무엘 울만은 '청춘(Youth)'라는 시에서 이렇게 노래했다.

청춘

청춘이란 인생의 어떤 한 시기가 아니라
마음가짐을 뜻하나니
장밋빛 볼, 붉은 입술, 부드러운 무릎이 아니라
풍부한 상상력과 왕성한 감수성과 의지력
그리고 인생의 깊은 샘에서 솟아나는 신선함을 뜻하나니

청춘이란 두려움을 물리치는 용기,
안이함을 뿌리치는 모험심,
그 탁월한 정신력을 뜻하나니
때로는 스무 살 청년보다 예순 살 노인이 더 청춘일 수 있네.
누구나 세월만으로 늙어가지 않고
이상을 잃어버릴 때 늙어가나니

세월은 피부의 주름을 늘리지만
열정을 가진 마음을 시들게 하진 못하지…

정신과 의사들은 마음이 청춘이면 몸도 청춘이 된다고 주장한다. "이 나이에 무슨…"이라는 소극적인 생각은 절대 금물이다. 그렇다! 노령에도 뇌세포는 증식한다. 죽을 때까지 공부하라.

《삼국유사》에도 김수로왕이 158세를 살았다고 하고, 그 부인인 허황옥(인도 아유타국 공주)도 157세를 살았다고 하니, 우리도 잘 하면 153세까지 살 수 있지 않을까?

효불효교(孝不孝橋)

　뼈대 있는 가문이라고 어린 나이에 시집 왔더니 초가삼간에 화전 밭 몇 마지기가 전 재산이 아닌가.

　정신없이 농사일에, 길쌈에 저녁에는 설거지에, 파김치가 되어 안방에 고꾸라져 누우면 치마를 올리는지 고쟁이를 내리는지 술에 취한 남편이 달려들고… 비몽사몽　간에 일을 치르고 나니 또 아이가 들어섰다. 아들 둘 낳고, 시부모 상 치르고, 또 아이 하나 뱃속에 자리 잡았을 때, 시름시름 앓던 남편이 백약이 무효인지 덜컥 저 세상으로 가버리는 것이 아닌가.

　유복자 막내 아들을 낳고 유씨 댁이 살아가기는 더 바빠졌다. 혼자서 아들 셋을 키우느라 낮엔 농사일, 밤이면 삯바느질로 십여 년을 꿈같이 보내고 나니 아들 녀석 셋이 쑥쑥 자랐다.

　열여섯 큰 아들이 집안 농사일을 시원시원하게 해치우고, 둘째는 심마니를 따라다니며 약초를 캐고, 셋째는 형들이 등을 떠밀어 서당에 다니게 됐다. 세 아들 모두가 한결같은 효자라. 서로 앞 다투어 가며 맛있는 걸 제 어미에게 드리지 않는가. 어미에게는 농사일은 물론이거니와 부엌일도 손끝 하나 건드리지 못하게 하였다.

　살림은 늘어나고 일을 하지 않으니 유씨댁은 점차 귀부인이 되어 갔다. 예전엔 까맣던 얼굴이 박꽃처럼 환해지고 나무뿌리 같던 손이 비단처럼 고와졌다. 그런데 문제는 밤이 길어진 것이다. 베개를 부둥켜 안아 봐도, 허벅지를 꼬집어 봐도 잠이 오지 않는 것이다. 결국 유씨댁은 바람이 나고야 말았다. 범골 외딴집에 혼자 사는 홀아비 사냥꾼과 눈이 맞은 것이었다.

삼 형제가 잠이 들면 유씨댁은 살며시 집을 나와 산허리를 돌아 범골로 갔다. 어느 날 새벽녘 온몸이 솜처럼 흐늘흐늘해진 유씨댁이 다리를 절며 집으로 돌아오던 길에 개울을 건너다 넘어져 발을 빼고 말았다. 세 아들은 제 어미 발이 삐었다고 약방에 가서 고약을 사오고 쇠뼈를 사다 고아줬다. 며칠 후 유씨댁은 발의 부기가 빠지고 걸을 수 있게 되자 또 다시 집을 빠져나와 범골로 향했다.

그런데 유씨댁은 다리 앞에서 깜짝 놀랐다. 개울에 다리가 놓여 있는 것이 아닌가. 세 아들이 제 어머니가 밤중에 몰래 개울을 건너다가 다친 것이 마음에 걸려 다리를 놓은 것이었다. 사람들은 그 다리를 효불효교(孝不孝橋)라고 불렀다. 이승에 있는 어머니에게는 효요, 저승에 있는 아버지에게는 불효인 셈이다.

이 이야기는 동국여지승람에 기록되어 있으며 경주시 인왕동에 있었던 신라시대의 다리(경북 사적 제457호지정) 칠성교가 바로 그 다리라고 한다.

08

치매예방 짬짬이 습관

＊머리를 자주 두들겨라.

＊콧구멍을 벌려 심호흡을 크게 하라.

＊잇몸을 양치질 할 때 마사지도 함께 하라.

＊귀를 잡아당기고, 부드럽게 비비고, 가볍게 두들겨라.

＊어깨와 등을 자주 마사지해 주라.

＊항문을 수시로 조이는 운동을 하여 괄약근을 강화하라

＊눈동자를 사방으로 자주 움직여라.

＊발과 발가락과 수시로 자극하라.

＊혀를 입안에서 자주 굴려라.

＊즐거운 노래를 불러라.

＊얼굴을 자주 비벼주고 두들겨 주라.

＊배와 팔다리를 수시로 문질러라.

＊하루에 박수를 의도적으로라도 100번 이상씩 쳐라.

＊허리운동을 자주하라.

＊아침, 점심, 저녁에 한 번씩 목을 뒤로 젖히는 운동을 하라.

＊하루 100번 이상씩 팔굽혀 펴기를 하라.

소변을 참으면 어떻게 되나?

인간을 노화시키는 가장 큰 주범은 무엇일까? 그것은 소변을 참는 것이다. 누워서 잠을 잘 때 방광에 오물이 쌓이면 노화의 속도가 빠르게 진행된다. 밤에 잠을 자다가 새벽에 일어나 소변을 보는 일은 대단히 중요하다. 일어나기 싫어 소변을 참으면 절대 안 된다.

얼굴에 기미가 생기지 않게 하고 심장이 아프지 않게 하려면 방광의 센서가 작동되어야 한다. 게으름을 피우면 결국 요산이 온몸으로 퍼진다.

누구나 저녁에 시원한 수박을 먹으면서 새벽에 일어나서 소변 볼 일 때문에 미리 걱정을 한 적이 있을 것이다. 그러나 그 수박 때문에 잠을 깨어 소변을 보고 다시 잠을 자고 일어나면 평상시 다른 날보다 기분이 상쾌함을 느낀다. 수박의 기능중 하나가 이뇨작용에 있는데 이것은 바로 그 이뇨작용의 결괴로 요산이 방광에서 흘러나와 우리 몸 안에 쏟아지는 것을 방지해 주는 것이다. 잠자기 전에 마시는 한 잔의 물은 우리 몸에 최고의 보약이다.

만병의 근원 스트레스

의학계, 그중에서도 내분비학계에서는 스트레스의 대가(大家)로 한스 셀리(Hans Seyle)라는 의학자를 꼽는다. 그는 1958년 스트레스 연구로 노벨 생리의학상을 받았다. 캐나다 사람으로 고별 강연을 미국 하버드대학에서 가졌다. 강연이 끝나자 청중들로부터 수 차례 기립박수도 받았다. 강연이 끝나자 학생이 이런 질문을 던졌다.

"선생님, 우리가 스트레스 홍수시대를 살고 있습니다. 이것을 해소할 수 있는 비결을 딱 한 가지만 말해 주십시오."

그러자 셀리 교수는 딱 한마디로 대답했다.

"감사하며 사십시오."

이 한 마디에 장내는 물을 끼얹은 듯 조용해 졌다. 그는 차분한 목소리로 청중들을 돌아보며 이렇게 말했다.

"여러분! 감사만큼 강력한 스트레스 정화제가 없습니다. 이것보다 더 강력한 치유제도 없습니다. 종교인이 장수하는 이유 중 하나는 범사에 감사하기 때문입니다. 감사하는 마음속에는 증오, 시기, 질투가 없습니다. 편안하고 평온한 상태는 뇌 과학적으로 말하자면 세라토닌이 펑펑 쏟아지는 상태입니다."

11장

덴마크의 행복지수

행복한 사람을 만나라

우리들이 살면서 가장 영향을 많이 받는 것은 바로 주변에 있는 사람들로부터이다. 누가 옆에 있느냐에 따라서 우리의 인생이 달라질 수 있다는 말이다. 맹모삼천지교(孟母三遷之敎)라던가 근묵자흑(近墨者黑)이란 말도 주변의 환경 때문에 영향을 받는다는 말에 다름 아니다.

두 명의 미국 학자가 아주 재미있는 책을 출간했다. 본인들이 해 왔던 연구들을 종합해서《행복도 전염된다》라는 책이다. 행복은 과연 가족과 친구 등, 사회적 네트워크를 통해 세상에 전파될까? 하버드 대 니컬러스 크리스타키스 교수와 캘리포니아대 제임스 파울러 교수가 바로 그들이다.

그들은 30년에 이르는 방대한 자료를 분석하여 내 친구가 비만일 경우에 내가 비만일 가능성이 45% 높아졌으며, 친구의 친구이면 20%, 친구의 친구의 친구이면 10%라는 결과를 내놓았다. 일명 '3단계 영향 법칙'이다.

3단계 영향 법칙은, 태도와 감정, 행동, 정치적 견해, 나아가 음주, 금연의 전파에도 적용된다. 그들은 이 책에서 친구(1단계), 친구의 친구(2단계), 친구의 친구의 친구(3단계)에게서 나는 직접적 영향을 받는다고 한다. 나 또한 3단계 거리 내의 사람들에게 영향을 준다.

1단계에 있는 사람이 행복할 경우 내가 행복할 확률은 15%
더 높아지고, 2단계의 행복 확산 효과는 10%, 3단계는 6%, 4
단계에서는 행복 확산 효과는 사라진다. 그 만큼 우리 주변에
누가 있느냐가 중요하다는 말이다.

행복한 삶을 살고 싶다면 긍정적인 사람, 행복한 사람 옆에
있어야 한다. 이런 진취적인 사람들과 보내는 시간을 늘리는
것만큼 효과적인 방법은 없다. 자신이 행복한 사람이 되는 것
은 자신한테 좋을 뿐만 아니라 다른 사람에게까지도 좋다는 것
이다.

02

고요한 밤 거룩한 밤

1818년 어느 늦은 밤 오스트리아 잘차흐 강변에 위치한 오베른도르프란 작은 마을에서 성 니콜라스 교회를 지키는 모올 신부가 땀을 뻘뻘 흘리며 오르간을 고치고 있었다.

그 교회 오르간은 크리스마스를 일주일 앞두고 갑자기 고장이 났다. 원인은 잘차흐 강의 습기 때문이었다. 그런데 수리를 해야 할 기술자는 내년 봄에나 온다고 하지 않는가. 성탄미사도 드려야 하고 각종 행사도 해야 하는데, 한 대 밖에 없는 오르간이 고장났으니 참으로 난감하기만 했다. 새로 구입할 형편도 안 되고 해서 신부님은 며칠째 오르간을 뜯어 이리저리 살펴보았지만 도무지 고칠 수가 없었다.

오르간도 없이 어떻게 성탄절 미사를 할까? 몹시 상심한 그는 일손을 멈추고 꿇어앉은 채 간절한 마음을 담아 한참 동안 기도를 했다. 그리고 고개를 돌려 창밖을 내다보니 깊은 밤 어둠 속으로 환한 달빛이 비추는 마을의 풍경이 무척 평화롭고 아름다워 보였다.

"참으로 고요한 밤이구나…! "

그 평화로운 마을의 풍경에 감동받은 순간, 그는 아름다운 시 한편을 떠올렸다. 자기가 옛날에 신부가 되기 전에 바로 아름다운 광경에 감동이 되어 고요한 밤(Silent Night)이란 시를 써 놓았던 적이 있었던 것이다.

그는 즉시 펜을 들어 떠오르는 글들을 새롭게 다시 써내려갔다. 다음 날 아침 그는 성당의 오르간 연주자인 프란츠 그루버 선생을 찾아가 시를 보여주며 작곡해달라고 부탁했다.

"오르간이 고장났으니 선생께서 이 시를 작곡해서 성탄미사 때 기타로 연주하면 어떻겠습니까?"

그해 성탄절 교회의 신도들은 성스러운 성탄절에 기타를 들고 교회의 제단에 선 모올 신부와 그루버를 보고 모두가 의아하게 생각했지만, 두 사람은 그 음악을 기타로 연주하였고 노래를 부르기 시작했다.

그들 두 사람의 목소리에 교회의 성가대원들의 합창이 합쳐지자 그 노래는 코러스가 되어 온 마을에 울려퍼졌다. 노래가 끝난 후에 신도들은 감격에 겨워 아무 말도 하지 못한 채 멍하니 있었다.

다음 해 교회는 고장난 오르간을 고치게 되었다. 그런데 오르간을 고치러 온 기술자가 우연히 노래 악보를 보게 되었다. 그는 악보에 감동하였고 오르간을 고치러 여러 곳을 가면서 그때마다 이 노래를 전파하였다. 처음엔 독일에서, 그 다음에는 유럽에서, 그리고 지금은 전 세계에서 가장 사랑받는 크리스마스 캐롤이 된 '고요한 밤, 거룩한 밤'의 탄생과 전파에 관한 이야기이다.

소크라테스의 친구들

소크라테스(BC470 ~ BC399)의 철학은 무지(無知)의 지(知)라고 할 수 있을 것이다. 설명하자면 이렇다.

어느 날 친구 카이레폰이 아폴론 신전의 무녀에게 소크라테스보다 더 지혜로운 자가 있는지를 물었다. 그랬더니 그녀는 '그보다 더 지혜로운 사람은 아무도 없다'고 대답하였다. 소크라테스는 친구를 통하여 이 말을 듣고 나서 곧 이렇게 생각하였다.

"대체 신은 내게 무슨 말을 하려는 걸까? 나는 내가 지혜로운 자가 아니라는 사실을 잘 안다. 그럼에도 불구하고 신은 내가 가장 지혜로운 자리고 한다. 신은 거짓말을 할 리가 없다. 그렇다면 신의 계시를 확인해 보는 수밖에 없겠다."

이렇게 하여 그는 스스로 지혜롭다고 여기는 자들을 찾아다니며 그들의 무지를 깨우쳐주려고 했다. 하지만 그들은 스스로가 타인들보다 더 지혜로운 줄로 알고 있었다. 소크라테스와 그들의 차이라면, 소크라테스는 자신은 아무것도 모른다는 사실을 안다는 것이었고, 그들은 그러한 사실조차 모르면서 아는 체 하는 것 뿐이었다.

그래서 소크라테스는 전 아테네를 주유하였다. 그러나 돌아

온 것은 냉대와 중상모략 뿐이었다. 그들은 소크라테스를 '신들을 인정하지 않는 자' 라던가 '빈약한 이론을 가지고 잘난 체하는 자' 라는 비방을 하며 그를 궁지에 몰아넣을 궁리만 하고 있었다.

결국 소크라테스는 세 가지 죄목으로 기소되었다.

① 지하 및 천상의 사상을 탐구하고, 악한 일을 억지로 꾸며내고 가르친다.

② 청년들을 타락시킨다.

③ 따라서 앞으로 더 이상 탐구나 사색을 하면 사형에 처하겠다.

그러나 소크라테스는 자신의 죄목이 무엇이든 간에 자신이 평소 하던 대로 여기 저기를 다니며 사람들을 일깨우고 가르쳤다. 결국 그는 기원전 399년 아테네의 감옥에서 독배를 마시고 죽음을 맞이한다.

죽기 전에 그에게 많은 친구들이 찾아 와서 탈옥을 권유하기도 했다. 실제로 탈옥을 하려면 얼마든지 가능한 상태였다. 여기서 친구들과 제자들이 소크라테스를 찾아와서 눈물을 흘리면서 탈옥을 권유하는 장면을 보자.

"사랑하는 나의 친구 소크라테스여, 지금이라도 상관없으니 내 말을 듣고 이곳을 도망쳐주게나. 왜냐하면 자네가 죽으면 그건 나에겐 큰 불행이라네. 그뿐만이 아닐세. 난 이제 결코 다시는 발견할 수 없는 친구를 잃게 되네. 게다가 자네나 나를 모르는 많은 사람들은 내가 돈을 쓸 마음만 먹었으면 자네를 구할 수 있었을 텐데, 돈이 아까워서 친구를 죽였다는 말을 할 걸세. 내게는 그보다 더한 불명예가 어디 있겠나? 우리는 도망칠 것을 극구 권유했지만 자네가 단연코 이곳을 떠나지 않았다고 해도 사람들은 그 말을 곧이들으려고 하지 않을 것일세.”

그리고 소크라테스는 아내와 친구들이 지켜보는 가운데 조용히 독배를 마신다.

여기서 소크라테스의 탈출을 권유하던 친구들과 제자들의 면면을 살펴보자. 그들은 모두가 당대에 아테네를 주름잡던 명사들이었다. 위의 간청 내용은 크리톤이 한 말이다. 그는 소크라테스와는 어린 시절부터 친구였다. 파이돈은 플라톤의 명저 《파이돈》의 주인공인데 원래 포로였던 것을 소크라테스가 구해준 인물이다. 아폴로도로스는 ‘광인’이라는 별명을 갖고 있는 사람으로 플라톤의 대화편《향연》의 대화 상대이다. 삼미아스와 케베스는 《파이돈》에서 소크라테스의 주된 대화상대로 나오는 사람들이다. 헤르모게네스는 부유한 사람으로 소크라테스를 위하여 많은 돈을 썼다.

이 밖에도 많은 사람들이 소크라테스의 죽음을 애통해 했으니 소크라테스야 말로 철학자 중의 철학자라고 할 수 있을 것이다. 오죽하면 대한민국의 가수 나훈아까지도 ‘테스형’이라는 노래를 지어 불렀겠는가.

04

덴마크의 행복지수

행복지수 세계 1위인 덴마크에는 '옌틀로운 법칙'이라는 것이 있다. 이것은 덴마크 작가 악셀 산드모스가 1933년에 출간한 소설에 나오는 법칙으로 소설 속 가상의 마을 '옌틀'은 다스리는 법칙을 말한다. 덴마크 사람들은 평등의 모토인 옌틀로운을 현대적으로 재해석했다. 옌틀로운 법칙은 이 세상 사람이라면 누구라도, 현재 처해있는 상황이 어떠해도 마땅히 존중을 받을 자격이 있음을 말한다.

① 네가 특별한 사람이라고 믿지 말라.
② 모든 사람이 똑같이 중요 하다고 믿어야 한다.
③ 모든 사람이 너만큼은 잘 한다고 믿어야 한다.
④ 모든 사람이 알아야 할 것은 알고 있다고 믿어야 한다.
⑤ 모든 사람이 너와 동등하다고 믿어야 한다.
⑥ 모든 사람이 각자 잘하는 것이 있다고 믿어야 한다.
⑦ 다른 사람을 비웃으면 안 된다.
⑧ 모든 사람이 동등하게 대접받아야 한다고 믿어야 한다.
⑨ 누구한테나 무엇인가 배울 점이 있다고 믿어야 한다.

05

꼰대(kkondae)

　자랑스럽지 않은 한국말 한 마디가 세계인들에게 널리 알려졌다. 영국 BBC방송은 페이스북에 오늘의 단어로 '꼰대'를 이렇게 소개하였다.

　"kkondae란 자신이 항상 옳다고 믿는 나이 많은 사람으로 다른 사람은 늘 잘못됐다고 여긴다."

　BBC는 이어서 Do you know someone like this? 라고 묻기도 했고, 각국의 누리꾼이 자기 주변에도 그런 사람이 있다며 공감을 나타내는 댓글을 줄줄이 달았다고 한다.

　유래가 확실치 않은 '꼰대'는 주로 잔소리 많은 부모 세대나 선생님을 지칭하다가, 요즘은 꼴불견 직장 상사나 시니어가 주요 타깃이다.

　이제는 나이, 계급, 분야에 관계없이 언제 어디에서나 누구라도 자신이 하는 말과 행동에 따라 한 순간에 꼰대가 될 수 있다. 예를 들면 자신이 과거 고생한 이야기를 앞세우면서 '나 때는 말이야…'를 일삼으면 그 사람은 곧바로 꼰대라고 손가락질 받는다. 그런 사람은 젊은 사람의 힘든 처지를 애써 무시하고, 과거에 자신이 힘들었던 시절만을 강조한다.

　물론 그런 충고나 자랑 중에는 과거의 경험과 지혜가 담긴 말도 없지는 않으나 그것이 곧 상대방에게는 부담스러운 간섭이라는 사실을 잘 구분하지 못한다.

꼰대는 또 대화 중에 자신이 모르는 은어나 신조어가 나오면 불편함을 느끼거나 언어 파괴라고 생각한다. 상대에게 터놓고 이야기 하자고 해 놓고는 자신이 먼저 답을 제시하거나 자기가 아는 정보만이 옳다는 고집을 피운다. 목소리도 크고, 표정도 사뭇 고압적이다. 사소한 논쟁에서도 밀리면 자신이 무시당하는 것 같아 양보나 타협 없이 끝까지 고집을 부린다. 더구나 자신과 대립한 사람은 두고두고 잊지 않는다. 그리고 논쟁의 맨 마지막은 항상 이렇게 끝맺는다.

"앞으로 안 만나면 될 거 아냐! "

참으로 볼성사납지만 우리들 주위에서 흔히 볼 수 있는 모습이다. 그동안 개발시대를 거치면서 사회의 주역으로 살아왔고 공헌을 많이 했던 세대일수록 '꼰대'가 될 가능성이 높다. 이제는 우리도 사회의 주류에서 멀어진다는 사실을 인정하고, 조금씩 마음을 비우면서 살아야 할 것이다. 그렇게 계속 고집만 부린다면 결국 우리는 갈수록 외톨이가 될 뿐이다.

06
믿음이 있어야

친구와의 약속을 어기면 우정에 금이 간다. 자식과의 약속을 어기면 부자간의 신뢰가 끊어진다. 기업과의 약속을 어기면 거래가 끊어진다.

사람들은 자기 자신과의 약속에는 부담을 느끼지 않는다. 그러나 내가 나를 못 믿는다면 세상에 나를 믿어 줄 사람은 하나도 남지 않게 마련이다. 뛰어 가려면 늦지 않게 서울러 가고, 어차피 늦을 거라면 뛰어가지 말라. 후회할 거라면 그렇게 아예 후회할 짓을 하지 말아야 하고, 그렇게 살 거라면 절대 후회하지 말라. 죽은 박사보다 살아있는 멍청이가 낫다는 말이 있다. 그래서 자식을 잘 키우면 국가의 자식이 된다. 그 다음에 잘 키우면 장모의 자식이 되고, 적당히 잘 키우면 내 자식이 된다.

일 년에 겨우 한두 번 볼까말까 하는 아들이 내 아들이라고 할 수 있는가? 사진을 통해서나 겨우 만날 수 있는 손자들이 과연 내 손자라고 말할 수 있는가? Family라는 글자는 아버지, 어머니, 나는 당신을 사랑합니다(Father And Mother I Love You.)에서 첫 글자를 취한 것이라고 한다.

07

세월이 가면

앙드레 지드는 늙기는 쉽지만 아름답게 늙기는 어렵다고 했다. 인간은 누구든 늙게 마련이다. 평균수명이 늘어났다 해도 늙지 않는 사람은 없다. 젊은이들은 늙지 않을 것처럼 살지만 그들도 역시 늙게 된다.

인간이 늙는다는 것은 보편적인 자연현상이지만 아름답게 늙는다는 것은 선택적인 현상이다. 왜냐하면 아름답게 늙기 위해서는 그에 상응하는 노력이 있어야 하기 때문이다. 우리 주변을 살펴보아도 그냥 늙어가는 사람은 많아도 아름답게 늙어가는 사람은 드물다.

아름답게 늙으면 그 삶의 질은 윤택해 지고 주변에서 보기에도 좋다. 많은 사람들로부터 본 받을 만한 인간이라고 존경을 받게 되는 것이다. 그렇다면 아름답게 늙기 위해서 우리는 무엇을 어떻게 해야 할까?

먼저 아름답게 늙고자 하는 데에 방해가 되는 것들이 무엇인지부터 알아볼 필요가 있다. 당면한 문제 중 가장 어려운 것들을 열거한다.

① 경제적 이유: 통계청 자료를 보면 은퇴 후 경제적으로 여

유가 있다고 응답한 비율이 8.3% 정도이다. 반면 생활비 부족 등 고통을 겪는 비율은 61.9%다. 경제적인 자립도가 10%가 안 되니 이 문제는 가장 큰 족쇄가 될 수 있다. 일단 가난하면 아름다움이 설 자리가 없게 된다. 돈 없으면 죽은 목숨이라는 게 바로 그런 말이다.

② 소외감과 무료함: 노인들은 평균 두, 세 가지 지병을 갖고 있으며 항상 소외감에 시달린다. 그리고 노년의 가장 큰 적은 무료함이다.

③ 자기 세계: 자기 세계가 없으면 더 빨리 늙는다. 한 인간이 아름답게 늙기 위해서는 무엇이 필요하며, 어떻게 살아야 하는가? 이 문제는 노인이 된 사람보다 노인이 될 사람들에게 더 절실한 것이다. 이미 늙으면 자기 생활패턴을 바꾸기가 어렵다. 앞으로 늙을 사람들은 준비를 할 수 있다. 겉으로 나타나는 개인의 일상 모양은 그 속에 들어 있는 내용이 결정한다. 내용이 형식을 만들기 때문이다.

④ 품위 있는 삶: 마음의 자세이다. 위엄이나 기품, 사물을 옳게 판단하는 사고방식이다. 겸손과 배려, 감사와 여유, 아량과 양보, 단정과 세련, 언어와 외모가 이것을 만든다.

08

함께하는 삶

자신의 말만 하지 말고 상대방의 입장을 존중하고 들어야 한다. 우리의 대립과 시비는 역지사지(易地思之)의 정신으로 해결할 수 있다. 옳고 그른 것을 시비하다가 먼저 화를 내면 그 사람이 진 것이다.

말을 듣자마자 바로 하는 반응은 두고두고 후회하게 되는 경우가 많다. 완벽한 사람은 없다. 오직 자신의 부족함을 잘 아는 사람과, 잘 모르는 사람만이 있을 뿐이다.

남들에게 행복하게 보이느냐 불행하게 보이느냐는 별로 중요한 문제가 아니다. 나 자신이 정말로 행복한 것이 중요하다. 지금 잘 나가고 있다면, 남을 제치고 잘나가는지, 아니면 동행하면서 잘 나가는지를 점검해 보라. 다른 사람과 함께 잘 돼야 한다.

아무리 좋은 관계라 해도 돈 꿔달라고 세 번만 말하면 나쁜 관계가 된다. 반대로 아무리 나쁜 관계여도 세 번만 계속해서 도와주면 좋은 관계가 된다. 이처럼 나쁜 관계도 좋은 관계도 원래는 없던 것이다.

치사하다는 생각이 든다면 더 이상 다른 사람에게 의지하지 말고 내 힘으로 하여 보라. 시작은 좀 초라하고 금방 뭔가가 막

이루어지지 않는 것 같아도 그 길로 가는 것이 맞다.

　자신의 꿈을 이룬 사람이나 무언가에 진정으로 도전해 본 사람은 다른 사람의 꿈을 함부로 깎아내리지 않는다. 가만히 보면, 꼭 용기 없는 사람들이 용기 있는 사람을 여러 이유로 폄하하고 자기 수준으로 끌어내리려 한다.

천 잔 술이 부족하다

막역한 친구와 마주하여 마시는 술은 천 잔도 부족하고, 말을 섞기 싫은 사람과 나누는 말은 반 마디도 많다. 우리가 살아가며 서로 얼굴을 아는 사람은 세상에 많이 있으나 마음을 아는 사람은 몇이나 되겠는가? 열매를 맺지 않는 꽃은 심지를 말고 의리 없는 친구는 사귀지 말라고 하였다. 서로 술이나 음식을 함께 할 때만 형님동생 하는 친구는 많다. 그러나 어려운 일을 당할 때 도와줄 친구는 별로 없는 것이 현실이다.

길은 멀어도 찾아갈 벗이 있다면 얼마나 좋으랴? 기별 없이 찾아 가도 가슴을 가득 채우는 정겨움으로 맞이해 주고, 이런저런 사는 속내를 밤새워 나눌 수 있는 친구가 있다면, 그런 사람은 행복한 인생을 사는 사람이라고 해도 평가받아도 될 것이다.

부부 사이에도 살다보면 털어놓을 수 없는 일이 있고, 형제 사이에도 말 못 할 형편이 있게 마련이다. 힘들고 어려우면 등 돌리고 외면하는 것이 세상사요 인심이다. 그래도 가슴 한 점 툭 털어 놓고 마주하는 친구가 있으면 성공한 인생이다. 세월이 모습을 변하게 할지라도 보고 싶은 얼굴이 되어 먼 길이지만 찾아갈 벗이 있으면 행복하다.

세태에 따른 행복과 불행

독일인들은 장수의 3대 비결로 좋은 배우자, 훌륭한 주치의, 그리고 젊은이와의 대화를 꼽는다. 좋은 부부는 원만한 성생활과 인생을 보장하고, 훌륭한 주치의는 건강을 담보하며, 젊은이와의 대화는 삶에 생기를 불어 넣는다.

어디서 갑자기 돈을 많이 벌었거나 높은 자리에 올랐던 사람 중에는 쓸쓸한 노후를 보내는 이가 의외로 많다. 사람들은 그들의 좋았던 시절만을 기억할 뿐 그 후의 고독한 삶에 대해서는 잘 모른다. 젊어서 잘 나가던 사람보다는 나이 들어 존경받는 사람이 진정으로 행복한 사람이다.

초년기와 중년기 그리고 노년기를 살펴보자. 불행한 사람은 바로 초년 시절에 출세한 사람이다. 젊어서 출세한 사람은 종종 독선과 아집에 빠지거나 교만해지기 쉽기 때문이며, 또 여생 내내 과거만을 추억해야 하는 경우가 비일비재하기 때문이다.

24세에 베를린 올림픽에서 최고기록으로 마라톤 세계 제패를 했던 손기정 선생은 그 후 60여 년 동안 금메달 영광의 기억과 일장기를 달고 뛰었다는 후회 때문에 힘들어했다고 한다. 또한 30대 초반에 황태자 또는 소통령 소리를 들어가며 대단

12장

Home Sweet Home

01

송청의 구불약(九不藥)

당나라 송청은 많은 환자를 치료해 큰 명성과 부를 얻었다. 하루는 가난한 의원이 송청을 찾아와 물었다.

"이토록 많은 환자가 찾아오는 비결이 무엇입니까?"

"굳이 나에게 비결이 있다면 구불약 덕분이죠."

그러면서 송청은 아홉 개의 불(不)을 치유해 주는 신비스러운 구불약의 의미를 설명하였다.

① 상대방이 나를 의심하지 않게 해주는 불신(不信)

② 불안한 마음을 없애주는 불안(不安)

③ 나에게 앙심을 품지 않게 해주는 불앙(不仰)

④ 내 마음이 곧다는 사실을 알려주는 불구(不具)

⑤ 내가 약값을 속이지 않음을 믿게 해주는 불치(不治)

⑥ 나와 상대방의 거리감을 없애주는 불의(不義)

⑦ 내가 성의가 없다고 느끼지 않게 해주는 불충(不充)

⑧ 내가 공손하지 않다는 불쾌감을 없애주는 불경(不敬)

⑨ 내 언행이 원칙에 어긋난다고 느끼지 않도록 해주는 불규(不規)

설명을 끝내자 의원이 송청 앞으로 바싹 다가앉았다.

"과연 명약입니다. 그토록 신통방통한 약이라면 엄청나게 비싸겠군요?"

"허허허, 이건 약재로 지을 수 있는 약이 아닙니다."

젊은 의원의 눈이 휘둥그레 졌다. 송청은 한바탕 껄껄 웃고 나서 이렇게 대답하였다.

"잘 들으시오, 젊은 양반. 만인을 부자로 만들어 주는 구불약은 바로 '웃음'이요."

가장 아름다운 꽃은 웃음꽃이다. 웃음은 위로 올라가 증발되는 성질을 가졌지만 슬픔은 가라앉아 앙금으로 남는다. 그래서 기쁨보다 슬픔은 오래 오래 간직되는 성질을 가졌다. 사람들은 그것을 '상처'라고 부른다.

장 프랑수아 밀레

프랑스가 낳은 세계적인 화가 장 프랑수아 밀레(1814~18750)의 무명시절, 그의 그림은 인정받지 못했고 그는 작품이 팔리지 않아 늘 가난에 힘들어 했다. 어느 날 절친한 친구가 찾아와 말했다.

"여보게, 자네의 그림을 사려는 사람이 나타났네. 아주 좋은 값으로 사겠다는군."

그는 친구의 말을 듣고 밀레는 한편으로는 기뻐하면서도 또 다른 한편으로는 의아한 생각이 들었다. 별로 이름도 없는 자신이 그린 그림을 그렇게 많은 금액을 주고 사겠다는 사람이 도대체 누구일까? 그러자 친구는 이렇게 설명했다.

"내가 화랑에 가서 자네 그림을 소개하니 그 그림을 구입하고 싶은 뜻을 밝히더군. 그 화랑 주인은 날보고 가서 직접 그림을 골라서 사 가지고 오라고 여기 아렇게 선금까지 맡겼다네."

그리고는 밀레에게 300프랑의 돈을 건네주었다. 날마다 끼니를 걱정해야 했던 밀레에게 300프랑은 엄청난 거금이었고, 그 돈은 밀레에게 다시 그림에 전념할 수 있는 희망의 끈이 되었다. 밀레는 자신의 그림이 인정받고 있다는 사실을 확인하고는 희망에 넘쳐서 작품 활동에 전념할 수가 있었다. 이후에 밀레의 그림이 화단의 호평 속에서 하나 둘 팔려 나가자 마침내 그는 생활도 안정되어 갔다.

그러던 어느 날 밀레는 친구의 집에 갔다. 그런데 몇 년 선에 친구가 남의 부탁이라면서 사갔던 그림이 거실에 걸려 있는 것이 아닌가. 밀레는 그 제서야 친구의 깊은 마음을 알고 눈물이 쏟았다.

가난에 지쳐 힘들어하는 친구의 자존심을 지켜주고 싶은 친구가 남의 이름으로 밀레의 그림을 사주었던 것이다. 그 친구야말로 진정한 친구라고 할 수 있다. 이런 친구 한 사람만 있으면 인생을 아름답게 살아가는 밑거름이 될 것이다. 역경이 닥쳤을 때 누가 진정한 친구인지 가르쳐 준다.

세한도(歲寒圖)

친구에 관한 고사성어를 찾아보면 셀 수 없이 많다.

마치 물고기와 물의 관계처럼 서로 떨어질 수 없는 특별한 친구 사이를 수어지교(水魚之交)라고 하는데, 물과 고기와의 관계라는 뜻이다.

서로 거역하지 않는 친구를 막역지우(莫逆之友)라고 하고, 금이나 난초와 같이 귀하고 향기로움을 풍기는 친구는 금란지교(金蘭之交)라고 한다.

또 관중과 포숙의 사귐과 같은 허물없는 친구 사이를 관포지교(管鮑之交)라고도 하며, 어릴 때부터 대나무 말을 같이 타고 놀며 자란 친구를 죽마고우(竹馬故友)라고도 한다.

친구 대신 목을 내 주어도 좋을 정도로 친한 친구를 문경지교(刎頸之交)라고 하며, 향기로운 난초와 같은 친구를 지란지교(芝蘭之交)라고도 한다.

추사 김정희 선생이 제주도로 유배를 갔던 때의 일이다. 많던 친구들은 다 어디로 갔는지 뚝 끊어지고 제주도까지 찾아오는 친구는 단 한 사람도 없었다. 그런데 그렇게 적적하고 어렵던 시절에 예전에 중국에 사절로 함께 간 선비 이상적이 많은 책을 구입하여 제주도로 보냈다. 극도의 외로움에 육체적 정신적으로 힘들어 하던 추사에게 그 책들은 엄청난 위로와 용기를 주었다.

후일 추사는 둘 사이의 우정을 한 폭의 그림에 담았다. 그것이 유명한 세한도(歲寒圖)이다.

세한도란 논어에서 따온 말이다. 세한연후지송백지후조야(歲寒然後知松栢之後彫也)의 줄임말인데 그 뜻은 '날씨가 차가워지고 난 후에야 소나무의 푸르름을 안다'라는 의미이다. 잎이 무성한 여름에는 모든 나무가 푸르러 그 나무가 그 나무처럼 보이지만, 날씨가 차가워지는 늦가을이 되면 상록수와 활엽수가 확연히 구분된다.

모름지기 친구 관계 또한 자연의 이치와 무엇이 다른가? 우정과 의리! 지금 나에게 세한도와 같은 친구가 몇이나 있을까?

고난 뒤의 행복

병든 고래의 몸에서 짠 기름을 원료로 하여 향수를 만든다. 우황청심환은 병든 소에서 얻어진다. 병들지 않은 소의 몸에는 우황이 없다. 로키산맥 같이 험준하고 깊은 계곡에서 비바람과 눈보라의 고통을 뚫고 죽지 않고 살아난 나무가 공명에 가장 좋은 재료로 선택되어 세계 명품 바이올린이 된다. 이처럼 고난과 역경 뒤에 위대한 작품들이 나온다.

이와 같이 고난과 역경을 통하여 명품들이 나오듯이 우리도 시련과 환란을 통해 귀하게 쓰임 받는 존재가 되는 것이다. 생활이 궁핍하다 해도 여유 있는 표정을 짓는 자는 행복하다.

누가 나에게 섭섭하게 해도 그 동안 나에게 베풀어 주었던 고마움을 생각하는 자는 행복하다. 밥이 타거나 질어 아내가 미안해 할 때 누룽지도 먹고, 죽도 먹는데 무슨 상관이냐며 대범하게 말하는 자는 행복하다.

나의 행동이 다른 이에게 누를 끼치지 않는가를 미리 생각하며 행동하는 자는 역시 행복하다. 남이 잘 사는 것을 배 아파하지 않고, 사촌이 땅을 사도 축하할 줄 아는 자는 행복하다. 자신의 지위가 낮아도 기죽지 않고 당당하게 처신하는 자는 행복하다.

생각은 간결하게

오만 가지 생각이 난다는 말이 있다. 사람들이 어떤 일이 닥치면 수많은 생각을 한다는 뜻이다. 그런데 실제 사람들이 하루에 오만 가지 생각을 한다고 한다. 더 놀라운 사실은 오만 가지 생각 중 많은 사람들이 4만 9천 가지 이상의 부정적인 생각을 한다는 것이다.

감사하는 마음보다는 불평하는 마음, 만족하는 마음보다는 불만족하는 마음, 존경하는 마음보다는 무시하는 마음, 사랑하는 마음보다는 미워하는 마음, 신뢰하는 마음보다는 의심하는 마음, 기쁜 마음보다는 섭섭한 마음, 칭찬하는 마음보다는 헐뜯는 마음, 등등이 사람의 마음을 상하게 한다.

이외에도 귀로 듣는 것. 코로 냄새 맡는 것, 입으로 먹는 것, 등등에 사사건건 시시비비를 따지고 간섭하며 마음과 에너지를 소모해 버리니 이것이야말로 '신체의 과소비'가 되는 것이다.

남을 원망하거나 미워하는 마음을 품으면 우리의 피는 나빠지고 음식을 먹어도 맛을 느끼지 못한다. 자신의 건강을 위해서라도 미움이라는 감정보다 사랑의 감정으로 하루하루를 보내야 오래오래 행복한 삶을 살 수 있을 것이다.

06

귀생(貴生)과 섭생(攝生)

　노자는 도덕경에서 괴롭힘을 당하면 오히려 건강하고 더 잘 산다는 것을 귀생과 섭생으로 설명하고 있다. 귀생은 자신의 생을 너무 귀하게 여기면 오히려 생이 위태롭게 될 수 있고, 섭생은 자신의 생을 억누르면 생이 오히려 더 아름다워질 수 있다는 말이다. 청어와 대추나무도 시련을 겪으면 더 건강하고 열매도 많이 열린다고 한다.

　청어: 영국 런던의 어부들은 북해에서 잡은 청어를 싱싱하게 살려서 런던 항까지 가지고 오는 것이 큰 숙제였다. 청어란 물고기는 성질이 급하기 때문에 수조 속에 갇혀서 장시간을 오면 오는 도중에 대개가 죽어버리기 때문에 상품성이 많이 떨어지는 문제가 있었던 것이다.

　그런데 그 많은 어부들 중 한 어부만은 늘 살아있는 싱싱한 청어를 가져와서 비싼 값에 팔아 큰돈을 벌고 있는 것이었다. 다른 어부들이 그 비결을 가르쳐 달라고 졸랐지만 비밀을 그 어부는 끝끝내 그 비밀을 가르쳐주지 않았다. 그러던 중 마침내 그 비밀을 알게 되었다.

　그 비결은 다름 아닌 청어의 천적인 바다메기를 함께 수조에 넣어두는 것이었다. 바다 메기가 청어를 잡아먹는 점을 여 이용하는 방법이다. 청어가 담겨있는 수조에 바다메기 두세 마리를 넣어두면 수조속의 청어는 메기에게 잡아먹히지 않기 위해 필사적으로 도망을 다니게 되고, 결국 이것이 청어의 생명을 연장시키게 된다는 것이다. 즉, 메기 때문에 생명의 위협을 느낀 청어는 살기 위해 끊임없이 움직여야만 하고, 그러다보면 어느 사이에 런던 항에 도착하게 되는 것이다.

대추나무: 대추나무에 대추가 많이 열리게 하려면 염소를 대추나무에 매어 놓는다고 한다. 묶여있는 염소는 특성상 잠시도 그냥 있지 않고 고삐를 당기며 나무를 흔들어 괴롭히게 된다. 그러면 대추나무가 잔뜩 긴장하면서 본능적으로 위협을 느껴 자손을 번식시키려는 필사적인 노력을 하게 되고, 그래서 대추를 많이 열도록 한다는 이론이다.

우리 몸도 편하게 놔두면 급속히 쇠퇴하고 질병과 노화에 취약해 진다고 한다. 적게 먹고 많이 움직이고, 흔들어 주고, 문질러 주고, 비틀어 주어야 생기가 돌고 더욱 건강이 유지되어 오래 살 수 있게 된다는 것이다.

Home Sweet Home

미국의 평범한 작곡가 한 사람이 알제리에서 사망했다. 그가 죽은 지 31년이 지났을 때 미국 정부는 그의 유해를 본국으로 이송해 왔다.

유해를 실은 군함이 입항하는 순간 군악대의 연주와 예포 소리가 울려퍼졌다. 대통령과 국무위원을 포함한 수많은 사람들이 거대한 환영 퍼레이드를 했다. 무엇이 그토록 전 국민의 관심을 집중하게 만들었을까? 그것은 그가 작사한 단 한 곡의 노래 때문이었다.

즐거운 곳에서는 날 오라 하여도
내 쉴 곳은 작은 집 내 집뿐이리
내 나라 내 기쁨 길이 쉴 곳도
꽃 피고 새 우는 집 내 집뿐이리
오! 사랑 나의 집
즐거운 나의 벗 내 집뿐이리.

고요한 밤 달빛도 창 앞에 흐르면
내 푸른 꿈길도 내 잊지 못하리

저 맑은 바람아 가을이 어데뇨

벌레 우는 곳에 아기별 눈 뜨네

오! 사랑 나의 집

즐거운 나의 벗 내 집뿐이리.

Home, Sweet Home은 영국인 헨리 비숍 경이 작곡한 곡조에 존 하워드 페인이 가사를 붙인 노래이다. 미국 남북전쟁 중 군대에서는 향수병을 일으켜 탈영을 조장한다는 이유로 금지곡이 되었다고도 한다. 그 사연은 다음과 같다.

남북 전쟁 중 래퍼해녹 강을 사이에 두고 남군과 북군이 한 치의 양보도 없는 전투를 하고 있을 때, 한 병사가 밤중에 고향의 집이 너무 그리워 하모니카로 연주하였다. 이 소리가 얼마나 병사들의 애간장을 녹였는지 병사들은 서로 상대방이 적이라는 사실도 잊은채, 7절까지 따라 부르다가 그만 전투가 저절로 멈추어지는 일이 발생하였다고 한다.

Home Sweet Home을 작사한 사람은 존 하워드 페인(1791 ~ 1852)이다. 열세 살 때 어머니를 잃고 아버지마저 세상을 뜨자 가족들은 뿔뿔이 흩어져서 그는 평생 집이 없이살았다고 한다. 아마도 본인의 그러한 가슴 아픈 사연이 이 노래의 가사에 응축되어 표현되었고, 그래서 이 노래가 지금까지도 미국뿐 아니라 전 세계 사람들에게 사랑을 받고 있는 것이 아닐까?

세계 3대 테너의 우정

　루치아노 파바로티와 함께 세계 3대 테너로 유명한 프라시도 도밍고와 호세 카레라스는 라이벌이면서 앙숙이었다. 스페인의 카탈로니아 지역 사람들은 마드리드 지역으로 부터의 자치권을 쟁취하는 일로 두 지역은 적대관계였다.

　마드리드 지역 출신인 도밍고와 카탈로니아 지역 출신인 카레라스도 적이 됐다. 카레라스는 가수로서 활동이 가장 왕성했던 1987년에 급성 림프구성 백혈병에 걸려 투병생활을 시작했다. 미국에서의 항암치료와 골수이식 등 막대한 치료비 때문에 재산이 바닥나고 말았다. 그의 경제력이 치료의 한계에 이르렀을 때 그는 마드리드에 백혈병 환자만을 위한 재단이 있다는 것을 알게 됐다.

　마드리드에 애로모사 재단이 세운 백혈병 전문병원이 있다는 것이 아닌가. 카레라스에게는 한 줄기 빛 같은 소식이었다. 카레라스는 그곳에서 무료로 치료를 받고 극적으로 건강을 회복하게 되었다.

　그리고 얼마 안가 카레라스는 꿈에 그리던 무대에 다시 오를 수 있었다. 명성을 되찾은 카레라스는 에르모사 재단에 보답코자 후원회원으로 등록하려고 재단의 정관을 읽어보았다. 그리고 나서 깜짝 놀랐다. 도밍고가 그 재단의 설립자이고, 후원자의 리더이며, 게다가 이사장이었던 것이다.

도밍고는 이 재단을 카레라스의 치료를 돕기 위해 설립했다는 사실과 그의 자존심을 다치지 않게 하기 위해 익명으로 하고 있었다는 사실도 알게 되었다.

깊은 감동을 받은 카레라스는 도밍고의 공연장을 찾아갔다. 그리고 공연을 중단시키고 관객이 보는 앞에서 무릎 꿇고 절절한 감사를 표했다. 이에 놀란 도밍고는 카레라스를 힘껏 껴안았다. 며칠 뒤 기자가 도밍고에게 왜 카레라스를 도와주었느냐고 물었다. 도밍고는 이렇게 대답했다.

"저는 카레라스를 경쟁자이면서도 가장 귀한 친구로 생각합니다. 카레라스의 목소리를 잃는다는 것은 우리 모두의 불행입니다. 그래서 제가 작은 도움을 준 것 뿐입니다."

주(酒)님을 찬양할지니!

주(酒) 자를 보라! 물수 변에 닭 유(酉)이다. 닭이 물을 먹듯 조금씩 천천히 마셔야 한다는 말이다. 그러니까 '원샷!'하고 마시면 몸에 해로운 것이다.

두주불사(斗酒不辭)는 패가망신(敗家亡身)한다고 말하지만 이는 술을 모르고 하는 말이다. 한 잔 술을 마시면 근심걱정이 사라지고, 두 잔 술을 마시면 득도(得道)의 경지에 오른다고 한다. 석잔 술에 신선(神仙)이 되고, 넉 잔술에 학(鶴)이 되어 하늘을 날며, 다섯 잔 술을 마시면 염라대왕도 두렵지 않다고 하였다.

이런 술은 어떨까?

부모님께 올리는 술은 효도주(孝道酒). 자식에게 주는 술은 훈육주(訓育酒), 스승과 제자가 주고받는 술은 경애주(敬愛酒), 은혜를 입은 분과 함께 나누는 술은 보은주(報恩酒), 친구에게 주는 술은 우정주(友情酒), 원수진 사람과 마시는 술은 화해주(和解酒), 동료와 마시는 술은 건배주(乾杯酒), 죽은 사람에게 따르는 술은 애도주(哀悼酒), 사랑하는 사람과 부딪치는 술은 합환주(合歡酒)라고 하였으니, 술은 마시기에 달렸다.

10

따뜻한 손 내밀기

중국 노나라에 '민손'이라는 이가 일찍 생모를 여의고 계모에게서 동생 둘이 태어났다. 계모는 겨울철에 두 동생에게만 솜을 넣은 옷을 지어 입혔지만 그의 옷에는 부들 풀을 넣어 겉으로 보기엔 솜옷과 다르지 않았다.

어느 겨울 아버지가 말을 몰다가 채찍을 휘두른 것이 그의 옷을 스치자 찢어진 옷 사이로 부들 풀이 나왔다. 이를 본 아버지는 그동안 아들이 계모의 학대를 받았음을 알게 되었다. 집으로 돌아온 아버지는 화난 기색으로 서둘러 방을 나서려 했다.

"아버님!, 옷도 갈아 입지 않으시고 어딜 가시려 합니까?"

"내 이제야 어미가 너를 그토록 모질게 대했음을 알았으니 그냥 둘수 없다.! 당장 내쫓아야겠다.!"

민손은 부친 앞에 무릎을 꿇었다.

"부디 노여움을 거두십시오, 어머님이 계시면 한 자식만 춥지만 안 계시면 세 자식이 추위에 떨어야 합니다."

문밖에서 부자의 대화를 엿들은 계모의 눈에서는 뜨거운 눈물이 흘러 내렸다.

13장

웃는 집에 복이 찾아온다
(笑門萬福來)

01

찬모(饌母)의 눈물

이 대감은 인품이 훌륭해 잘못한 일이 있어도 눈감아 주고 고함도 치지 않는다. 하인들이 짝지을 나이가 되면 이리저리 중매해서 혼인을 성사시켜 넓은 안마당에 차양 막을 치고 번듯하게 혼례식을 올려주기도 한다. 그러나 이 대감 내외가 가슴 아파하는 것이 하나 있었으니, 열 살 때 이 집에 들어와 이십 년이 넘게 부엌일을 하는 찬모를 서른이 되도록 시집을 못 보낸 것이었다.

독실한 불교신자인 안방마님이 9일 기도를 드리겠다며 30리나 떨어진 절로 떠나던 날, 저녁나절부터 좌르륵 좌르륵 퍼붓던 장맛비는 밤이 깊어지는데도 그칠 줄 몰랐다. 사랑방에 불이 켜져 있으면 찬모는 대감마님의 밤참을 챙겨 드려야 한다.

"나으리, 밤참 가져왔습니다."

"들어오너라."

찬모는 참외를 깎아 사랑방 문밖에 서 있다가 대감마님의 말에 흠칫 놀랐다. 보통 땐 대감께서 알았다고 하면 밤참을 내려 놓고 돌아섰는데, 그날 밤은 들어오라는 명이 떨어진 것이 아닌가. 찬모가 조심스럽게 들어가 참외 쟁반을 놓자 대감이 후~~ 하고 촛불을 꺼 버렸다.

슬며시 찬모의 허리를 끌어당기자 그녀는 저항도 하지 않고 부드럽게 대감의 품에 안겼다. 옷고름을 풀고, 치마끈을 풀고, 고쟁이를 벗겨 보료 위에 눕힌 후 대감도 훌훌 모시적삼을 벗어 던졌다. 탱탱히 솟아오른 젖가슴을 훑어 내려가던 대감의 손이 무성한 숲을 헤치자 벌써 옥문은 흥건히 젖어 있었다. 대감의 절구질에 가속도가 붙더니 마침내 대감은 큰 숨을 토하고 옆으로 쓰러졌다.

마님이 9일 기도를 간 사이 찬모와 대감은 매일 밤 폭풍을 일으키며 운우지정을 나누었다. 마침내 안방마님이 돌아왔다. 그날 밤 찬모는 안방마님 앞에 꿇어앉았다.

"마님은 저를 친 자식처럼 보듬어 주셨는데 저는 마님을 배신했습니다. 평생을 두고 속죄하겠습니다."

이 말을 다 들은 마님이 빙긋 웃더니 그 동안의 사연을 말해 주었다.

어느 날 밤 대감과 은우의 정을 나눈 후 마님은 이렇게 말하였다.

"대감의 친구들은 모두가 첩을 두는데 대감께서는 한눈 안 팔고 저만 찾으시어 고맙기 그지없습니다만, 저도 이제 40대 중반입니다. 대감께서도 친구들처럼 젊은 시앗을 두세요."

안방마님이 이렇게 설득해서 대감의 반승낙을 받고, 일부러 9일 동안 집을 비웠던 것이었다.

02

조개탕 국물

어느 남자가 점심을 먹으러 한 식당에 들어갔다. 주인 할머니가 내 놓은 메뉴판을 읽어보니 딱 세 가지 뿐이었다. 남탕＝오천 원, 여탕＝오천 원, 혼탕＝만 원. 손님이 할머니에게 물었다.

"할머니! , 남탕은 무엇이고, 여탕은 무엇이에요?"

그러자 할머니는 대뜸 이렇게 면박을 주었다.

"그걸 몰라서 묻능감? 남탕은 알탕. 여탕은 조개탕이제."

그 남자는 음식 메뉴가 너무 재미있어서 다시 할머니께 이렇게 물었다.

"그럼 혼탕은요?"

할머니가 주름진 얼굴에 웃음을 가득 지으며 이렇게 대답했다.

"그것은 고추 넣은 조개탕이여."

손님은 고개를 끄덕이면서 주문을 했다.

"그럼 매콤하게 혼탕으로 주시고, 국물을 넉넉히 넣어 주세요."

이 때 할머니 말씀이 완전 대박!

"잉~ 걱정일랑 말드라고, 고추가 들어가면 조개는 절로 벌어지고 국물은 기양 많아져 뿌렁게! "

멋진 놈?

어느 경찰서에 잡혀온 도둑과 취조하는 형사와의 대화이다.

"직업이 뭐냐?"

"빈부 차이를 없애려고 노력하는 사회 운동가입니다."

"너는 꼭 혼자 도둑질을 하는데 짝은 없나?"

"세상에 믿을 놈이 있어야지요."

"마누라도 도망갔다면서?"

"그거야 또 훔쳐 오면 되죠."

"도둑은 휴가도 안가나?"

"잡히는 날이 휴가입니다."

"아들 학적부에 아버지 직업을 뭐라고 적나?"

"귀금속센터 모바일 숍 운영."

"형을 살고 나오면 뭘 할건가?"

"배운 것이 도둑질이라는 말도 모르세요?"

"아이 교육은 어떻게 시킬 작정인가?"

"우선 바늘 훔치는 법부터 가르쳐야죠. 그래야 큰 것도 훔친다는 것 아닙니까?"

04

마누라의 요구

어느 날 한 남자가 성 상담소를 찾아갔다.

"매일 섹스를 요구하는 부인 때문에 정말 피곤한데 어쩌면 좋을까요?"

상담소 소장은 빙그레 웃으면서 이렇게 조언했다.

"그럼 돈을 받고 하세요. 그러면 요구하는 횟수가 팍 줄어 들 거예요. 어때요? 용돈도 생기고, 일석이조 아닌가요?"

"단 그걸 할 때는 구역을 정해서, 값을 다르게 받으세요. 알았죠?"

남편이 집에 돌아와 아무 말 없이 샤워를 하고 침대에 누우니 부인이 얼굴 가득 웃음을 지으며 말한다.

"아니 웬 일이에요, 초저녁인데 벌써 침대로 올라가다니?"

남자는 누운 채 손가락을 꼽아가면서 이렇게 대꾸했다.

"오늘부터는 돈 받고 할 거요. 주방에서 하면 1만 원, 거실에서는 3만 원, 침대에서는 5만 원, 어때요?"

부인은 선뜻 5만 원 짜리 한 장을 가지고 왔다.

남편 눈을 동그랗게 뜨며 속으로 쾌재를 불렀다.

그런데 뒤이은 부인의 폭탄선언!

"대신 주방에서 해요. 다섯 번, 오케이? 헤헤헤."

"헉! 난 죽었다~."

국시와 국수

서울 신랑과 경상도 신부가 깨가 쏟아지는 달콤한 신혼생활을 하던 중 어느 날 국수를 삶아 먹다가 말싸움을 하게 되었다. 그 이유는 신랑은 '국수'라 하고 신부는 '국시'라 하고 서로 자기가 맞는다고 둘이 한참을 다투다가 결판이 나지 않자, 국문학자를 찾아 가서 물어 보기로 하였다.

"박사님, 국수와 국시가 다릅니까?"

"예, 다르지요. 국수는 밀가루로 만들고, 국시는 밀가리로 만든 것이지요."

"그럼 밀가루와 밀가리는 차이가 있나요?"

"예, 밀가루는 봉지에 담고, 밀가리는 봉다리에 담지요."

"봉지와 봉다리는 어떻게 다른가요?"

"예, 봉지는 가게에서 팔고, 봉다리는 점방에서 팝니다."

"그럼, 가게와 점빵은 어떻게 다른 가요?"

"예, 가게는 아주머니가 있고, 점방에는 아지메가 있지요."

"그럼, 아주머니와 아지메는 어떻게 다른가요?"

"예, 아주머니는 아기를 업고, 아지메는 얼라를 업지요."

"그럼 아기와 얼라는 어떻게 다른 건가요?"

"예, 아기는 누워 자고 얼라는 디비 잡니다."

시어머니의 잔소리

외아들을 둔 부자 부부가 자식을 대학 졸업시켜 대졸 며느리를 보고 남부럽지 않게 살고 있었다. 시어머니는 며느리가 하는 일이 마음에 들지 않아 늘 잔소리를 해댔다. 그러자 며느리가 이렇게 면박을 주었다.

"어머님, 대학도 안 나온 주제에 말도 안 되는 잔소리 그만 하세요!"

그 뒤로는 시어머니가 뭐라고 하기만 하면 며느리는 '대학도 안 나온 주제에…'라는 말을 입에 달았다. 어느 날 시어머니는 남편에게 하소연했다.

"며느리는 내가 대학을 안 나왔다고 너무 무시하네요."

시아버지가 며느리를 조용히 불러 이렇게 타일렀다.

"아가야. 시집살이에 고생이 많지? 너 친정에 가서 우리가 오라고 할 때까지 푹 쉬어라."

그런데 한 달이 지나도 시댁에서 연락이 없자 며느리가 먼저 연락을 했다.

"아버님, 저 돌아가도 되나요?"

시아버지 대답이 걸작이다.

"오냐, 그런데 네 시어머니가 대학을 졸업하면 오도록 하여라."

07

싼 게 비지떡

값 싼 물건이나 보잘 것 없는 음식을 일컫는 옛 속담에 '싼 게 비지떡' 이란 말이 있다. 그러나 이 속담의 어원을 거슬러 올라가 보면 거기엔 전혀 다른 의미가 있음을 알 수 있다.

충북 제천의 봉양면과 백운면 사이에 있는 고개 박달재는 지방에서 한양으로 올라가려면 꼭 거쳐야 하는 교통의 요지였다. 박달재 근처 산골 마을에는 주로 과거를 보러 가던 선비들이 들렸던 작은 주막이 있었다.

박달재고개 주막의 주모(酒母)는 하룻밤을 묵고 길을 떠나는 선비들에게 늘 보자기에 싼 무언가를 주었다고 한다. 주막을 떠나는 선비들이 손에 무엇인가를 받아들고 가는 것을 보던 식객들이 궁금하여 이렇게 묻곤 한다.

"싼 것이 무엇입니까?"

그러면 주모는 웃으며 이렇게 대답하곤 한다.

"싼 것은 비지떡입니다. 가시다가 배가 출출할 때 드세요."

주모가 한 대답은 '보자기에 싼 것이 콩비지로 만든 떡입니다' 란 의미의 대답이었던 것이다. 여기서 비지떡은 두부를 만들 때 나오는 콩 찌꺼기에 쌀가루를 넣고 소금 간을 해서 빈대떡처럼 만들었다고 전해진다.

먹거리가 귀했던 시절에 먼 길을 떠나는 사람들에게 비지떡을 보자기에 싸서 주었던 산골 마을의 주모가 '다들 과거급제 (科擧及第)해서 성공하십시오'라는 간절한 어머니의 마음으로 담아 주었던 비지떡이 세월이 흐름에 따라 지금은 하찮은 물건을 이르는 '싸구려'라는 말의 대명사로 변해 버렸다.

08

봉급인상

하녀가 어느 날 갑자기 마님에게 봉급인상을 요구했다. 마님은 화가 났으나 우선 하녀와 대화해 보기로 했다.

"봉급을 인상할 이유가 뭐냐?"

하녀는 배실 배실 웃으며 이렇게 대답했다.

"마님, 세 가지인데요. 우선 첫째는 제가 마님보다 다리미질을 잘 하고요…"

"누가 널보고 다리미질을 더 잘 한다고 하더냐?"

"주인어른께서 그렇게 말씀 하셨습니다요."

"그으래? 그럼 둘째는 뭐냐?"

"두 번째는요… 제가 마님보다 요리를 잘 한다는 겁니다."

"그래, 그건 누가 그렇게 말하더냐?"

"그것도 주인어른께서 말씀하셨지요."

화가 머리끝까지 난 마님은 마침내 세 번째 질문을 했다.

"세 번째는요… 제가 마님보다 섹스를 더 잘한다는 겁니다."

이제 폭발 직전의 마님은 하녀에게 이렇게 다그쳤다.

"그것도 그 영감탱이가 그러더냐?"

"아니요, 정원사가 그렇게 말했는데요."

이 순간 마님은 겁에 질린 목소리로 이렇게 소곤거렸다.

"그래, 얼마나 인상해 줄까?"

09

자기야 할라꼬?

선천적으로 끼가 넘쳐 꾀나 운우지정을 좋아하며 서방님을 끔찍이 사랑하는 여자가 있었다. 어느날 남편이 잠을 자다가 새벽에 목이 말라 일어났다. 그런데 눈을 비비며 잠이 깬 아내가 이런 말을 하며 배시시 웃는다.

"자기야! 할라꼬?"

남편은 속으로 '에구! 저 화상 눈만 뜨면 그저 그 생각밖에 없네…' 하면서 힐끗 쳐다보곤 불을 켰다.

"불 켜고 할라꼬?"

순간적으로 정나미가 뚝 떨어져 잠도 다 깨고 신문이나 보려고 머리맡에 둔 안경을 찾아 썼다.

"오늘은 안경 쓰고 할라꼬?"

남편은 속으로 '진짜 몬말린다, 우리 여편네!' 하며 문을 박차고 나가니, 마누라가 눈을 크게 뜨고 하는 말이 또 걸작이다.

"와요? 쏘파에서 할라꼬?"

남편은 속으로 '어휴~~ 내가 저걸 데리구 여태까지 살았나?' 하면서 냉장고를 열고 냉수를 벌컥벌컥 마시고 침대로 돌아와서 드러누워 버렸다.

"내일 두 번 할라꼬? 자기야! 내일 두 번하고 코피 터지느니 오늘 한 번 하고 자자, 응?"

아무리 사정을 해도 모른 척 하니 마누라가 왕창 뿔나서 소리친다.

"더러운 인간아! 한 번 더 하면 거시기가 달아 빠지냐? 세금이 붙냐? 에이 썅!"

10

지증왕의 음경

일연 스님의 집필한《삼국유사》에는 우리들이 '독도는 우리 땅'이라는 노래로 잘 아는 지증왕의 이야기가 나오는데 그게 마치 음담패설과도 같아 재미있어 여기 소개해 본다.

왕은 음경의 길이가 한자 다섯 치(40cm?)나 되어 배필을 얻기 어려웠다. 그래서 신하들을 사방에 보내어 배필을 찾아보도록 하였는데, 어느 날 신하 하나가 모량부 동노수 밑에 이르니 개 두 마리가 솥뚜껑만큼이나 큰 똥 덩어리를 양쪽에서 물고 서로 차지하려고 으르렁대고 있었다. 신하는 그 마을 사람들에게 똥 주인이 누구인지를 수수문하였다. 그러자 한 소녀가 말하였다.

"이것은 모량부 상공의 딸이 여기서 빨래를 하다가 급하여 저 숲 속에 들어가서 눈 똥입니다."

그 집을 찾아가 살펴보니 그 여자는 키가 7척 5촌(225cm?)이나 되었다. 이 사실을 왕께 아뢰자 왕이 수레를 보내어 그 여자를 궁중으로 모셔다 왕후로 맞이하여 왕과 왕비는 행복하게 살았다.

감사의 글

　이 책이 세상에 빛을 보기까지 많은 분들의 도움이 있었다. 그중에서도 행복우물 출판사의 최대석 대표님은 참으로 많은 조언과 수고를 아끼지 않으셨으니, 그 고마움을 이루 다 말할 수가 없다. 이런 저런 마구잡이식의 원고를 최 대표님이 오랜 식견과 안목으로 가지런히 정리하였고, 그 결과 이렇게 훌륭한 책으로 태어날 수 있었다.

　나의 오랜 지기인 이병권 교수님도 자신의 경륜과 지식을 아낌없이 나누어주셨다. 그 오랜 세월 동안 상아탑에서 갈고 닦은 글 솜씨를 아끼지 않고 나의 졸필을 바로잡아 주셨으니 그저 고마울 따름이다.

　내가 문화관광해설사로 10여 년 이상을 봉사하는 동안 나와 고락을 함께하였던 동료 문화관광해설사 여러분들께도 깊은 감사의 마음을 전한다. 그분들의 고마움에 조금이나마 보답하여야 한다는 의무감이 나에게 이 책을 쓰게 만드는 제일 큰 동기가 된 셈이다.

이 책의 표지에 아름다운 그림을 사용하도록 허락해 주신 재미화가 최순분 화백님께도 깊은 감사의 마음을 전해드리고 싶다. 최 화백님의 그림을 보고 있노라면 머나 먼 미국 땅에서 고향산천을 그리워하는 화백님의 처연한 모습이 눈에 떠올라 저절로 머리가 숙여진다.

그리고 제목을 캘리그라피로 멋들어지게 만들어주신 정용숙 님과 표지 작업, 본문편집 작업에 수고하여 주신 행복우물 파트너들께도 감사의 말씀을 전한다.

조금은 쑥스럽지만, 나와 평생을 함께 한 아내 최문성님께 이 기회를 이용하여 감사한 마음을 전하며, 아울러 우리 두 사람의 귀한 보물인 아들 일형과 딸 일하에게도 고맙다는 말을 전하고 싶다.

끝으로 이 모든 영광을 하나님께 올려 드립니다.

－ 2020년 중추절이 지난 어느 날
저자 전익기 배